JN216901

骸骨騎士様、只今異世界へお出掛け中
VI
秤猿鬼
illust. KeG
ポンタ
アーク
アリアン
チヨメ
扉を開いた――そう、確認を取らずに。

人知を超えた存在の戦いは、
人の力が入る余地など一切無い。
「【聖雷の剣】!!」

「す、すごいのじゃ……」
リィル
ニーナ

「滅炎焔円舞（フォールフレイムロンド）」

骸骨騎士様、
只今異世界へお出掛け中
Skeleton Knight,
going out to the parallel universe
VI

Skeleton Knight,
going out to the parallel universe

VI

CONTENTS

序章 …… 005
第一章 再びの船出 …… 020
間章 エリン・ルクスリア・チャスティタス …… 058
第二章 ノーザン王国の危機 …… 077
第三章 援軍アーク …… 146
第四章 天騎士アーク …… 198
終章 …… 287
番外編 ラキの行商記5 …… 295

Ennki Hakari illust.KeG

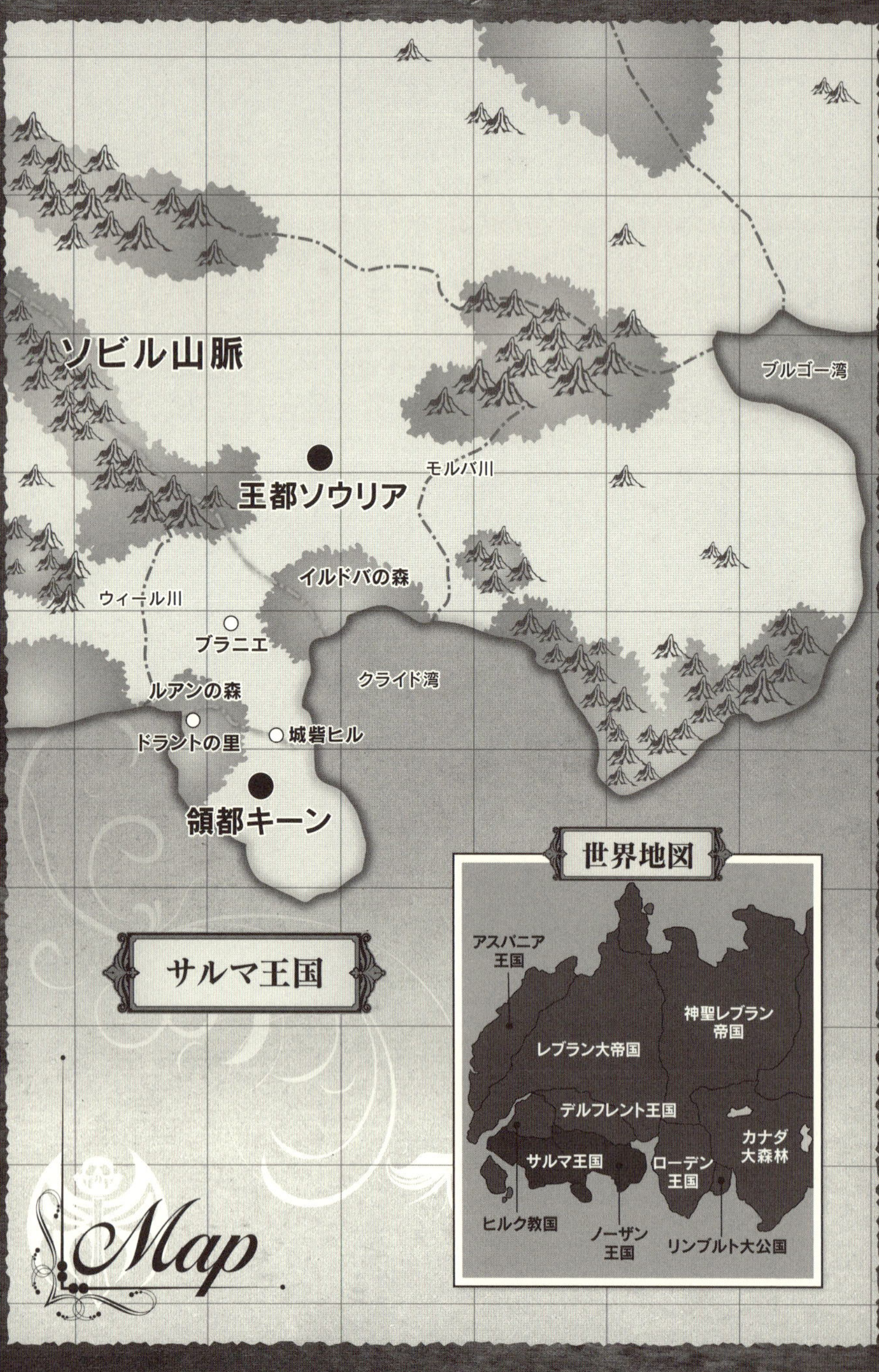

ソビル山脈
王都ソウリア
モルバ川
ブルゴー湾
イルドバの森
ウィール川
ブラニエ
クライド湾
ルアンの森
ドラントの里
城砦ヒル
領都キーン
サルマ王国
世界地図
アスパニア王国
神聖レブラン帝国
レブラン大帝国
デルフレント王国
カナダ大森林
サルマ王国
ローデン王国
ヒルク教国
ノーザン王国
リンブルト大公国
Map

序章

北大陸南部にあるノーザン王国。

ローデン王国とはボルドー湾を挟んだ西側に位置しており、両国は交易などを通じて比較的友好的な国交を持っている。

そのノーザン王国を取り巻く周辺には三つの国々がそれぞれ国境を接する形で存在した。

ノーザン王国を中央にして北にデルフレント王国、南にはサルマ王国。そして西にヒルク教国を有するこの地は、長い歴史の中で幾つもの国に分裂、統合などを繰り返していた。

そんな国境争いの絶えない地にあるノーザン王国の中枢である王都ソウリアは、開けた平原地帯の少しばかり小高くなった丘に城を築き、そこを中心として周囲に街が発展しており、その発展と共に大きくなった街壁は二重の強固な防壁となって街を外敵の侵入から守っている。

中心に聳(そび)える王城は優美さよりも防衛の為(ため)の機能を優先されてか、装飾の類は決して多くなく、外観からは城砦(じょうさい)としての印象が強い。

しかしそれでも一国の王城である城内にはその権威を誇示するかのような煌(きら)びやかな装飾や意匠などが施され、外観との差異が一種独特な雰囲気を醸し出している。

そんな城内にあって外観と内観に調和を齎(もたら)す為に設けられた中庭は、綺麗(きれい)に刈り込まれて整えられた緑の上に、まだ朝の早い日の光が静かに降り注いでいた。

いつもと変わらない朝を迎えたその中庭を、大きなガラス窓から見下ろせる一室——その部屋には、一人の少女があどけない寝顔で眠りについていた。

明るい金色の髪は少し巻き毛気味で、肩口の長さまで伸びる髪がベッドの上に広がっている。まるで白磁のような白い肌を持つその少女の幼い容姿から見るに、年の頃は十歳前後だろう。

まだ幼い少女だが、眠る天蓋付きのベッドや、そこに眠る主(あるじ)の身体(からだ)には合わないような大きさである事、身に纏(まと)っている寝間着の贅沢(ぜいたく)さなどが彼女の身分を雄弁に物語っていた。

そんな彼女のいつもの朝は、不意に遠くから響く金属製の鐘の音によって破られる事になる。

最初に街の端の方角から響いてきた鐘の音は、やがて複数へと増えながらその鐘の音を街の中央に聳える城内へと響かせていた。

少女はいつもとは違う何やら騒々しさに眉を顰(ひそ)めて、その小さな瞳をうっすらと開けて自分の私室である部屋の中に視線を彷徨(さまよ)わせる。

「……むにゃ、何やら変な音が聞こえるのじゃ……」

むくりと上半身を起こし、まだはっきりとしない意識のまま目元を擦(こす)りながら、彼女はその幼い容姿とは裏腹に何やら年寄り臭い言い回しで口を開く。

少し寝癖で撥(は)ねた横髪を手で一生懸命に押さえつつ、彼女はその小さな身体でベッドの上を転がるようにして下りると、部屋の窓から外の景色に目を向けた。

しかしそこからでは城内の中庭が見えるばかりで、遠くから響く鐘の音の正体を摑(つか)む事は出来ない。少女はひととおり中庭に視線を走らせた後、寝惚(ねぼ)け眼(まなこ)のまま徐(おもむろ)に窓のガラス戸に手を掛ける。

そんなところに、一人の女性が慌ただしい足音と共に少女の部屋へと駆けこんで来た。

「リィル姫様！　失礼致します!!」

慌てたように声を上げて入って来た人物は少女にとっても馴染の顔であったのか、その彼女の顔を見てリィル姫と呼ばれた少女が首を僅かに傾げて声を掛けた。

「ニーナ、そんなに慌ててどうしたのじゃ？　まだ今日は寝坊しておらんじょ」

そう言ってリィルは欠伸を噛み殺しながら、部屋へと転がりこんで来た彼女を見上げた。

黒く長い髪をきっちりと結い上げた一本の三つ編みを背中に垂らし、やや切れ長の瞳は黒。少し日に焼けた肌の上にはこの国で騎士が纏う服に袖を通しており、その腰からは煌びやかな装飾の柄を持った剣が下げられている。

ニーナ・ドゥ・アブロア。

このノーザン王国でアブロア子爵の名を賜る貴族の子女でありながら、騎士としての位を授かり、今は目の前で彼女を見上げる幼い少女の護衛騎士の任を賜っていた。

そんなニーナの小さな主人の名は、リィル・ノーザン・ソウリア。

このノーザン王国の国王アスパルフ・ノーザン・ソウリアの三人の実子の末っ子で、今は亡き王妃の忘れ形見である第一王女であった。

「リィル姫様、我が王都に敵襲です！　急ぎ着替えを済ませ、王の下へ！」

「なにっ!?　それは一大事なのじゃ！　しばし待つのじゃ、……んしょ」

そのニーナの言葉にリィルは驚きに目を見張ると、慌てたようにその場で寝間着を脱ぎ始めた。

しかし髪が引っ掛かったのか、裏返った寝間着がリィルの首元で止まり、ジタバタともがく。
やがて観念したかのように、傍で控えているニーナに自らの窮状を訴えた。

「すまん、ニーナ。着替えを少し手伝ってほしいのじゃ」

そのリィルの訴えに、ニーナは片膝を突いて応じる。

「はっ、では失礼致します」

いつもならば侍女達が数人がかりで綺麗なドレスに着替えさせる場面だが、今は有事でありあまりドレスの着付けに手慣れていない護衛騎士のニーナの手伝いという事もあって、リィルは王女としては質素なドレスに袖を通して着替えを手早く終わらせた。

そうして急ぎ足でリィルが先頭となって部屋を出ると、彼女の私室である扉の脇に一人の男がそれを待っていたかのように出迎えた。

「なんじゃ、ザハルも来ておったのじゃな。急ぎ父上の下へ行くぞ」

リィルにザハルと呼ばれた青年は短く返事をすると、ニーナの横に立って王女の後ろへと続いた。
身長は百九十センチ程もある大柄な体格に、短い栗毛に精悍な顔つき、二十代半ば程のその青年の名はザハル・バハロヴ。

ニーナと同じくリィル第一王女の護衛騎士を務める者で、平民の出でありながらその腕を買われて現在の地位に就いた剛の者でもあった。

幼いリィル王女は、その小さな容姿でありながら堂々とした様子で二人の護衛騎士を従え、国王である父がいつも執務で使う部屋へと入る。

そこには既にこのノーザン王国の国王であるアスパルフ・ノーザン・ソウリアを始めとした国の主要な面々が顔を揃えていた。リィルの二人の兄、テルヴァ第一王子とセヴァル第二王子、文官らを統括する宰相や軍を統率する将軍などが国王を中心に取り巻いていた。

誰も彼もが緊張した面持ちで、普段では感じない一種異様な空気がその場を満たしている。

そんな彼らの中央に置かれた大きな卓上には王都周辺の地図が広げられており、その上に幾つかの木製の駒が配置されているのがリィルの低い目線からでも見えた。

緊急事態であるその場で父のアスパルフ国王に声を掛け損なったリィル王女が、その卓上の広げられた地図をもっとよく見ようと首を伸ばした所に、一人の伝令が室内に駆けこんで来た。

「報告します！　敵はソビル山脈麓の森より現れ、未だその数を増やしながら王都ソウリアに侵攻中！　編制を組まない形で詳細な数は不明ですが、その規模は数万を越えている事は確実！　見た事のない程の数です！」

その伝令の言葉に部屋に集まった面々から驚きとも、動揺とも取れるような呻き声が漏れる。

そんなざわめく人々の声を遮るようにして、伝令の兵に声を掛けたのは国王自身であった。

「敵の所属は？　それだけの規模の数となれば帝国しか考えられぬが、我が国は帝国と領土は接しておらぬ筈……隣国が落とされていたのか？」

まだ壮年に差し掛かった頃合いの国王は、威厳を湛えた厳しい目つきを伝令に向ける。

そのアスパルフ国王の問いに、伝令の答えを聞き逃すまいと周囲の者達が息を潜め、リィル王女と二人の護衛騎士も固唾を呑んだ。

しかし伝令から上がった答えは誰も予想だにしないものだった。

「敵の所属を示す物はありません！　それどころか、敵は人ではありません！　金属製の装備に身を固めていますが、中身は不死者です！　敵は不死者の大軍です！」

伝令の悲痛な叫びにも似たその答えに、真っ先に驚愕の声を上げたのは王都の守りを任されている将軍だった。

「馬鹿な!?　そのような数の不死者など、しかも装備を固めた不死者など聞いた事がないぞっ!?」

その将軍の言葉を受けて、伝令はさらに顔を強張らせて視線を伏せた。

「残念ながら事実です、将軍！　偵察隊が接敵した敵兵の鎧の中はいずれも人の屍との事。それら無数の不死者が夜明けと共に王都周辺の平原へと姿を現したようです」

伝令のその報告に周囲の者達が息を呑んだ事が窺えた。

「しかも人型の不死者に交じり、異形の化け物も姿を見せております！　人と巨大な蜘蛛を掛け合わせたかのようなおぞましい姿で、一分隊が簡単に殲滅されたとの報告です！」

静まり返った室内に、遠く街壁近くで未だに鳴りやまない警鐘の音が微かに届く。

誰もが報告の内容を脳内で咀嚼しているが、その理解は一向に追いつこうとしない。

そんな中で沈黙を破ったのは、他でもないこの国の最高権力者であるアスパルフ国王だった。

「儂も先程〝物見〟で直接現状を見て来ておるが、敵が人であろうとなかろうと、この王都が存亡の危機に立たされている事は紛れもない事実だ」

国王がそこで一旦言葉を区切って、室内に居る面々に視線を向けた。

〝物見〟とは、この城内に築かれた一際背の高い塔の事で、小高い丘に築かれた城内から王都ソウリアを一望出来るように作られている。

常駐で見張りの兵が立っているが、リィル王女も時々城下を眺める為に遊びに行く場所の一つでもあった事からすぐに理解の色を示した。

「今手元にある戦力はどのくらいだ？」

国王がそう言って将軍の方へと視線を向けると、将軍は一瞬の虚を突かれて慌てて答えを出した。

「っ！　はっ！　王都に常駐する騎士団と衛兵を合わせて四千！　傭兵を雇い入れればあともう千といったところが現状です！」

その将軍の答えに皆が現状の理解が出来た事を確認して、国王は重々しく頷いた。

「うむ、幸い街門を開ける前の早朝での敵襲であった為に、このまま籠城戦へと移行する事になるが……。しかし敵勢が数万にも及ぶ数となれば、籠城戦と言えども圧倒的に戦力が足らぬ」

そう言って国王は目の前に広がる大きな地図から視線を上げて、二人の王子に視線を向け、次いでリィル王女の方へも視線を向けた。

「敵は南西の方角、ソビル山脈の麓の森より来ている。王都はまだ包囲はされていないが、かと言って住民全てを脱出させる程の時間も無い。テルヴァ、セヴァルは東門より出てそれぞれ北と東の領内を巡り王都への援軍を募って来てくれ」

国王のその言葉に二人の王子は毅然とした態度でそれを拝命する。

そんな年の離れた二人の兄の姿を見ながら、リィル王女も自身が王族であるという自負の下、一歩前へと出て静かに国王の次の命を待つように、その視線を父である国王へと向けた。

彼女のそんな態度に二人の王子が気づかわしげに妹のリィル王女を見つめ、再びその視線を父へと向けて視線だけで彼女の処遇をどうするかを尋ねた。

それに国王は一瞬だけ目を伏せ、徐にリィル王女へと視線を向けた。

「リィル、お前には南のディモ伯爵からの援軍要請を頼む。伯爵の領兵は勇猛だと聞くからな」

そう言って国王は口元に微かな笑みを浮かべる。

その国王の指示に周囲の重臣らが意味ありげな視線を巡らし、互いに納得したように頷いた。

「まかせるのじゃ、父上！　リィル・ノーザン・ソウリアの名にかけてその任、必ずや全うし、国の危機を脱する一助となってみせるのじゃ！」

リィル王女はその小さな胸を張って拳を握り締めた。

そんな彼女の姿に国王の目が細まる。

「ザハル、ニーナ……リィルを頼むぞ」

国王は愛娘（まなむすめ）の護衛騎士である二人に厳しい視線を向けて口を開くと、二人はその言葉の意味を正しく理解し、厳粛な態度でもって礼を返した。

リィル王女は気付いていなかったが、他の者達は国王が発したその命が王女の避難である事に気付いていていた。

そもそも南のディモ伯爵領とは、かつて地続きであったノーザン王国最南端の領地であったものが、七十年前のサルマ王国の東侵によって領地が分断された経緯があり、今や飛び地の形で伯爵領

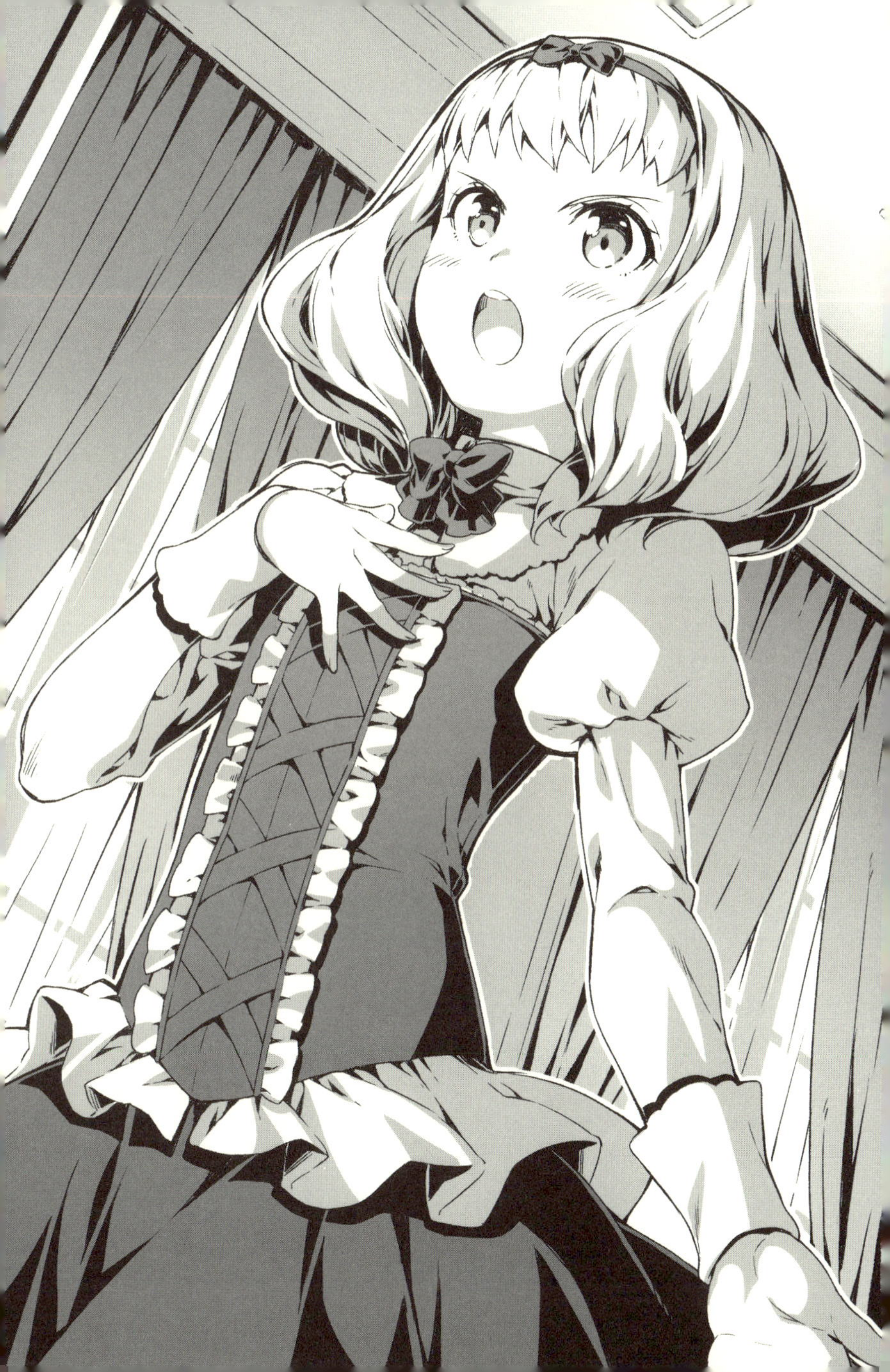

が維持されているのが現状だった。

だが他国の領内となった地を横断し、飛び地となってしまった伯爵領へと向かう事自体は然程(さほど)難しい事ではない。

魔獣の闊歩(かっぽ)によって明確な国境線を引く事が難しいこの世界では、国境となる領地を持つ貴族がどの陣営に帰属を示すかで成り立っているのが現状だ。

その為、少数の手勢を率いて国境を越えて数日の内に他国の領地を横断してディモ伯爵領へと入る事は出来るが、援軍を率いて再びサルマ王国を横断して王都へと戻る事は難しい。

現状の不死者(アンデッド)軍団を打ち破る援軍となればまとまった数の兵が必要になってくる——だが、援軍の数が多くなれば足は遅くなり、他国の巡回兵などの目に容易に留まってしまう。

伯爵領からクライド湾を船で渡り、モルバ川流域から王都を目指す本来の道のりは片道で五日程はかかる為、迅速に援軍を編制して連れて戻ったとしても、既に決着が付いている可能性が高い。

つまりは国王がリィルに命じた任は、達成される事のない命だという事だった。

しかし、その事を口にする者は誰もいなかった。

上二人の王子はそれぞれ成人し、政務などにも参画するなど王族の義務を果たしているが、御年十一歳のリィルは王族の自覚を持ち、しっかりとはしていてもまだ子供だ。そして前妃の忘れ形見である彼女を国王が溺愛している事も誰もが知っていたのだ。

それに最悪の場合でも王家の血脈は伯爵領に残されるだろう——そう思っての認識でもあった。

「あまり時間は残されておらん、三人は急ぎ出立の準備を！　儂らは西門で不死者(アンデッド)どもを引き付けて時間を稼ぐ！　先導を頼むぞ、将軍！」

国王のその言葉に、それぞれが礼をして慌ただしく動き始める。

そんな中で一人国王は、眉根の皺を深くして西の方角を睨んだ。

「まさか教国から枢機卿が訪ねて来ている日にこのような事になるとはな……。教国側の神殿騎士にも助力を頼めるか、一度リベラリタス卿に掛け合ってみなければならんか」

国王の呻くような言葉に、傍に控えていた宰相が僅かにその声を落として国王に話し掛けた。

「アスパルフ様、今回の不死者の軍団の一件、〝冥王〟の可能性があります」

宰相のそんな言葉に、国王が眉を顰めて彼の顔を見返す。

「〝冥王〟？　あれは吟遊詩人が語る単なる伝説であろう？」

「いいえ、アスパルフ様。帝国は認めはしないでしょうが、あれは百年ほど前、彼の国で起こった純然たる史実に御座いますれば」

宰相の返答に国王は驚きの視線を彼に向けて言葉を詰まらせた。

百年前と言えばさして昔の事でもないように聞こえるが、平均寿命が短いこの世界では人族の百年と言えば三代は前の出来事である。

そして宰相の言う〝冥王〟とは、この地方に広く伝わる伝説とされてきた話の事だ。

それは突如なんの前触れもなく人々の前に現れたとされている。

幾多の死者を操り、次々と街や村を襲い滅ぼしては、その操る死者を増やし続け国の存亡を揺るがしかねない脅威までになったという。

しかし、帝国がその威信を賭けて差し向けた討伐軍によって打ち倒された——と。

この話は吟遊詩人が語るお話の定番の一つとしても有名で、その物語を聞いた子供達は恐ろしさに身を縮こまらせ、大人達は躾の際にこう言って聞かせるのだ。


『——言う事を聞かない悪い子は〝冥王〟が冥界から迎えに来るぞ——』


そんな決まり文句が人々の中で代々語り継がれる程には広まっている。

「これは噂ですが、冥王を打ち倒す為に帝国は教国の力を借りたとか。その事で教国側に対してあまり強く出れないと聞きます」

宰相のそんな言葉に、国王は眉間の皺を一層深くして溜め息を吐いた。

「……しかし、国の存亡が掛かっていてはあまり悠長な事も言っておられなかったか」

そう言って国王は力無く首を振った。

壁外、壁内共に騒然となり始めていた王都ソウリアの中にあって、その喧騒がやや遠くに聞こえるのみの城内のとある一室。

中心に聳える武骨な王城内にあって他の室内と比べて一層贅を凝らしたその部屋は、主に国外からの賓客などを迎える為に設けられた一室であった。

その室内からは東側に面した窓から王都の城下街が一望出来る。

大きなガラスが嵌め込まれたその窓辺に、城下で目下起こっている騒動によって右往左往する者達を透かすように眼鏡の奥の目を細めて、一人の男が薄い笑みを浮かべて立っていた。

黒い髪を綺麗に整髪料で整え、聖職者が身に纏う法衣より一段豪奢で派手な法衣を身に纏った温和そうな笑みを浮かべる男は、遠く東の街門が開いて、そこから幾筋かの土煙が三方向に分かれながら伸びていく様を面白そうに眺めながら口元を歪めた。

「王都からの脱出……という訳ではなさそうですね。援軍を求める使者、といったところですか」

彼の名は、パルルモ・アウァーリティア・リベラリタス枢機卿。

隣国の教皇を頂点とする宗教国家、ヒルク教国の中で教皇に次する権力を持つ七人の枢機卿の内の一人である。

彼がこのノーザン王国の王城の貴賓室にいるのは、北大陸に大きな影響力を及ぼすヒルク教――その拠点となる各地の教会への慰問という形でこの地を訪れていたのだ。

しかし目下、城下で起こっている騒動の原因である不死者の大行進は、彼が教皇からの命を受けて行っている周辺国の侵略計画の為である。

それを王都周辺に大軍を配置して、自分は単身標的である王国の中枢に入り込んでいるのは、何も相手の隙を突いて効率良く中枢を押さえる為――などではない。

「ふふふ、使者には追手を向かわせましょうか……。ありもしない援軍の希望を抱きながら、壁の内側で国が朽ち果てていく様を眺める——想像するだけで堪(たま)らないものがありますねぇ」

そう言ってパルルモ枢機卿は、ガラスに映る自らの顔を愉悦に歪めて嗤(わら)う。

温和な仮面の下から現れたその顔こそ、彼が持つ本来の性質でもあった。他者を——とりわけ弱者を甚振る事に至上の喜びを感じるその性質は、もはや病的と言っても過言ではない。

「よしんば援軍を連れて来られたとしても、十万もの不死者(アンデッド)の大軍の前には何もかもが無意味。彼らの顔が絶望に歪む姿——早く拝見したいものですね。ククク」

そうして自らの衝動を抑えるかのような嚙み殺した嗤いをひとしきり漏らした後、リベラリタス枢機卿はその顔をまた元の温和そうな表情に戻す。

次いで自らの顎先を撫(な)でながら、片方の眉尻を上げて不満げな顔を露(あら)わにした。

「……しかし、不死者(アンデッド)の本来の領域である夜に力を増すのはいいですが、それが元でこちらの制御を受け付け難(にく)くなるのは頂けないですね。大軍になればなるほどこちらの統率が利かなくなるのも少し考え物ですか」

そう独りごちてパルルモ枢機卿は鼻を鳴らす。

「これはこの件が片付いたら、一度教皇様に対応を相談した方がいいかも知れませんね……」

そう言いながら、その視線は遠く東の街門の外——周囲を取り囲むように集まり出した不死者(アンデッド)の群れに静かに注がれる。

「それよりまずは、この国が滅ぶ様を特等席で見学していくとしますか」

再び笑みを浮かべるパルルモ枢機卿の下に、国王が面会に訪れたのはそのすぐ後だった。

第一章　再びの船出

朝の日の光が頭上から差し込み、ときおり吹く風が辺りの木々の葉を騒がせ、静かな山の頂上に微（かす）かな喧騒（けんそう）が満ちる。

山頂付近に聳（そび）える巨大な龍冠樹（ロードクラウン）はまるで自然の理から外れたような威容を誇っており、振り仰げば文字通り、山のように枝葉を伸ばす樹冠が辺り一帯の空を覆い、それはさながら山の上に傘を差したかのような光景が広がっていた。

そんな巨大な枝葉の隙間から零（こぼ）れる朝日が辺りに降り注ぎ、あちこちに光の溜（た）まり場を作り、自らが作業している周囲を明るく照らしている。

山頂に立つ神社のお社（やしろ）のような建物は石造りの壁はしっかりと形を残し今もそこに在るが、屋根の方は木材で出来ていた為（ため）かすっかりと腐り落ちて、頭上は空まで届く吹き抜けになっていた。

そんな屋根の無い社の遥（はる）か高くから柔らかな木漏れ日が、自分が身に纏（まと）っている鎧（よろい）に降り注ぎ明るく煌（きら）めかせている。

白と蒼（あお）を基調とした美しい装飾の施された白銀の全身鎧に、背中で風にそよぐマントはまるで星の煌めく夜空をそのまま切り出したかのような漆黒色。神話の騎士を象（かたど）ったような豪奢（ごうしゃ）な鎧姿でありながら、手に持つのはいつもの神話級の剣や盾――ではない。

握っているのは木製の取っ手。

取っ手の先に長く薄い金属製のヘラが取り付けられており、その金属のヘラ部分には灰色のまるで泥のような塊がのっている。煉瓦（レンガ）同士を接着する為のモルタルだ。

それを目の前に現在積まれている煉瓦の上に平らに塗り広げ、その上にさらに新しい煉瓦を隙間なく密着させる形に載せて組み上げていく。

「ふぅ、これでだいたいの形は出来上がったかな……」

そう独り言を呟（つぶや）いて、半円状の口を広げたような形に組み上がった煉瓦造りの構造物を見る為、その場から一歩下がって傾きがないかを眺める。

今自分が社（やしろ）内の厨房（ちゅうぼう）で作っているのは煉瓦製の焼き窯だ。

エルフ族の里でガスコンロに似た魔道具を首尾よく調達する事は出来たが、この世界で主食となるパンなどを焼く為にはどうしても窯が必要だった為、自らの手で製作中である。

人里離れたこの奥地にある社に窯造りの職人を呼ぶ訳にもいかず、材料を揃（そろ）えての挑戦だったが、意外とやれば出来るものだなと、一人感心して頷（うなず）く。

煉瓦窯に使う材料のあれこれなどはランドバルトの街出身の行商人ラキの伝手（つて）を借りて揃えたものだが、材料費はそれ程高くはなかった。

これが出来たあかつきには、パン以外にもピザなども焼く事が出来る。

せっかく南の大陸でトマトを見つけたのだ、作らない手はないだろう。

煉瓦部分にはみ出たモルタルを濡（ぬ）れた布で拭い取り、煉瓦表面の汚れを落としていく。

そうして作業していると、何処（どこ）からか姿を現したポンタが足元に駆け寄ってきた。

「きゅん！」

体長は六十センチ程、身体（からだ）の半分程もあろうかという大きな綿毛状の尻尾と、前後の脚の間にあるムササビのような皮膜が特徴的なキツネ顔のポンタは、この世界では精霊獣と呼ばれる魔法を行使する動物の一種だ。

全体的に草色の柔らかい毛並みに覆われた身体は、草むらや木々の枝葉に紛れれば保護色となってその存在を上手（うま）く隠してしまう。

「おぉ、ポンタか？　今迄（いままで）何処で遊んでおったのだ？」

そう言って持っていたヘラを置いて、ポンタの頭を撫（な）で回す。

するとポンタは嬉（うれ）しそうに頭をぐいぐいと押し付けるようにしてじゃれてくる。

「きゅん！　きゅん！」

白い綿毛尻尾を振りながら、ひとしきり頬を擦（こす）りつけていたポンタの大きな耳が何かを感じてピクリと動く。そして不意に背後を振り返り一声鳴く。

そんなポンタの視線を追うと、厨房傍（そば）の窓から一匹の巨大な獣が顔を覗（のぞ）かせていた。

いや、その姿は獣というよりは巨大な爬虫類（はちゅうるい）といった方が正しいだろう。

体長は四メートル程。全身は赤茶けた鎧のような鱗（うろこ）に覆われ、頭には二本の大きく突き出た角、脚は左右に三対の六本の太く逞しいものを有しており、そしてやや幅広の背中の中央で白い鬣（たてがみ）のような毛並みが尻尾の先まで靡（なび）いていた。

「ギュリィィン」

その巨体と見た目でありながら、やや甲高い鳴き声を上げてその巨大爬虫類が首を振ると、その長い白い鬣が揺れて日の光に煌めく。

角が邪魔で窓に顔を入れる事が出来ないのか、やや焦れたような様子で社の壁に自らの首を擦りつけて鼻を鳴らしている。

「おお、〝紫電〟と一緒に遊んでいたのか？」

自分は現れたその巨大生物の名前を呼び掛けながら窓辺へと寄って、横目で此方の様子を眺めていた紫電の太い首筋を撫でる。

すると紫電は、爬虫類特有の長細い瞳孔をますます細くして瞬きを繰り返した。

この地の環境にもだいぶ慣れたのだろう。

元々は南の大陸の平原――そこに暮らす遊牧部族である虎人族が駆る乗騎で、現地では疾駆騎竜と呼ばれていた。

しかし、あの一連の騒動の際に手を貸した縁で獣人族への貢献と〝友〟としての証として虎人族の族長から直々にこの疾駆騎竜を贈られてしまったのだ。

乗用車ほどもの体軀を持つ生き物など、その後の世話などを考えれば辞退したい事この上なかったのだが、「我らの友好の証だ」と言われれば断るのも難しい。

一応自分もエルフ族の長老（代理）から里の名を賜った者として、虎人族の者達と言葉を交わしている立場上、無下に断って今後の関係がぎくしゃくするよりかはマシだろう。

自分にはそう言い聞かせている。

北大陸では少々その威容は人々の耳目を集めるだろうが、幸いにしてこの社のある山の周辺は人の生活圏から大きく離れており、一番近くの獣人達が新たに築いている里も森を抜けた先だ。

それに馬より力があって多くの荷物を運べ、これから先も旅をするならば足の手段は多いに越した事はないだろう。

あと虎人族の最大部族であるエナ一族の族長からは、彼らが栽培する作物の〝悪魔の爪(レッドネイル)〟と呼ばれるトウガラシの一種を優先的に譲り受けられる事にもなった。

今度ペッパーソースやトマトチリなどを作るのもいいかも知れない。

「あれから十日……いや、半月程になるのか」

そんな事を考えながら、ふと南の大陸で起こった一連の顛末(てんまつ)を思い返していた。

『ヴぁおヴぁおヴぁあっぁぁぁあぁぁ!!!』

木霊するその最後の断末魔の咆哮(ほうこう)が夜闇の街中に響くと、それを発した巨大な生物が街路の真ん中で仰向け(あおむ)に倒れて、周辺に地響きが鳴った。

明かりの少ないこの世界では、月が雲で隠れた夜は街と言えども暗闇が多く見通しの利かない場であるが、今は街のあちこちで上がる火の手によって朱(あか)く、奇妙な明るさが保たれている。

そして、そんな灯り(あか)の元でこの火の手が上がる騒動となっている原因の一つでもある生物が、街路に横たわり血を流して死んでいる。

　全身硬質な黒い毛に覆われた六メートル程もの人型をした巨体。

　しかしその巨人には人で言うところの頭部が存在していない。その代わりとして、巨人の胸部には黒目がちな眼（め）と、黄ばんだ歯が並ぶ大きく皮膚が裂けたような口が備わっていた。そんな巨人の腕は身体に比して長く、全体像で言えば丁度頭のないゴリラのような姿をしている。

　自分が勝手に黒巨人（ジャミアント）と呼んでいるこの生物は、大陸南部に広がる人跡未踏の巨大な森、通称〝黒の森〟と呼ばれている森の住人だ。

　幾多の凶暴な魔獣などが棲（す）み付く森の巨人にとって人程度の存在などは、所詮矮小（わいしょう）な小動物でしかなく彼らにとっては適当な食糧だったのだろう。

　現に今も街に入り込んで人々を追いまわしている巨人達は、その胸にある巨大な口で人々を丸齧（まるかじ）りしながら襲っていたのだ。

　南の大陸西部、南央海に面した岬の地に築かれた唯一の人族の街——それがこのレブラン大帝国タジエントだった。

　しかしその街は今、南部から追い立てられて来た黒巨人（ジャミアント）の集団と、街の何処からか湧いて出て来た不死者（アンデッド）の鎧兵士、そして人族に捕らわれ奴隷として働かされていた同胞を解放しようと潜入した獣人の虎人族の戦士団などによって混乱の極みにあった。

「こちらは片付いた、アリアン殿らの方もそれで終わりであるか？」

　そう尋ねながら血に塗れた剣を振り払うと、蒼く怜悧（れいり）な輝きが剣身に戻った。さすがは神話級の武器『聖雷の剣(カラドボルグ)』といったところか。

振り返った視線の先では二人の女性が此方の声に反応して振り向く。

一人は長身の女性で、雪のように白い長い髪を後ろで一つに束ね、女性特有の肉感的な体軀は人のそれとは違い薄紫色の肌である。その身体を包むのは特徴的な紋様をあしらった法衣(ほうえ)で、その上にはやや武骨な革鎧を身に纏っていた。

旅の仲間であるダークエルフ族のアリアンだ。

此方に向けたその金色の瞳とエルフ族よりは短いが尖(とが)った耳が特徴の種族——その彼女が手に持った獅子(しし)を象った装飾の施された細身の剣を振り払う。

すると彼女が振った剣の切っ先を追い掛けるように、剣身に纏わりついていた炎が明るい軌跡を描いて闇を裂いた。

「……とりあえずこっちの方も片付いたわ。けど、そろそろ精霊魔法は打ち止めよ」

そう言いながら彼女は肩を大きく下げて溜め息を吐(つ)く。

アリアンの持つ剣に絡み付いていた炎が消えるが、彼女の背後で上半身を炎に包まれた巨人がまるで巨大な松明(たいまつ)のように燃え盛ったまま、その場で力尽きるようにして倒れた。

炎で喉をやられたのだろう、声も無くのたうち回っていた黒巨人(ジャミアント)はしばらくしてピクリとも動かなくなってしまう。

全身を覆う硬質の体毛と皮膚は並の剣では傷を負わせる事すら難しいが、彼女の得意とする炎の精霊魔法をまともに喰(く)らっては抗(あらが)いようがなかったようだ。

「ここら辺りの雑兵はあらかた始末しました」

そんな物騒な言葉を発して黒巨人（ジャイアント）が倒れた街路の暗がりから姿を現したのは、その発言内容の過激さとは印象を異にする小柄な少女だった。

全身を黒の忍び装束で包み、額に濃色の鉢金を巻いている。あまり長くはない黒い髪の上には獣の耳が立っており、腰のあたりから長く黒い尻尾が伸びて左右に揺れていた。

かつて自分と同じくこの世界へと渡って来たと思われる人物、〝半蔵〟と名乗ったその者が当時迫害されていた獣人の猫人族を集めて興した忍者集団〝刃心（ジンシン）一族〟の末裔（まつえい）。

その中でもまだ若いながらその実力を認められた〝六忍〟の一人、チヨメだ。

そんな彼女だが、いつもは透き通ったような蒼い瞳が今は何やら暗く沈んでいるように見える。

一族の秘宝である『契（ちぎり）の精霊結晶』を体内に宿し、精霊との融合を成した彼女は、精霊獣と同じ精霊の魔法を忍術という形で自らが行使する事が出来た。

これは何も夜の暗がりのせいではないのだろう。

話を聞く限りでは、ようやく行方の知れなかった彼女の兄弟子であるサスケを見つけたが、彼は既にその身を不死者（アンデッド）に変えて彼女の敵として立ちはだかったというのだ。

そしてそんな彼を、不死の呪いから解き放ったのは彼女だという――。

彼女の現在の心境など、察して余りあると言えた。

それはアリアンも同様で、心なしか尖った耳の先を垂れさせてチヨメの方へと視線を向けるその心配そうな表情からも分かる。

そんなチヨメの下に、街路の暗闇から一人の剣を持った兵士が不意に姿を現した。

「！　チヨメちゃん！」

その兵士は気合いの声を上げるでもなく、無言で手に持った剣を振り上げてチヨメへと迫ったが、気付いた時にはチヨメの姿は元の場所から掻き消えてその兵士との間合いを詰めていた。

腰裏に差していた短刀を一瞬で抜き放ち、すれ違いざまに光の筋が走ると、鎧兵士の首がまるで玩具のように弧を描くように飛んで地面へと落ちる。

金属製の兜が街路の石畳に打ち付けられて軽い音をその場で鳴らしながら、兜の中から既に骨となった骸骨が転がり出て来た。

今タジエントの街中に溢れている不死者の兵士のようだ。

残された身体の方はふらふらと暫く動いていたが、チヨメが転がり落ちた頭蓋骨を踏み抜いた事によって糸の切れた操り人形のようにその場で頽れた。

傍で未だに燃え続ける巨人を炙る炎の音が、静かになった周辺に満ちる。

「きゅん！　きゅん！」

一瞬、静まり返った街路の真ん中で次の行動を思案していると、首元に巻き付いていたポンタが此方の顔を見上げながら鳴き声を上げた。

それを合図とするかのように、街の何処か遠くで人々の鬨の声が上がったような気配がした。

家屋が焼ける音や、逃げ惑う人々の喧騒に紛れて微かに剣戟の音が響いている。

どうやら街を混乱の渦に陥れていた黒巨人の大部分を掃討した事によって、人々の対抗勢力が息を吹き返したようだ。

あるいは獣人達を解放して回っている虎人族の戦士達だろうか。

いずれにしても何か動きがあったのは確かだ。

「アリアン殿、チヨメ殿。ゴエモン殿と合流した後、我らは一旦壁外で待機しておるホウ族長の下へと向かおう。そろそろ人族が混乱から立て直してくる頃合いかも知れん」

そう言って二人に話を振ると、二人も同意したように頷いてその場を離れた。

途中、獣人解放の任を負っていた虎人族の戦士集団とそこに加勢していたゴエモンを見つけると、彼らに連れられる形で従っていた十数人の獣人達と共に壁外へと逃れる事になった。

獣人の中でも一際体格のいい虎人族は、丸い耳と、金と黒の斑(まだら)な髪色に加え、全員が二メートルを超える体軀を有している。だが、それに続くゴエモンはチヨメと同じ猫人族であるにもかかわらず、彼らの体格に比肩するような頑強さを誇っていた。

屈強を絵に描いたような集団の彼らが率先して先頭を行く事により、相変わらず無数の死霊兵士が徘徊(はいかい)している街中であっても、相手が多少の数を頼りに攻めても問題にならない程で、おかげで街中を比較的迅速に撤退出来ている。

街の周囲に巡らされた街壁、その一部を黒巨人(ジャミアント)が破壊し侵入してきた開口部へと近づくにつれ、街中へと散っていた他の戦士団が合流し始めた。

どうやら壁外へと逃れようとするのは獣人ばかりではないようで、黒巨人(ジャミアント)や死霊兵士の脅威から逃れて来た街に暮らす人族などの姿も多く見受けられる。

そんな彼らは屈強な虎人族や数多くの獣人達の姿に驚き、怯(おび)えたように距離をおいたり姿を隠すようにして足早に去って行く。

ようやくタジエントの街壁の外へと出ると、そこには既に多くの獣人達が虎人族の戦士達に守られるような形で屯(たむろ)していた。

明かりの乏しい夜の暗がりの中ではその正確な人数は把握出来ないが、千人近い人数が集まっているのではないだろうか。

その集団の先頭近くに一際体格のいい虎人族が、まるで地獄の門番さながら仁王立ちで、街壁の奥に広がるタジエントの街を睨(にら)んでいた。

身長が三メートル近くあるその者は、こちらの存在に気付くと口の端をやや持ち上げて不敵に笑い掛けて来た。

「街中じゃ随分と同胞らが助けられたようだな……、同じく人族の連中にも手を貸していたとか」

鋭い視線を此方に向けてきた彼は、虎人族の中でも最大部族であるエナ一族のホウ族長だ。

その彼の視線を真っ向から受け止めながら、自分は何でもないという風に胸を反らし、担ぐようにして持っていた『聖雷の剣(カラドボルグ)』を自らの前に突き立てた。

「目の前で化け物に襲われている者を助けていただけに過ぎぬ。それが獣人族であろうと、人族であろうと我には些細(ささい)な事、ただそれだけだ」

そう言って返すと、ホウ族長は面白いものを見るような目でその目を細めた。

「自身はエルフ族だろうに、変わった奴(やつ)がいるものだな」

それだけを言うとホウ族長はその身を翻して、後ろにいる戦士集団と解放された獣人達に向けて大音声で指示を出した。

「最後尾が帰還した！　これより我らは人族の追手が掛かる前にこの地を離れる！　目指すは東の獣人族の国ファブナッハ！　自由の地だ!!」

その族長の言葉に獣人の集団が一気に沸いた。

そして次々に虎人族の戦士達は自らが駆る疾駆騎竜(ドリフトプス)に騎乗すると、徒歩で移動を始めた獣人達を守護するように周囲へと展開していく。

それはまるで牧羊犬によって羊が先導されていくような光景にも似ている。

彼ら虎人族はもとより家畜を飼っての遊牧生活らしいので、こういった行動も普段とあまり変わらないのだろう。

千人からなる集団が、まるで一つの巨大な生き物のようにその形を変えながら進んで行く。

自分とゴエモンもそれぞれに虎人族から貸与される形で乗って来た疾駆騎竜(ドリフトプス)にアリアンとチヨメを乗せて後ろからついて行った。

しかし解放された興奮で意気揚々と動いていた獣人族の集団も、夜通し歩き続けて、空が朝日で白み始める頃には疲労困憊(ひろうこんぱい)という状況に陥っていた。

人族よりは体力的に優(まさ)っている獣人だからと言って、無限に体力がある訳でもない。

獣人の難民と化した集団は、人族が半島の付け根に築いた境界壁の傍まで到達すると、その進行の足がピタリと止まった。

タジエントの街から脱出した元奴隷の獣人達を追って人族の追跡も懸念されるが、まだあの混乱から逸早(いちはや)く体制を立て直せるとは思えない――という事から、一旦ここで小休止となった。

タジエントの体制側に優秀な人材がいない事を祈るばかりだ。

「……まずいな。この遅さではファブナッハへ向かうどころか、平原を横断する事もままならん」

そう言って眉根に深い渓谷を作り唸(うな)り出したホウ族長の周りで、主だった者達が額を突き合わせて相談を始めた。

元々今回のタジエント奴隷獣人解放は突発的に敢行されたものだ。

虎人族の住処(すみか)であるクワナ平原を、件(くだん)の黒巨人(ジャミアント)が荒らし回っていた事が発端となり、その討伐に向かった先で、人族が築いた堅牢(けんろう)な境界壁が一部崩壊した事を受けて急遽(きゅうきょ)決定した行動だったのだ。

解放された奴隷獣人の数が百名程度であれば、それぞれの戦士達が自らが駆る乗騎に同乗させて運ぶ事も出来ただろうが、千人規模となればそうもいかない。

獣人族が築いた国、ファブナッハ大王国へは大きな二つの平原を横断して行く必要があり、その移動の間には水も食料も必要になってくる。

その過酷な道程を、奴隷から解放されたばかりの者達を連れて行くのはあまりに無謀だ。

一番現実的な案としては、このまま境界壁を越えた後に、それぞれの虎人族の集落で彼らを受け入れた後、複数回に分けて東へと向かう隊を編制する事だろう。

隊の進行速度にもよるが、何日も掛かる平原の横断を何回も往復するのだ、一月かそこらでは千人という数を東へと送り届けるのは難しい。

そんな彼らの会話を横で聞きながら、ふと視線を感じて振り返れば、そこには乗騎の鞍（くら）の後ろに座ってじっとりとした視線を向けるアリアンの姿があった。

どうやら次に自分が彼らに提案する話を予見されてしまっているようだ。

「どうしたのだ、アリアン殿？」

それをあえて流したまま、自分の背後でポンタの背中を撫でているアリアンに向けて尋ねると、彼女は両肩を竦（すく）めて見せてその視線を逸（そ）らした。

「別に、アークの好きにすればいいでしょ？　苦労を背負うのは貴方（あなた）なんだし……」

そう言って彼女は唇を尖らせて、抱き上げたポンタで顔を隠してしまう。

「きゅん！」

しかしポンタは遊んで貰（もら）っているという気分なのか、前足をパタパタとさせながらアリアンの髪を弄んではそこに鼻面を潜り込ませていた。

自分はそんな両者を一瞥（いちべつ）してから、乗騎を族長達（たち）の方へと寄せて彼らの輪の中へ入っていった。


そして数時間後、千人規模にもなる元奴隷獣人達と虎人族の戦士らは、東のファブナッハ大王国の平原と接する街、フェルナンデスが見える地までやって来ていた。

元奴隷獣人達は視線の先に大きく広がるフェルナンデスの街を見て沸き立っている。

その一方で、虎人族の戦士達は呆然（ぼうぜん）とした様子でその光景を視界に収めつつ、その視線を此方へと向けてきた。

そんな問い掛けるような視線をあえて無視していると、後ろから巨軀のホウ族長が快活な笑みを湛えて歩いてきた。

「ハハハハ！　エルフ族ってのは魔法の名手だと聞いたが、噂以上だな！　まさか伝説と言われる魔法を使いこなす者が名を馳せる事無くいるとは思わなかったぞ」

ホウ族長はそう言って笑いながら、此方の背中をどやしつけるように叩いてきて、一人満足そうに頷いて口の端を持ち上げた。

彼の言う伝説の魔法とは、かつてカナダ大森林を作ったエルフ族の族長エヴァンジェリンが用いたという転移魔法の事を言っているのだ。

あの後、境界壁付近を起点として解放された元奴隷獣人らと複数の虎人族の戦士を連れて【転移門】を使い、今居るフェルナンデスの街をドジャス川を挟んだ対岸から望めるこの地へと一気に飛んできていた。

しかし流石にこの大人数を一度に移動させるのは無理があった為、何度も往復する事になった。

平原へと出てしまえば帰る際の目印になるような風景がまったく無いが、巨人によって破壊された人族の境界壁は丁度いい目印になった。

最初の内は半信半疑だった彼らを説得するのが難しく、とりあえず問答無用で手近な虎人族の男を捕まえてそのまま【転移門】を使って街の傍まで飛び、それから再び彼を連れて元の場所へと戻るという、随分と荒っぽい方法をとってしまった。

「最初は巨人共の騒動での成り行きな部分もあったが、アーク殿のおかげでここまで来る事が出来た。感謝しているぞ。これはほんの礼だ」

そう言うとホウ族長は自らが乗る疾駆騎竜(ドリフトプス)の鞍に括(くく)りつけてあった布袋を解くと、それをそのまま此方へと放って寄越(よこ)した。

そうして受け取ったそれを、ホウ族長は中を見るようにと顎でしゃくってくる。

中を見れば、そこには赤く色づいた沢山の〝悪魔の爪(レッドネイル)〟が入っていた。

確かにこれは自分が虎人族の集落を訪れた目的だったが、彼に対してはまだその要求を話してはいなかった。

不思議に思ってホウ族長を見返すと、彼は笑ってその視線を一人の男へと向けた。

「エインの奴から聞いた、とりあえず手元にある分でしか渡せないが、また訪ねて来るのであれば用意しておく。それとは別に我ら虎人族との友好と感謝の証として、今乗っている疾駆騎竜(ドリフトプス)をアーク殿に贈ろう」

その言葉の内容に自分は一瞬面食らって、ゆるゆると脳内で理解が追いつくと、自らが乗騎する〝友好の証〟を見下ろした。

すると向こうも会話の内容を理解しているかのように、縦に長い瞳孔を細めて此方に視線を投げ掛けて来た。少し荒い鼻息を吐いて、見返すその眼には「不満なのか？」と問われている気がした。

自分はゆっくりと頭(かぶり)を振って族長に答えを返すしかなかった。

「……いや、その申し出、有り難く受けよう」

そう言って族長に礼を述べながら、期せずして自分の乗騎となった手綱の先の疾駆騎竜(ドリフトプス)を見やりながら名前をどうするかを思案するのだった。

紫電の首筋を撫でながら、思考を過去から引き揚げて頭(かぶり)を振る。

「お前もこの森には慣れただろうが、たまには広い草原にでも行って走らせてやらんとな……」

疾駆騎竜(ドリフトプス)は頭のいい乗騎のようで、ある程度放し飼いにしていても自らで餌を探し、寝床なども自分の気に入った場所を探す。

以前温泉に入れて身体を洗ってやるといたく気に入ったのか、それからは時々勝手に温泉に入っている姿を見掛けた。

ただ背後に聳える龍冠樹(ロードクラウン)を住処にしている龍王(ドラゴンロード)ウィリアースフィムが社に下りてくると、やはり生物としての格を敏感に感じるのか、森の中に隠れて姿を見せなくなってしまう。

だけどまぁ、それが本来の動物の正しい反応だろうとは思う。

ポンタのように龍王(ドラゴンロード)が温泉に浸(つ)かっている間、その長い尻尾にじゃれついて遊ぶような変な度胸を持ち合わせている動物はそう多くはない筈(はず)だ。

そんな紫電だが、もともとは広大な平原で暮らしていたのだ。森の——さらに現在居るような山頂付近となればあまり開けた場所がなく、紫電にとっては窮屈な場所だろう。

東の湖の畔(あぜ)に現在も建築真っ只中(ただなか)の里付近はわりと開けた環境でもある為、折を見てこの社から湖まで通じる道を作るのもいいかも知れないな。

　自分のその案を自画自賛していると、不意に後ろで人の気配がして振り返った。

　そこには薄紫色の肌を僅かに上気させて、少し濡れた長い雪色の髪を手に持った長布でふき取っている姿のアリアンが立っていた。

　彼女は今迄（いままで）、社の裏手にある温泉に入っており、今上がってきたのだろう。

　アリアンもここの温泉が気に入ったのか、自分がララトイアの里からこの社の開拓に出掛ける際に、時々こうして付いてきては温泉に入りに来ているのだ。

　そんな彼女は、いつもの旅先で身に纏う法衣と革鎧姿ではなく、独特の紋様が彩られたエルフ族の民族衣装に身を包んだ姿をしており、その姿はまさに湯上がり美人を地でいっていると言えた。

「あ、竈（かまど）、もう形が出来たのね？　それにしても、アークって何かと器用よね……」

　アリアンは何となしにそんな言葉を零しながら、先程出来上がったばかりで乾燥中の竈の内部を物珍しげに覗き込む。

　そうすると彼女の豊かな胸が重力に従って、浴衣のように前で合わせた民族衣装が少しはだけるようにゆさりと下がった。

　実にけしからん姿だと、そんな彼女の姿を鎧兜の奥から眺めていると、そこへポンタが一目散に駆けていってその胸元に飛び込んだ。

「ちょっと、ポンタ！　あ、コラ！　くすぐったいわよ！　あはは」

――実（まこと）に羨まけしからん光景だな。

じゃれる一人と一匹の様子を眺めながらそんな他愛のない思考が湧く。

そうしてようやく一息ついたのか、アリアンがポンタを抱きすくめた格好で此方へと視線を移す。

「アーク、そろそろお昼だし里に戻るでしょ？」

彼女のその言葉に、空を仰いでいつの間にやら日が高くなっているのを確認する。

どうやら煉瓦窯造りに夢中で、すでに昼を回っていたようだ。

「うむ。仕込んであるものもあるし、一度里に戻るとしようか」

そう返事をして手元にあった道具類を片付けると、アリアンとポンタを伴って社の前庭へ出た。

そこでラライアの里まで転移する為の魔法、【転移門(ゲート)】を発動させる。

「紫電、社の留守番、しかと頼むぞ」「きゅん！」

自分とポンタの声に答えるかのように、紫電はその大きな身体を揺すって鼻息を吹き出す。

足元に大きく光る魔法陣が展開され、その魔法陣の外からこちらの様子を眺めていた紫電に声を掛けると、まるで返事をするように紫電が嗚いて鬣を揺すった。

このやりとりは紫電を伴ってこの社へと来た頃からの定番のもの。

ポンタも大きな友人に尻尾を振って意思表示を示した後、魔法陣が発動して目の前の景色が一瞬で暗転した。

北大陸南東部に広がる広大な森——カナダ大森林。

かつて人族の迫害から逃れる為、当時広大な荒地でしかなかったその場所に逃げ込んだエルフ族が築いた巨大な森で、森の木々とそこに暮らす数多(あまた)の魔獣が天然の要塞として人を遠ざけている。

そんな森の奥地にはエルフ族の手によって幾つもの里が築かれていた。

彼らが得意とする魔法の力を使って築かれた生きた木々の壁の内側は、何処かの物語に出て来るようなのどかな風景が広がっている。

まるでマッシュルームのような形をした木造の家屋が点在し、所々に巨大な樹木と家屋が融合したような摩訶不思議（まかふしぎ）な建物の姿が確認出来た。

その幾つもあるエルフ族の里の一つ、ララトイアの里と呼ばれるそこは、アリアンの父が長老として治める里で、今現在、自分が籍を置く里でもあった。

そして目の前にはアリアンの実家でもある長老宅の巨大な建造物が聳えている。

あのまるで山のような龍冠樹（ロードクラウン）の事を思えば随分と細いが、人が暮らす家屋一軒分ほどもある幹周りは十分に巨大だ。その巨大な幹の中に屋敷が融合するような形で在り、上へと伸びた先には大きく広げた枝葉がその場に大きな木陰を作っている。

アリアンが勝手知ったる我が家に入って行くその後ろを付いて歩く。

中へ入ると巨大な樹木の中は吹き抜けのホールとなっており、そこから左右に二階へと続く階段が伸びて、その先には大きな食堂があった。

そこにアリアンと同じ雰囲気の女性が一人、自分とアリアンの姿を見つけて顔を綻ばせた。

「あら、あなた達、ようやく戻ったの？　お昼はアーク君が作るって言ってたのに、戻って来ないからこのまま今日はお預けなのかと思ったわ」

そう言って笑顔でいるのはアリアンの母親で、この里の長老の妻であるグレニスだった。

グレニス・アルナ・ララトイア、今現在は里を留守にしている長老である夫に代わって代理を務める彼女は、アリアンとそう歳の変わらなそうな容姿をしている。

だが長命な種族であるエルフ種はその見た目からは正確な年齢が分からない。

しかしだからと言って、目の前の人物に年齢の話を振るのは自ら棺桶に頭から飛び込むにも等しい行為である。なんと言っても剣の使い手であるアリアンの師匠であり、自分も何度も模擬戦闘をこなしてはいるが、一度も有効的な反撃を行えた試しがない人物だ。

なので笑顔のままの彼女に素直に謝罪を伝える。

「すまぬ、グレニス殿。少しばかり竈の製作に熱中してしまっていた」

もともと今日の昼は前から取り組もうとしていた用意を実践する為でもあり、その為に今回の昼食は自分が担当すると名乗り出ていたのだ。

とりあえず自分は鎧姿のまま、食堂の奥に設けられた厨房へと入った。

人族が薪を使って煮炊きするようなこの世界の中で、彼らエルフ族はその優れた魔道具技術をもって高い生活水準を保っている。

現に目の前の厨房も薪を使った竈もあるが、ガスコンロのような雰囲気の道具も備わっていた。

ただこれは魔石を使った燃料を消費する為、普段利用としてはまだまだ薪の方の竈などが主流である事が多いという話だ。

「そう言えばアーク、朝から何か準備してたけど、それって何？」

厨房で準備を始めたそこに、アリアンが後ろから覗き込むような格好で話し掛けて来た。

彼女の視線が注がれているのは、自分の手元に置かれた大きめの二つの器だ。

陶器製の器の中に水が張ってあり、それぞれ乾燥させたトマトとキノコが漬けられている。

「今回は新たな調味料を作ってみようかと思ってな」

そう言いながら器の中から戻ったトマトとキノコを取り出す。

今回自分が挑戦する新たな調味料は〝醬油（しょうゆ）〟だ。

本来の醬油は大豆と麴（こうじ）を発酵させて作る物で、その工程は複雑で温度管理なども相まってなかなか一朝一夕で作れるようなものではない。当然素人がそうそう作れるような代物ではないのだ。

だが、醬油の成分を化学的な変化で生み出す事は出来る。


まずは昨晩から水に浸していた乾燥トマトと乾燥キノコだ。

キノコはモリーユがあれば良かったのだが、こちらではまだ見かけていない。なので、香り高いと言われるキノコをグレニスに見繕ってもらって使用した。見た目は少しエリンギに似ている。

その二つの戻し汁を合わせて鍋に移し替え、そしてその横で鶏（とり）のむね肉を包丁で叩くようにしてミンチに加工する。

ミンチになったら一部を残してそれを鍋に入れて火にかけ、沸騰したら麻布で濾（こ）す。

とりあえずこれで下準備の〝出し汁〟の完成だ。

香りを嗅いで少し味を見てみるが、わりといい感じに出汁（だし）が出来たと思う。

しかし、横でそれを見ていたアリアンはと言えば、眉を顰（ひそ）めて鼻を鳴らしていた。

「……なに、これ？　あまりいい匂いしないんだけど……」

実に嫌そうな顔のアリアンに自分は肩を竦めて応えるに止めた。

まぁ日本人ならば出汁の香りを嗅ぐと落ち着くが、外国人は蒸れた洗濯物の臭いと称したりするので、ここは慣れや感性の違いとしか言えない。

さて次はいよいよ〝醤油〟擬き作りだ。

醤油は究極的な話、それを構成する大部分であるアミノ酸と糖があれば作れる、というのが今回の醤油作りの基本理念だ。

まずはアミノ酸担当だが、出汁作りでも使った残りの鶏むね肉のミンチを器に入れて、そこに今度は糖担当のカナダ大森林の特産品でもあるメープルシロップを加えて丁寧に混ぜ合わせる。

それを鍋に入れて高温で炒め始めると、蜜入りミンチが茶色く変容するメイラード反応が起こり始め、全体が色づいたところに塩と酒を加えて火を落とす。

「うむ、完成だな」

鍋の底に溜まったさらりとした濃茶色の液体を少し指に掬い舐めてみる。

まさに醤油、とまでは流石にいかないが、だいぶそれらしい味に仕上がってはいた。

ただお酒が白ワインのようなフルーティーな物しか用意出来なかったので、醤油の味が全体的に洋風な感じを思わせる。〝醤油〟というよりは〝ソイソース〟といった感じか。

材料に〝ソイ〟を全く使用してはいないが。

隣では相変わらずポンタを抱いたアリアンが興味津々といった感じで、此方の作業を覗き込んでは、しきりに鼻を寄せて出来たばかりの醬油の匂いを嗅いでいた。

「どうだ、アリアン殿。まだ苦手な匂いであるか？」

自分のその質問に彼女は少し考えるような仕草をして小さく首を横に振る。

「さっきとは随分と匂いが変わったわね。なんていうか、香ばしい匂いがする」

どうやら拒否反応は出ていないようだ。

これから作る鶏の照り焼きも口に合えばいいのだが——そんな事を考えながら、照り焼き用の漬けダレを用意して鶏肉を漬け込んでいると、今迄静かに食堂の席に座っていたグレニスが何かに気付いたように立ち上がり食堂を出ていく。

しばらくして一階からグレニスが食堂へと戻って来たその後ろに、久しぶりの顔を見つけた。

「おぉ、ディラン殿。ようやく里に戻られたのか」

グレニスの後ろから姿を現したその人物は、厨房に立つ自分とアリアンの姿を認めると、僅かに笑みを浮かべて片手を上げるようにして挨拶をした。

「やぁ、アーク君、アリアン。今さっき戻ったところでね。いやいや、ローデンの王都からここまでは結構な長旅だったよ。だけど、おかげで有意義な話の場を得る事が出来た」

そう言って返してきたのは、このラトイアの里の長老でアリアンの父——ディラン・ターグ・ラトイアその人だった。

少し長めの翠（みどり）がかった金髪に長く尖った耳、全体的に細身のその姿はこの森の中で多くが暮らすエルフ族の特徴でもある。

「それと、二人にお客を連れてきたぞ」

意味深な笑みを浮かべたまま、そう言って自らの後ろにその視線を向けて少し横にずれる。

それにつられるように自分とアリアンの視線も自然とそちらへと向くと、彼の背に隠れるようにして立っていた一人の少女が姿を現した。

「チヨメちゃん!?　どうしたの、こんな所に？」

その少女の姿を認めて、真っ先に反応を示したのはアリアンだった。

彼女のそんな疑問に、黒髪猫耳に忍び装束に身を包んだチヨメが、長い尻尾を僅かに持ち上げて頭を下げる。

「お久しぶりです、アリアン殿、アーク殿」

微かに嬉しそうに左右に揺れる尻尾は、あまり表情を変えないチヨメの代わりに感情豊かだ。

彼女と会うのは南の大陸での一件が片付いた後、ゴエモンと共に〝刃心（ジンシン）一族〟の現在の拠点となっているカルカト山群にある隠れ里へと転移魔法を使って送り届けて以来だった。

あの一件で行方知れずだったチヨメの兄弟子のサスケが不死者（アンデッド）となった姿で彼女の前に現れ、そして襲い掛かって来た彼を彼女自らの手で葬った経緯がある。

里への帰還はその一連の報告する為でもあった。

「……チヨメ殿は、大丈夫なのか？」

久しぶりに会ったチヨメに自分はどう言えばいいのか分からず、そんな曖昧な問い掛けをする。

恐らく一族内で葬儀などもあっただろうし、あれからまだ半月しか経（た）っていないのだ。

自ら兄と慕っていた者を、自らの手で殺(あや)めねばならなかった彼女の心情は、自分程度の者では容易に推し量る事は出来ない。

するとチヨメはその蒼く透き通った瞳を真っ直(す)ぐに此方へと向けて、僅かに首を傾けて頷いた。

「はい。あの後、里に戻りハンゾウ様に報告を上げてからですが葬儀も行いました……」

先程まで揺れていたチヨメの尻尾が少し垂れ下がり視線が伏せられると、そんな彼女の様子を心配に思ったアリアンが眉尻を下げて彼女の顔を覗き込む。

「チヨメちゃん……」

「その後ですが、サスケ兄さんが残した言葉の意味を探る為、以前兄さんが辿(たど)った足取りを追う事が一族内で決まったのですが――」

そこまで言って言葉を区切ると、彼女の視線が再び此方を見上げてきた。

サスケの残した最後の言葉――自分は直接聞いた訳ではないが、彼女の話によれば死ぬ直前〝教国に気をつけろ〟と言って果てたという。

その言葉から推測出来るのは、彼が不死者(アンデッド)になった理由はヒルク教国にある――という事だろう。

そして何より、サスケは不死者(アンデッド)としてはかなり不自然な存在だったと――彼と対峙(たいじ)したチヨメやアリアン、ゴエモンらが口を揃えたのだ。

普通、不死者(アンデッド)は自然発生的に生まれるものであり、濃い魔素(マナ)に曝(さら)された死者の肉体に悪霊が入り込む事によって生まれると言われている。

だが不死者(アンデッド)が生まれる条件である魔素(マナ)の蓄積には相応の時間を要する為に、誕生した不死者(アンデッド)のほとんどが腐敗した死者、つまりはゾンビか、白骨化した状態のスケルトンとなるのが一般的なのだと言う。

しかし、チヨメの前に姿を現したサスケにはそのような様子は一切見受けられず、むしろ見た目には普通の生者と区別がつかなかった。

彼が不死者（アンデッド）であると看破出来たのは、それを嗅ぎ分けられる鼻を持った獣人族のチヨメや、不死者（アンデッド）が纏う特有の〝穢（けが）れ〟を視る事が出来るエルフ族のアリアンが居たからだ。

彼女らのその能力があったからこそ、鎧の下が骸骨の姿である自分が不死者（アンデッド）ではないと確信して貰えて、こうやって同じ時を過ごせている。彼女らがサスケを不死者（アンデッド）と見做（みな）したのならば、それは間違いない事実なのだろう。

だがそうなると問題になるのは、不自然な形で不死者（アンデッド）となったサスケが明確な目的を持って動き、その先で突如として現れた無数の死霊兵士、そして教会内部から姿を現した何やら得体の知れない不気味な存在。

それらの存在と、サスケの最後の言葉を合わせて出た推論はチヨメら〝刃心（ジンシン）一族〟には無視出来ない事だったのだろう。

「――しかし教国を秘密裏に調査するにあたって問題が起きました。サスケ兄さんは、ローデン王国の北西部に広がるフェビント湿地を越えてデルフレント王国へ入ったようなのですが、そこから先への〝道〟が消えていました」

彼女のその言葉に、自分とアリアンが互いにその意味を目で尋ね合う。

そんなこちらの様子を見ていたチヨメが補足の説明を語った。

「ボク達一族が遠出の任に就く場合、その地に隠れ住む〝クサ〟と呼ばれる者の隠れ家を拠点や中継地にしてそれらを繋ぐ道を通じて活動するのですが、今回そこがことごとく潰されていました」

どうやら〝クサ〟というのは彼女ら忍者が諜報活動をする際に用いるネットワークのようだ。それが無くなったとなれば、情報収集する際の大きな負担になる筈だ。

「そのクサとやらは、察するにチヨメ殿らの同胞らの隠れ家だと思うのだが、クサ役の者達も行方が知れぬのか?」

自分のその問いに、チヨメは小さく首肯する。

「もともとヒルク教国とその周辺三国はヒルク教の教えが根強い事もあって、ボク達のような山野の民やアリアン殿らのようなエルフ族が暮らすには向かない土地なのです。見つかれば良くて奴隷、殺される事など珍しくないですから、そもそも潜伏しているクサ自体もあまり数が多くありませんでした。ここに来て足掛かりを失い足止めを受けた格好です」

そう言ってチヨメは悔しげに両の拳を握り締めた。

そんな悔しさを滲ませる彼女の言葉を引き継いだのは、今まで彼女の語る話を黙って聞いていたこの里の長老、ディランだった。

「そこで彼女らは以前手を貸してくれたアーク君に再び助力を求める為に、その時ローデン王国の王都に逗留していた私のところに接触してきた——という訳だ。いやぁ、それにしても彼女らの情報網と潜入術は大したものだね。城内の部屋に彼女が姿を現した時は肝を冷やしたよ」

ディランのそんな暢気（のんき）ともとれる発言に、少し重くなっていた場の雰囲気が和らぐ。

「ほぉ、という事は今度我が行く先はヒルク教国という事だな？」

自分のその言葉にチヨメが目を見開いて此方を仰ぎ見る。

「!? アーク殿、手伝って頂けるのですか……？　その、まだ報酬の話もしていませんが……」

ややぎこちない彼女のその問い掛けには、どこか引け目のようなものが感じられた。

恐らくは今回の依頼が前回と違い、同胞の解放という大義名分などではなく一族の——それもより私的に近い彼女の兄弟子であったサスケに関する事というのもあるのだろう。

しかしサスケが残したという最後の言葉、それは個人的にも気になっていたのだ。

「いや、我も少し個人的に気になっておったのでな。それに、チヨメ殿の力になれるのならば、我は喜んで力を貸すぞ？」

そう言って笑うと、チヨメは頭頂部の猫耳をパタパタとさせて無言で頭を下げた。

エルフ族や獣人族を差別的な教義でもって迫害するヒルク教。

そしてサスケが不死者（アンデッド）となった理由がその教えを広める宗教国家——ヒルク教国にあるとすれば、あの死霊兵士らもその教国が生み出したのではないのか。

そして目的を持って行動する不死者（アンデッド）の集団をもう一つ、自分達は目撃している。

風龍山脈を越える際に潜った龍の咢（あぎと）に開いた洞窟、その地下深くの先に広がっていた大空洞で遭遇した大量のスケルトンと四本腕の蜘蛛（くも）と人の融合したような異形の化け物。

あれらも何かの目的があってあの場に居た不死者（アンデッド）の集団だった。

――何やら自分の知らない所で大きな事が起こっている、そんな気がするのだ。

それとも単なる気の回しすぎだろうか？

自分の思考に埋没していたところに、アリアンがチヨメのその申し出に自ら名乗りを上げた。

「私も！　私も付いて行くわよ!?　アークだけだと心配だし、それに友達の頼みなんだしね」

そう言って大きな胸を張るアリアンに、ふと疑問に思った事を尋ねてみた。

「……そう言えばアリアン殿は、中央の森都メープルの戦士だったと思うのだが、ずっとラライアの里に居て大丈夫なのであるか？」

「!?っ……え、その」

自分のそんな質問に、アリアンは何やら返答に詰まって口ごもりながら視線を逸らした。

すると横から満面の笑みを湛えたグレニスが、アリアンを背後から抱きすくめて此方に意味ありげな視線を投げ掛けて来た。

「あれぇ、アリンちゃん？　あの事まだ彼に話してなかったのぉ？」

そう言って意味ありげな含みを持たせた彼女の言い回しに、アリアンが何やら小さく抗議するような声が届く。

二人のそんなやりとりに首を傾(かし)げていると、

「アリンちゃん、最近里変えで名前変わったのよ？　アーク君と同じ、ララトイアにねぇ？」

グレニスのその言葉に、アリアンは無言で彼女を押しやる。

どこかアリアンの尖った耳の先が赤く差して見えるのは気のせい――ではない筈だ。

「ほぉ、では我とアリアン殿はこれで同郷の徒というわけだな」

彼女にそんな含みを持たせた言葉を掛けると、ふいと視線を外されてしまった。

「……別に、これはあなたが正式な里の一員になるまでの監視の意味を込めた異動よ。変な勘繰りはやめてよね」

そんな二人のやりとりを見て反応したのは、長老のディランだった。

「それはあれかい？　アーク君がラトイアの名を名乗る事になったという事は、グレニスから誘いを受けたという事かな？」

「うむ、少し前にグレニス殿より誘われる形でな。しかし正式な承認は長老であるディラン殿が戻ってからという事だったのだが――」

ディランの確認するような視線を受けてこれまでの経緯を交えてそう返すと、彼は満足そうな笑みを浮かべて大きく頷いた。

「そうか、それは良かった。私としてもアーク君がこの里に入ってくれるのであれば、多少なりとも便宜を図るなどして力になれる事もあるだろうしね。それに特殊な体質の事もあるだろうから、それを知る身近な者が傍にいるのは何かと都合がいいだろう」

そう言って彼は、自分の娘であるアリアンに視線を向けてその目を細める。

どうやら自分もこれで無事にラトイアの里の正式な一員として入れるようだ。

「そうそう話が少し逸れたが、チヨメ君の依頼を受けてヒルク教国を目指すならば私達と一緒に南海岸沿いのサルマ王国の方面から入ってはどうだい？」

ディランのその申し出の言葉に、グレニスが僅かに首を傾げて口を挟んだ。

「私達？　あなた、まさかまた出掛ける事になったの？」

やや不機嫌そうな声音をしたグレニスの言葉に、今まで笑みを浮かべていたディランが慌てたように弁明を口にした。

「いや、それがね、森都に戻った際にドラントの里から救援要請があったらしくて、一応向こうの長老と面識がある私がその要請に応える形になってしまってね。大長老らからの直々の要請って事もあって断れなかったんだ。すまない」

眉尻を下げて少し頼りなげな顔をするディランに、グレニスが溜め息を吐いた。

「いいわよ、もう。文句は大長老を務める父の方へ持っていくから」

そう言って唇を尖らせてそっぽを向くグレニスの様子に、ディランは力無く肩を落とした。

そんな両親のやりとりに割って入ったのは娘のアリアンだ。

「ドラントの里から救援要請って、何があったの？　あそこは独立独歩の気風で、あまりそういった事をこっちに言ってこないと思ってたけど？」

エルフ族の里の一員となったばかりで内情などに詳しくない自分はアリアンの話に黙って耳を傾けていると、ディランが眉根を寄せて難しい顔を作っていた。

「実はここへと戻る途中でチヨメ君からの話を聞いて気付いたんだけど、どうもドラントの里を襲ったのが不死者（アンデッド）らしく、それが伝え聞いた話を総合すると君達が龍の塒の洞窟で出会ったという蜘蛛と人の化け物らしくてね……」

その彼の言葉に、自分とアリアンが顔を見合わせた。

「あれがドラントの里にも出たの？」

「三匹ほどに加えて、他にも多数の鎧を纏った兵士風の不死者(アンデッド)を連れていたみたいでね。ルアンの森に突然現れて、結構な被害が出たらしいよ。なので怪我人(けがにん)などを治療できる者や、空いた戦士の席を埋められるような者を率いて、明日ランドフリアの港から発(た)つ予定だ」

その彼の言に皆が一様に驚きの顔を作った。

「明日とは、また急であるな。治癒魔法ならば我も多少心得ておるが、力を貸した方が良いか？」

そう言ってディランを見やるが、彼は軽く首を横に振ってそれに答えた。

「いや、申し出はありがたいんだけどね……ドラントの里は余所者(よそもの)をあまり里に入れたがらないんだ。チヨメ君のような山野の民はもちろん、ダークエルフ族であってもいい顔をしなくてね」

ディランは力無く笑ってから、ふっと肩を竦ませた。

どうやら同じエルフ族でも色々と考え方の違いがあるようだ。

だが考えてみればそれはごく当たり前の事で、自分がララトイアの里に迎え入れられたのは、アリアンの理解とその伝手である彼女の父、長老ディランに因るところが大きく、日が浅い自分はまだこの里内だけに限っても受け入れられたとは言い難いのが現状だろう。

そして気になる事はまだある――。

「そのルアンの森とやらだが、ランドフリアの港から発つという事と合わせて考えると、今回の一件はカナダ大森林外のエルフの里からの救援要請と考えて良いのか？」

「アーク君の言う通り、ドラントの里のあるルアンの森はここから西――南央海に面した場所で、このカナダ大森林からは独立した里なんだよ」

「我はてっきりエルフ族は例の初代族長に率いられて、殆どこのカナダ大森林に移住したものと思っていたのだが、そうでもないのだな」

ディランの答えを聞きながらそんな事を漏らすと、傍で立って聞いていたアリアンが蟀谷を押さえるようにして頭を振って口を開いた。

「ドラントの里は初代様の招集に応じなかった一族が暮らしているのよ。その習慣は大陸中に散って暮らしていた時の古いエルフ族の考えそのままらしいわ。昔は武闘派な一族だったらしいけど」

そう言って何やら不機嫌そうに肩を竦ませる。

どうやらアリアンはあまりドラントの里を快く思ってはいないようだ。

「しかし武闘派の一族であり余所者嫌いの里が強敵とはいえ、あの蜘蛛人三匹に他里へ救援を要請する程の被害を被るとは、本当にその被害を与えたのは我らが対峙したあの蜘蛛人なのだろうか?」

あの蜘蛛人は確かに常人の手には余る驚異的な化け物だが、カナダ大森林の中心である森都メープルで戦士をしていたアリアンと、忍者集団である〝刃心一族〟の実力者、六忍の一人のチヨメの二人でも対処出来た――とそこまで思考して頭を捻った。

――いや、この場合は二人だから対処出来たのか。

そんな自分の疑問にディランは困ったような笑顔を浮かべるだけで答えを口にしない。

しかしその隣で口を開いたのはグレニスだった。

「武闘派なんて昔の事なのよ。そもそも里の人数もそんなに多くないから、数の多いこちらの方が戦士の質は高いしね。それに向こうの里は女性を戦士に据えたりしないのよ、掟破りだからと言ってね……。ダークエルフ族にも当たりが厳しいしね」

そう言って口を尖らせるグレニスに、アリアンも同調するように相槌を打っている。

親子揃ってドラントの里の印象はあまり良くないようだ。

確かに、質を維持する上でも人の数というのは重要だ。それに女性を戦士にしないというのは、さらに選択肢を狭める結果になる。

一見女性に対して危険職である戦士の登用を禁止しているのは優遇措置にもとれるが、グレニスやアリアンのように男性顔負けの実力を持つ者からすれば余計な掟なのだろう。

それに危険職から遠ざけるからといってそれが本当に優遇措置であるかどうかは、ドラントの里の内情を知らない自分では判断が付かない。

「ボクが聞いた話ですが、その里のエルフ族の魔道具はこちら程の品質はないとのことです」

そこに今度はチヨメがドラントの里の噂を持ち出して話に加わった。

「まぁ……」

「……それは」

「ねぇ？」

そんなチヨメの話に、アリアン、ディラン、グレニスがお互い視線を交わし合って、何やら歯切れの悪い曖昧な返事をする。

どうやら魔道具に関しては何かしら理由があるようだ。これもカナダ大森林で暮らすエルフ族の総数が多い事も原因の一つだろうが、彼らの反応を見る限りそれだけでもないという事か。

――きゅるきゅるきゅるぅるぅ……。

そんな事を考えていると、何処からか可愛(かわい)らしいお腹(なか)の音らしきものが鳴って、皆が一斉に視線を周囲に彷徨(さまよ)わせた。

アリアンは自らのお腹が鳴ったと思ったのか、僅かに頬に朱をのぼらせて自分の腹を押さえた。

「きゅ～ん……」

しかしそこへアリアンの足元に居たポンタが、その綿毛のような尻尾を力無く振って、ふらふらと此方へと寄って来て侘(わび)しそうに鳴いた。

どうやら腹の虫の音の主はポンタだったようだ。

「どうやら少し話し込み過ぎたようだな。漬け込んでいた肉をあとは焼くだけだから、早速昼食を作ってしまうとするか。話はまたそこですればいいだろう」

そう言って醤油擬きに漬け込んでいた鶏肉を取り出して、竈へと移す。

するとそれを見ていた全員が同意を示すように頷いて、昼食までの時間をそれぞれの仕事をこなし始めた。

竈に吊(つる)した炙り照り焼きは、漬けダレが炙られる事によってその醤油独特の香ばしい香りが屋敷内に充満して、何とも言えない気分になる。

足元ではポンタがしきりにウロウロと円を描いては、時折足に齧(かじ)り付いて竈の中を見ようと首を伸ばしたりしていた。

醤油擬きだったが、火が入る事によってより醤油らしい香りがするようになった。

これは出来上がった照り焼きを食べるのが一段と楽しみになったなと、一人竈の中を睨みながら口元の歪み(ゆが)を抑えられなくなっていた。

骸骨の身体で胃の無い自分だが、そろそろ空腹で胃が悲鳴を上げ始めそうだ。

間章　エリン・ルクスリア・チャスティタス

北大陸北西部を統べるレブラン大帝国、その中心地である帝都ヴィッテルヴァーレ。

かつて北大陸の覇者であったレブラン帝国の時代から帝国の中心地として栄えるその巨大都市は、帝国が東西に分かれた今もなおその威容を誇っている。

巨大な街壁が都市を取り囲み、その内側には洗練された石造りの優美な巨大建造物が建ち並ぶ。大きな通りや公園が整備され、行き交う人や和やかに歓談する人など身綺麗な格好をした多くの人々を見れば、その繁栄ぶりが窺える。

そしてそんな帝都の中心に置かれた壮麗な宮殿――地方の小都市が丸ごと収まる程の敷地を有する皇帝の在所であるディヨンボルグ大宮殿から、一台の馬車が吐き出された。

随所に装飾の施されたいかにも貴人の為の馬車は、二頭の体格のいい馬に牽かれ、ゆっくりとした速度で大きな屋敷が建ち並ぶ貴族街の中を進んで行く。

その車内では一人の青年が大きく溜め息を吐いて、宮殿と自身の屋敷を結ぶいつもの景色が車窓を流れていく様を頬杖を突いてぼんやりと眺めていた。

まだ若く、きっちりと梳られた髪に端整な顔立ち、やや疲労の色は残るが困ったような笑みを覗かせる柔和な表情は、周りの婦女子を色めかせるには十分な素質を持っている。

そして栄えある帝都の貴族の目から見ても上質な身形に、彼が時折見せる何気ない仕草の一つ一つからは高い教養と、それに伴う身分が滲み出ていた。

彼の名はサルウィス・ドゥ・オスト。

このレブラン大帝国を治める皇帝――ガウルバ・レブラン・セルジオフェブスを公私共に補佐する宮宰の位に就く人物だ。

常日頃から皇帝傍近くに控え、皇帝の問いに答え、時に意見を述べる役目にあるその地位に、彼ほどの若さで就いている事が、その優秀さと皇帝からの信任が厚い事を物語っている。

勿論、公私共に支える宮宰であるから、宮殿には彼専用の部屋が用意されているのだが、彼は皇帝の許しを得て時々こうして息抜きと称して貴族街に与えられた屋敷に戻って来ていた。

特に今回彼の耳に届いた報せは、扱い方を間違えれば今の皇帝がその座を追われる事になりかねないような話だったのだ。

帝国の最高権力者である皇帝だが、その座は決して恒久的なものではない。

現皇帝ガウルバは既にかなり高齢で、次代の皇帝の座を巡っての継承争いが徐々に激しくなってきている。そこへ皇帝の権威が揺らぐ事などがあれば、それが一気に表面化する事になる筈だ。

今のように帝国が東西に分裂した原因も、当時の皇帝の権威失墜から起こった継承争いの果ての出来事である事はあまりに有名な話である。

サルウィスは再び大きく溜め息を吐くと、瞼を落として馬車の座席に身を沈めた。

やがて馬車は大きな街路沿いにある一軒の大きな屋敷へと入って行き、まるで公園のような馬車止めを回って屋敷の正面扉の前に停止する。

御者が馬車の扉を開くと、サルウィスが昇降台を踏みしめるように下りた。

それを待っていたかのように、屋敷の正面玄関前に控えていた一人の老執事がサルウィスの近くへと寄って一礼する。

「おかえりなさいませ、サルウィス様。丁度良いところに、つい先程リズ様がお見えになりましたので、奥の部屋へとお通ししておきました」

その老執事の言葉に、今まで疲労の色を濃くしていたサルウィスの顔に生気が満ちた。

「おぉ、そうか！　リズ殿が来られているのか！　最近は姿を見掛けなくなっていたが、また訪ねて来てくれたのか！　これはあまりお待たせする訳にもいかないな」

そう言うと彼は荷物を使用人に任せて、一人屋敷の中へと足早に入って行く。

普段はほとんど宮殿に詰めている為、この屋敷は今迄は対外的な格好としての用途しかなかったものだったが、ここ最近はこうして秘密裏に人と会う為の用途を見出していた。

だがもともと必要最低限の数で屋敷の維持を行っていた事から、使用人の数は屋敷の大きさに比してかなり少なく、通り過ぎる廊下には人の影すらない。

豪奢な調度品に彩られた屋敷の中も、人の存在を感じない静寂の中ではどこか薄ら寒く、まるで廃墟の中に彼の足音だけが響くような感覚に陥る。

そんな屋敷の雰囲気に彼は、訪れた人物が何か不便さなどを感じてはいないだろうかと気を揉みながらも、いつも彼女と会う部屋へと急いだ。

彼の現在の役職やそれに基づく俸給などの事を思えば、この大きさの屋敷であっても十分な数の使用人を雇う事に金銭的な意味での支障はない。

しかし現在の屋敷の使用目的の事を考えれば、雇用する人員をなるべく抑えて、人の目を減らす事こそが望ましいのだ。

そう自身に言い聞かせながら、奥の自室の扉を開いた。

大きな屋敷の中にあって、その部屋だけは他の部屋よりやや小さめの間取りになっている。

落ち着いた飴色の家具が並び、天井の少し派手めな照明が部屋全体を明るく照らしていた。

中央に置かれた大きなテーブル、その傍には肌触りの柔らかい横長の革張りのソファがテーブルを囲むように並べられており、そこに目的の人物の姿を見つける。

長く明るい金髪は、天井から釣り下がる幾多の照明の灯りに照らされて光を帯びたよう。楚々とした顔立ちは上品で少し憂いを帯びた瞳はどこか高い品位を感じさせる。

全体的に長く白い服は貴族が着るような派手さや煌びやかさとは無縁で、よく言えば質素だが、この屋敷内で見るそれは少し場違いな印象だ。

しかしそんな彼女の主張のない服の下、隠しようもない彼女の豊かな胸がその質素な服を大きく持ち上げていて、全体的に肉感的な彼女の身体の線が浮き上がっていた。

「リズ殿！　お待たせしてしまったか？」

部屋に入っての彼のその第一声に、先程までソファに座って本に視線を落としていた彼女が、その視線を上げてサルウィスを認めると、柔らかな笑みを零した。

いっそ艶めかしいほどの色気を押し込めた肢体とは裏腹に、少女を思わせるようなリズの微笑みにサルウィスの動悸（どうき）が一際大きく跳ねる。

「いいえ、サルウィス様。私も先程腰を下ろしたばかりです。またこうしてお逢（あ）い出来ましたこと、大変嬉（うれ）しく思います」

そう言って彼女——リズは静かに視線を伏せて礼をする。

白く透き通るような肌の上に、まるで光の束のような髪が流れ落ち、露（あら）わになった彼女の首筋に視線が吸い込まれて思わず息を呑（の）む。

そんな彼の視線に気付いたのか、リズは口元に微（かす）かな笑みをのせて目を細めた。

「そ、そう言えばここ最近は姿を見せてくれなかったが、何かあったのか？」

彼女に自身の心の昂（たかぶ）りを見透かされた気がして、サルウィスは慌てて話を逸（そ）らそうとしたが、そのやや上擦った声ではその効果の程も怪しい。

しかしリズはそんな彼の態度に少しだけ笑みを浮かべた後、その質問に答えた。

「いいえ、たいした事ではありません。ただ少しばかりの間、教国の聖都フェールビオ・アルサスを訪ねていただけでございます」

そう言って返したリズの答えに、サルウィスは安堵（あんど）の溜め息を吐いて笑った。

「そうか、君はヒルク教の助祭なのだから、司教などの供として聖都へ赴く事もあるか」

彼はそんな独り言を呟（つぶや）き、顎に手を置いて頷（うなず）いた。

リズとはしばらくの間だが連絡が途絶えてしまい、何かあったのかと彼は自身が使える伝手（つて）を使って彼女を捜させたりもしたのだが、結論から言うと彼女を見つける事は出来なかったのだ。

リズという名の助祭は複数いたのだが、そのいずれもサルウィスが知るリズの特徴とは合わず、行方を探った者からは助祭というのは偽りかも知れないという指摘を受けていた。

では何故彼女がそのような嘘を語るのか——サルウィスは自分が皇帝付きの宮宰である事が原因ではないかと考えていた。彼女の助祭という身分は偽りで、もしかすると教会の中でも位の高い人物ではないのかと。

今のレブラン大帝国の皇帝は教会をあまり良く思っていない向きがあり、それを知った彼女が皇帝付きの宮宰である自分と、教会の高位者たる彼女との親密な関係が露見した際の懸念を考慮したのではないか——とサルウィスは考えていた。

しかし今目の前に姿を見せ、優しく微笑む彼女を見ていれば、それは些細な事だと思えた。

サルウィスが彼女と知り合ったのは半年ほど前。

まだ帝都の街路のあちこちに雪が残る肌寒い季節に、簡素な法衣姿の彼女が貴族街の片隅で困ったように視線を彷徨わせていた所に、たまたまサルウィスを乗せた馬車が通りかかったのだ。

雪の上に法衣を纏って立つ、何処か浮世離れした彼女の美しい姿に、サルウィスは一瞬で心を囚われ、気付いた時にはその場で馬車を止めさせてリズに声を掛けていた。

彼女は貴族宅への訪問祈禱に出掛けた司祭に届け物をする為に貴族街へと入ったものの、道に迷ってしまい途方に暮れていたと——そう語った。

そんな彼女をサルウィスは、自身の馬車へと乗せて目的地まで案内した事がきっかけで、それからも時々顔を合わせては食事やお茶などに誘うようになる。

彼女はこの帝都にある教会の一つで助祭を務めていると話したが、それ以外の彼女自身の事はほとんどと言っていいほど何も語らなかった。

名前もリズとだけしか名乗らなかったが、その所作は平民出身のそれでない事は、彼にもすぐに分かったが、それ以上踏み込んで聞く事は憚（はばか）られた。それを彼女に尋ねた時、彼女が彼の前から姿を消すような、そんな漠然とした不安を覚えたからでもある。

それにそれを問い質（ただ）さずとも、彼には何となく理由を察せられていた。

恐らく何処かの没落貴族の娘だったか、はたまた家督争いなどの煽（あお）りで放逐されたのだろうと——そしてそのような話は貴族社会の中では特段珍しい話でもなかった。

むしろそんな境遇である筈の彼女が暗い一面を他者に見せる事無く、ただ黙して微笑み返すのみでサルウィスの問いに応える。そんな彼女のどこか謎を秘めたような姿や、普段は楚々とした彼女の一面に時折妖艶な魅力が重なり、彼はますます彼女の虜（とりこ）へと落ちていった。

リズもそんな彼を憎からず思っていたのか、時折こうして教会を抜け出してはサルウィスの屋敷を訪れるようになったのだ。

そうしてサルウィスとリズの二人の関係が、男女の仲へと進むのには然程（さほど）時間は掛からなかった。

そんなリズとの出会いからの過去に思考を流されていたサルウィスだったが、ふと何か違和感を覚えて、その正体に気付いて声を上げて笑った。

「ははは、リズ殿、君もたまに冗談を言ったりするんだね？　うっかり信じてしまうところだったよ。この帝都から教国の聖都までは片道半月は掛かる、君とこうして逢えなかった日々は確かに長く感じはしたが、それでも十日を越えていないね」

そう言ってサルウィスがひとしきり笑った後、彼はリズの隣へと腰を下ろした。

部屋の中に静かな沈黙が下りて、リズは傍らに座ってこちらをじっと見つめてくるサルウィスに視線を合わせる。

「私はヒルク教の敬虔(けいけん)なる徒です。私の心はいつでも聖都へと向かっておりますよ」

微かに潤んだ瞳が長い睫毛(まつげ)の奥からサルウィスを見上げ、その視線に僅かな悪戯(いたずら)心をのせて静かに語るリズの吐息が、彼の頬にあたって僅かな熱を伝える。

白い肌が薄く色づき、リズが少し身動(みじろ)ぎをしてサルウィスとの距離を詰めた。

「……そうだな、では君の心を早くこちらへと呼び戻す他ないな」

厚く瑞々(みずみず)しいリズの唇に自らの唇を重ねて吸うと、彼女もそれに瞼を下ろして応じた。

互いが相手の唇に吸い付き、漏れ出る吐息が熱く頬をなぶる。やがてどちらともなく口内で舌を絡め合うと、静かな室内に微かな水音が響く。

しばらくして二人の唇が離れ、お互いに少し荒い息を吐き出す。

リズの白い肌が上気し、彼女の首筋にうっすらと浮かぶ汗が仄(ほの)かに甘い香りを漂わせる。

清楚(せいそ)な面立ちの底から溢(あふ)れ出してくるような誘惑の香りに、サルウィスは堪(たま)らず彼女をソファから抱き上げると、そのまま部屋に置かれた大きなベッドへと運んだ。

柔らかなベッドの上にリズを押し倒すと、サルウィスは彼女に覆いかぶさって再び唇を吸う。

そうしながら彼女の服を徐々にはだけさせていく。

貴族令嬢のような複雑で幾重にも重なるドレスと違い、彼女の艶めかしい肢体を覆う布は平民が纏うような簡素な造りで、あっという間に脱がし去る事が出来た。

リズはベッドの上で金色に光る髪を扇のように広げて、僅かに赤みが差した裸体をサルウィスの前に曝す。すると彼は鼻息を荒らげながら、自らの服を引き千切るようにして脱ぎ去った。

裸体を晒した二人の男女が、大きな一つのベッドの上で絡み合う。

「リズ……君はなんと美しいのだろう」

舌を絡め合い、彼女の頬を撫でながらサルウィスは、熱に浮かされたように彼女の耳元で囁く。

そんな彼の言葉にリズは微笑み返すと、自らの手でサルウィスの手を取り、自身の胸へと導いた。

大きく張りのある胸は、サルウィスが指に力を入れる度にその形を変える。

リズと身体を重ねる毎に彼はその彼女の誘惑に抗えなくなってきていた。

撫で回すリズの大きな胸の先、薄く色づいたしこりが固く尖り、彼はそれを夢中で口へと含んで一心に吸い上げる。まるで大きな赤ん坊のようなその光景を、リズは目を細めて見下ろしている。

やがて我慢がきかなくなったのか、サルウィスは張り裂けそうに固くなった自らの下半身をリズの下半身に潜り込ませると、熱く蠢くようなその体内で早々に果てた。

しかし暫く放心していた彼だったが、リズの口付けに再び精気を取り戻して激しく動き出す。

それを何度か繰り返し、彼の中に溜まっていた精根が尽き果てて痺れるような甘い倦怠感に身を委ねていると、リズが彼のその身体を抱きすくめて頭を撫で始めた。

「……気持ちは晴れましたでしょうか？」

「……？」

リズがサルウィスの額に唇を落としながら、微かに聞こえる程度の声音でそんな事を尋ねる。

そんな彼女の問いに、サルウィスはぼんやりとした微睡（まどろ）みの中で少し首を傾（かし）げた。

「何やら少し疲れたようなお顔をされておりました……」

そんな彼の疑問を呈する仕草に、彼女は囁くように今日サルウィスと会った時の様子を語った。

その言葉に彼は合点がいったという風に頷いて、リズの大きな胸元に顔を埋（うず）めた。

「最近面倒な事が増えてきていてな……帝国は海を越えた先の南の大陸にもタジエントという領土を持っていてな、実はそこが巨人と不死者（アンデッド）の襲撃を受けて壊滅的打撃を受けたと報せがあったのだ」

「……まぁ」

サルウィスの何かを吐き出すような独り言に、リズは小さく相槌（あいづち）を打つ。

「急報だったのだろうが、場所は海を越えた先の陸地だ。急ぎ復興の手筈を整えても、それが到着するのに半月は掛かるだろう。それに、今はその手筈を整えるのもままならない状況なのだ」

そう言って大きな溜め息を吐いて、サルウィスは片目を開けて視線を部屋の隅の窓に向けた。

そこへまたリズの相槌のような問いかけが入る。

「……ままならないとは？」

サルウィスは再び彼女の胸元に顔を沈めると、その奥に香る甘酸っぱい匂いを嗅ぐ。

「救援に向かわせる為には一番近い西皇軍を動かす必要があるが、西のアスパニア王国の軍が国境付近に集結しつつあって動かせない。北・南皇軍は東の連中との継戦中で手が回らない。おまけに南部国境付近の街のティシェンを東に奪われている、この状況でタジエントまで無視出来ない打撃を受けたと国内で知れ渡れば皇帝の失墜まである」

そうなればどうなるか——皇帝の座を巡って継承争いが表面化し、帝都の中心では貴族らを交えた派閥争いが巻き起こり、その隙を突いて西のアスパニア王国、東の神聖レブラン帝国が領地の拡大をこの時とばかりに推し進めてくる筈だ。

東と係争するにあたっては、少しばかりあてにしていたローデン王国の支援も期待出来ない事がつい最近判明していた。あの国でも起こっていた継承争いがこの程ほぼ決着が付いた形で落ち着いたのだが、それがこちらとの繋がりを持っていたセクト第一王子が継承争いから身を引くというものだったのだ。

そして上がって来たローデン王国の次代王は、現王の実子であるユリアーナ第二王女だった。

ユリアーナ王女は元から両帝国と距離を置く主張を繰り返して来た事から、支援などを要請しても難色を示すだろう。

こちらが恫喝したところで相手は協議を延ばして両帝国が疲弊するのを眺めているだけでいいのだから、どちらにしても動く事はない。

——今のままでは最悪の場合、このレブラン大帝国が地図から消える可能性すらあるのだ。

サルウィスは重たい頭をゆっくりと振ってその想像を追い払う。

「……すまない、リズ。今の皇帝は教会に対して理解が浅い。しかし、だからと言って今の皇帝を廃して次代を据えるにも状況がそれを許さない。すまない」

そう言って彼女の腰にしがみつくようにして腕を回すサルウィスに、リズは優しくその彼の頭を撫でながら笑みを漏らした。

「サルウィス様が謝る必要など、どこにもありません。私と同じ信徒であるサルウィス様の献身は神も御承知でしょう。ただ今はまだその時ではない、という事です」

「……そうか。この国はしばらく雌伏の時を過ごすことになるだろうが、それもいずれ……」

リズの慈しむような声色に、サルウィスは身体の奥から這(は)い上ってくる眠気に微睡みながら、自身の傍で微笑む彼女を一度見上げてから眠りへと落ちていった。

そんな彼を見下ろしながら、リズの微笑みが微かに歪(ゆが)み低い嗤(わら)いが漏れ出す。

「ふふふ……身動きの取れなくなった巨体は、飢えた獣の格好の餌ね」

その彼女の声を聞く者はおらず、ただ彼女の膝元には静かに眠りのつく男の姿があるだけだった。

翌日、まだ夜が明けたばかりの帝都は朝靄(あさもや)で薄く煙り、まるで霞(かすみ)の只中(ただなか)にいるような幻想的な風景がその場にいる者をまるで夢幻の中へと誘うような錯覚を起こさせる。

何処か遠くで高い鳥の鳴き声が響いたのを、一人の若い男が耳にして空を仰いだ。

その男は夜番明けの衛兵で、欠伸(あくび)を噛(か)み殺しつつ石畳を軽く響かせながら家路へと歩いていた。

普段ならばこの時間帯でも朝の早い職人などの喧騒が遠くから聞えてくるのだが、今日はこの朝靄の煙のせいか、男が歩く靴音ばかりで妙に静まり返っていた。

やや肌寒い冷気を纏ったような朝靄が男の首筋を撫でて、思わず肩を竦めて身震いする。

「なんか今日はやけに冷え込むなぁ」

まるで人の気配が消えたような心細さを掻き消すように、男は独り言を吐きながら歩く速度を速めて街路を進んで行く。

するとふと目の前に立ち込めていた霧が少し晴れて、その奥から一人の人影が現れた。

男はその不意に現れた人影に、喉の奥から飛び出しそうになった悲鳴をなんとか飲み込む。

やがて男が向ける視線の先、その奥から高らかに石畳を踏みしめて歩み寄って来る人影がその姿を現した。

それは一人の美しい女だった。

白く煙る朝靄の中にあって、その女が抜けるような白い肌と明るく長い金髪を風に靡かせながら歩く姿は、まるで霧の中から抜け出してきた女神のように男の目には映った。

質素な服の下に収まる自己主張の激しい豊満な肉体、歩く度に揺れる大きな胸元はそれだけで男の視線を釘付けるには十分だ。

優しく微笑むその女神の瞳の奥、そこに怪しい光が灯っている事に男は気付かない。

それどころか、彼女の視線に吸い寄せられるようにしてフラフラと不用意に近づいて行く。

「あら？　お兄さん、こんな朝早くに何処へ？」

楚々とした顔つきを裏切らない優しい声音に、男の口元が思わず緩んで、頭を掻きながら彼女の問いに締まらない顔で答える。

「あ、あぁ、衛兵の夜番明けから家に帰るところなんだ」

そんな男の答えに彼女の瞳の奥がさらに怪しく、まるで獲物を狙うかのように光った。

「あら？　衛兵さんなの？　お仕事ご苦労様、もし良かったら仕事明けに頭をすっきりさせたくはないかしら？　ふふふ」

彼女はそう言って楚々とした仮面の奥から妖艶な笑みを浮かべると、自らの服の裾を摘まんでそれをゆっくりと上に持ち上げた。

捲り上げられたスカートの奥から肉付きのいい白い長い足が覗き、男は思わず前のめりになりながらその光景に唾を飲み込んだ。

しかしその後で男は自らの懐を探って、あからさまに首を垂れて溜め息を吐いた。

「っい、いや、そうしたいんだが、今は持ち合わせが少なくて……」

彼女の誘いの意味を、商売のそれだと理解した男は自身の甲斐性の無さに自嘲するような笑いを零して、目の前の彼女に申し訳なさげに謝る。

しかし彼女はそんな彼の態度に失望を露わにするでもなく、また態度を硬化させるでもなく再び優しい笑みを湛えて首を振った。

「違うわ、日頃から街の治安を守ってくれている衛兵さんを労ってあげるっていう意味よ」

そう言って彼女は細長い指先で男の顎先をなぞって、クスクスと笑みを転がすと、踵を返すようにして背中を向けて、視線を男の方へと向けた。

そうして彼女は無言でついて来るように促すと、そのまま朝靄の中を歩き始めた。

男はそんな彼女の態度にはじめは戸惑っていたが、やがて踏ん切りがついたのか、彼女の後を追って力強く石畳を踏みしめて行った。

やがて彼女は複雑に入り組み朝靄で先の見通せない帝都の街中を、まるで何でもないように右に左にと角を曲がり、やがて住宅街の奥にひっそりと佇(たたず)む小さな教会の前でその足を止めた。

「……こんな教会があったのか」

衛兵である男は、その職業柄あちこちと帝都内を動き回る為に普通の者よりは地理に明るい。しかし男が今いる帝都の区画は管轄ではない事から、目の前の教会は初めて目にした。

そして帝都の教会と言えば、どれも豪奢な造りで他を圧倒するような造形美を誇っているものが普通だった。だが目の前の教会はそれとは真逆の代物だ。

周りの三階も四階もある住宅に囲まれているその教会は、高さで言えば二階ほどしかない。

教会に付き物の鐘楼塔などもなく、むしろ一目見ただけではそれが教会であると分かる者の方が少ないだろう。しかし正面の扉に掲げられた聖印は、紛れもなくヒルク教の印だ。

男が教会を見上げているのを置いて、女は教会の横手へと回り奥へと進んで行く。それに男も気付いて慌てて彼女の後を追った。

教会の裏口らしき場所から中へと入り、すぐ傍にあった地下へと続く階段を下りて行く。

迷いの素振りを一切見せない彼女の行動に、男は女が教会の関係者なのだと理解した。

そうして降り立った地下、その奥へと続く扉を開けて中へと入ると、そこは先程までのかび臭い地下の風景とは打って変わって、どこか金持ちの居室のようになっていた。

置かれた調度品やら美術品やらの類はそれなりに良さげな物が配され、地下だというのに魔道具の明かりで暗さは一切ない。

部屋の中央に置かれたベッドは大きく、男がいつも自宅で寝る寝台とはまったくの別物だった。

そんなベッドの前で女はようやく男の方へと振り返ると、待ちきれないとばかりに身に纏っていた服をその場で脱ぎ捨てていた。

全体が白い肌に、豊満な胸。くびれた腰に張りのある尻とそこから伸びる長い足、均整の取れた彫刻のような女の身体つきに、男は目を見開いてその光景に釘付けになる。

「どうしたの？　こないの？」

裸身を露わにした女がその整った顔立ちで男に微笑みかけると、男はヨロヨロと足を引き摺るようにして彼女の前へと進む。

そして彼女に近づくごとに男の鼻腔に微かな甘い匂いが香ると、まるで身体が意思に反したかのように彼女をベッドに押し倒していた。

目が血走り、荒い息を吐き出す男のそんな只ならない様子にも女は笑みを崩さず、されるがまま挑発するような仕草で男の着ている服をはだけさせる。

それに興奮したのか、男は自らの服を信じられない力で引き裂いて全裸になると、そのまま女に跨って既に固く張り詰めた下半身のそれを女の中へと突き入れた。

瞬間、男の脳内を電撃が走ったような快楽が襲い、痙攣するようにあっという間に果てる。

「うあぁあっぁぁぁぁあぁあ!!」

室内に咆哮のような声が上がるが、男の腰はそのまま一心不乱に動き続け、口元から涎を撒き散らしながら女の体内を貪るようにしていた。

しかしそんな異様な様子を見せる男の姿にも、女はされるがままに嗤いを漏らしている。

やがて女の眼球が黒く染まり瞳孔が赤くなると、歪んでいた口元が裂けて長い舌がずるずると蛇のように這い出して男の顔面を舐め始めた。

「ああぁああぁあぁあぁああぁぁぁぁあぁ!!!」

女のその変貌に男は目を見開いて悲鳴を上げるが、何故か身体は言う事を聞かず女の姿をした化け物の身体を貪っていた。

「アハハハハハハハハハッハッハハハ!!!」

女の狂ったような嗤いが地下の室内に木霊し、男は何度も昇天しながらその身体が徐々に萎み始める。目が落ち込み、皮膚が乾燥し、筋肉や脂肪が溶け落ちるかのような速度でなくなっていき、やがてそのベッドの上には二回り程縮んだ茶色く変色したミイラが横たわっていた。

女はまるで枯れ木のようになった男のものを自分の下半身から引き抜くと、男のミイラをベッドの上から叩き落としてベッドに座り直した。

「はぁ、お預けを喰らって溜まっていたものが少し解消出来たわ」

そう言って女は静かに笑うと、ベッドに倒れ込んだ。

「この街が地図から消えて無くなる前に目ぼしい男は食べておかないと勿体ないわね、ふふふ」

裸体のままでベッドに寝転がった女はそんな独り言を漏らすと、隅に打ち棄てられた男だったものの残骸を一瞥する。

その彼女の顔は先程までの化け物のようなものではなく、美しい女性のものに戻っていた。

第二章 ノーザン王国の危機

カナダ大森林最南端。

南央海に張り出したような形のその地に、エルフ族最大の港を持つ里がある。

南の大陸にある獣人族の国、ファブナッハ大王国との交易が盛んなこの里は、自分が現在所属するララトイアの里より遥かに大きく、そこに暮らす人の数も多い。

その人々の中には、エルフ族との交易をする為に訪れた南大陸出身の獣人族の姿もある。

ララトイアではあまり数の多くない大樹を住居とした建造物が幾本も建ち並び、その大樹同士を繋ぐように空中回廊が設けられて、そこを多くのエルフ達が行き交っていた。

こういった自然と都市が融合した大樹の建造物が建ち並ぶ様は、幻想的であると同時にどこか新しい未来都市を見ているような気分にさせる。

そんな独特の風景を生み出している大樹の足元には煉瓦によって綺麗に舗装された街路が延び、そこをエルフや獣人達が雑多に往来する流れを切り拓きながら進む。

先頭に立つ自分はといえば、白銀の鎧に漆黒の外套、頭の上にポンタを乗せて背中には大剣と円盾を担ぐ姿は相変わらず周囲からの耳目を集めるようで、人々の視線が鎧越しに刺さる。

以前訪れた際にも似たような状況だったので、あえてそれらを無視して後ろに視線を向けた。

「まさか、こんなに早くにまたランドフリアの里に来るとは思っていなかったな」

「きゅん！」

自分のその言葉に、頭の上に乗って尻尾をわさわさと振っていたポンタが相槌を打つように鳴く。

そんな自分の後ろに続くのは旅する際のいつものメンバーだ。

自分のお目付け役がすっかり板についてきたアリアンに、諜報活動はお手の物チヨメ。そして今回はララトイアの里の長老であるディランの姿もある。

ディランは今回のドラントの里へ向かう救援隊のまとめ役として同行するらしい。

救援隊の数は治癒魔法などを使える者や戦士としての実力を持った者など、二十数名ほどが選抜されて港の方に既に集結しているという。

大樹の建造物群を抜けて、港近くまで来るとそこはエルフ族特有のマッシュルーム型の家屋が多く建ち並ぶ区画へと出る。

ここは以前にも訪れたいわゆる商業区画というやつだ。

ファブナッハ大王国との交易で齎された雑多な品々が軒先に並べられ、行き交う人々の喧騒と客引きの声とが混じって里の中にあっても独特の雰囲気を漂わせていた。

「きゅん！　きゅん！」

南の大陸から渡って来たであろう多くの食べ物も並んでいる事から、頭の上でポンタがしきりに匂いに反応してあっちこっちへと向いて鳴いている。

「ポンタ、今日は悪いけど港へ真っ直ぐに向かうから、寄り道出来ないわよ？」

そんなポンタの様子に笑みを漏らしながらアリアンが注意すると、ポンタは明らかにしょんぼりとした様子で、その大きな綿毛のような尻尾を垂れさせた。

「心配するな、ポンタ。船で食べる物なら用意しているぞ」

そう言って腰元にある少し大きめの革袋を下げて見せる。すると、ポンタは再び嬉しそうに尻尾を振って頭の上でぐるぐると回った。

そんな此方のやりとりを見ていたチヨメが形のいい鼻を少しひくつかせて、頭の上の猫耳をピンと立てて目を輝かせる。

いつものようにあまり表情は変えないが、尻尾が左右に大きく振れている様子を見るに、どうやら革袋の中身が何か嗅ぎ当てたようだ。

「昨日アーク殿が作った〝鶏の照り焼き〟なるものとよく似た匂いがします」

彼女が出した推測通り、中に入れられているのは昨日作った醬油擬きを使用したもので、今回は照り焼きではなく持ち運びし易いようにした〝焼き鳥〟のタレ焼きだ。

普段焼き鳥はもっぱら〝塩派〟だが、今回は醬油擬きでタレを作って、それを串に刺した鶏肉に塗って焼いてタレ焼きにしてみた。

流石にタレを付けて食べるタイプは液が袋内で垂れるのでちょっと変則だが。

あとはポンタには味が濃くて無理な場合として、乾燥の果実も持ってきている。

革袋の中身を重さで確かめながら、ふとこれからの船旅の事に思考が移って肝心な事を聞いていなかった事に思い至った。

「ディラン殿、今回の船旅の日数はどれほどかかる予定なのだ？」

その自分の質問にやや憂鬱そうな顔をした長老のディランが口を開いた。

「今回の船旅は四日程だね。あまり船は得意じゃないから、今から少し不安だよ」

前回の南の大陸へと渡る船旅がだいたい一日程度だったので、単純計算で距離は前回の四倍程になるという訳か——結構な距離のようだが、船の旅程と考えればそうでもない気がする。

しかし船を苦手と公言したディランにとっては、その四日という距離は十分に彼を憂鬱にさせる原因として働いているのだろう。

そうしてこれからの船旅のあれこれを想像していると、視界にチヨメの姿が映り、そこにいつもの姿がない事を思い出す。

「そう言えばゴエモン殿は今回呼ばなくてもよいのか？」

南の大陸にも同行した屈強な猫人族の姿を思い出しながらチヨメに尋ねると、彼女は革袋に奪われていた視線を上げ、先程までの表情を消して此方を見上げた。

「大丈夫です、ゴエモン達は引き続きサスケ兄さんの足取りを追ってデルフレント王国側からの経路を模索しています。もともと今回の要請はボクが発案したもので、アーク殿の助力を得られるかどうかに拘わらずボクは別口でヒルク教国までの経路を確保するつもりでした」

チヨメはその透き通った蒼い瞳に静かな決意の炎を宿らせ、そう言って力強く返してきた。

自分が慕っていた者の悲惨な末路を見て、打つ手が無かったとは言え自らの手にかけたのだ。

何故そのような顛末をサスケが辿ったのか——それを知りたいと願う彼女の気持ちは誰にも止められはしないのだろう。

むしろ何かをしていなければ彼女は自身が許せないのかも知れない。

「そうか、ではゴエモン殿とは何処か途中で合流する可能性もあるのだな」

「どうでしょうか？　ヒルク教国と周辺三国を合わせた国土はローデン王国より広大です。ゴエモン達の方は拠点の無い中を進む事になるので、アーク殿の〝足〟には追い付かないかも知れません」

そう言うとチヨメは商業区を抜けた先――目の前に広がる高台から見晴らせる大海原の水平線に視線を合わせて呟くように答える。

彼女のそのどこか思いつめたような態度に、言い知れない危うさを感じる。

それは横で聞いていたアリアンも同じだったのか、不安げな視線を向けて彼女の尖った耳先を僅かに垂れさせていた。

自分は腰元に下がった革袋に視線を落とし、昨日の昼食時のチヨメの姿を思い返す。

昨日、チヨメは自分が作った鶏の照り焼きを実に美味しそうに頬張り、口一杯にしていた。

「アーク殿、何ですかこれは？　今迄に食べた事のない味です。美味しいです」

ハグハグと鶏の照り焼きに齧り付いていたチヨメが、その大きな蒼い瞳を大きく見開いてやや勢い込んで語る。

その横ではアリアンが照り焼きを口に入れながら、少し驚いたような表情を作っていた。

「作っていた途中の匂いはあんまりだったけど、焼いたこれはすごい香ばしい味がするわね」

二人の様子から、醤油擬きは割と好評を博しているようだ。

「あらぁ、なかなか面白い味付けになってるわねぇ」

そしてもう一人、グレニスも新しい味付けに舌鼓を打って満足そうに頷いていた。

「醤油という調味料を使った味付けだな。まだ改良の余地はあるが、第一弾としてはまずまずの出来といったところか」

多少洋風ソースっぽくはあるが、醤油擬きが受け入れられた事に安堵の息を漏らす。

これからエルフ族の新たな調味料として広まる事を大いに期待したい。

そうこうしていると、チヨメは手元にあったものを食べ終わり、おかわりに手を伸ばす。

二皿目の照り焼きを頬張りながら、チヨメは此方に視線を向けて僅かに口角を上げた。

「アーク殿。この味、是非とも里に広めたいのですが、作り方を教えて頂けますか？」

チヨメのその問いに、自分は首肯してそれに同意を示す。

「かまわぬぞ？　是非他の里でも広めていってくれ」

そう返すとチヨメは、頭頂部に立った猫耳を大きくバタつかせてその喜びを表した。

美味しい物を食べている時に〝美味しい〟と感じて貰えているというのは、何とも形容し難い一種の高揚感のようなものを感じられる。

久しく人の為に料理を作った記憶が無かったが、こちらの世界へと来てからは何かとちょくちょく作る機会に恵まれて腕を振るっていた。

人の数だけは多かった現代社会よりも、人の数が圧倒的に少ないこの異世界での方が人と人との

距離が近いのは一種の皮肉だろうか。

そんな事を考えて自嘲気味な笑いが漏れた。

美味しそうに頬張る少女の姿を目に映しながら、自分が作った料理で彼女の心の重荷が一時でも軽く出来ているのならばそれに越したことは無いと感じた。


彼女はこの見知らぬ異世界で得た数少ない友人なのだ。もしかすると自分が一方的に友人だと思っているだけなのかも知れないが、そんな事は些細な事だろう。

自分が持つ人並み外れた能力であれば、多少なりとも彼女の力になれる筈——これは驕りではなく紛れもない事実である。

少々人並み外れ過ぎている箇所もあって持て余しているのが現状だが、少々の無茶が利くというのは大変ありがたい。

自身が持っている能力を過小評価するつもりもないし過大評価する気もないが、能力に見合った経験というのは今一番自分に足りないものだとも思っている。

だから南の大陸から帰って来てから、今まで以上にグレニスに剣の手解きも受けていた。

拳を握り締めて力の感触を確かめ、チヨメの横に立って遥か水平線に視線を向ける。

無言でいる自分とチヨメの背後から、アリアンが催促の声をかけて先を促してきた。

「二人とも、港には既に船が停泊しているらしいから、急ぐわよ」

その彼女の言葉に振り返ると、ディランが先頭となって港湾近くに築かれた建物の中へと入って行く姿が目に入り、慌ててそちらへと後を追う。

港湾施設である建物の中、そこに設けられた魔法で動作する昇降機に乗って地下へと下りると、そこには洞窟内に建造された地下ドックのような港が目の前に姿を現した。

船が複数隻まるまる収まるような広い地下空間に港が造られ、何隻かの帆船の姿がある。

その内の一隻にディランは真っ直ぐ向かっていく。

向かった先の船は、以前南の大陸に渡る際に乗船した交易戦艦のリーブベルタ号より遥かに小さな船だ。

しかし以前のリーブベルタ号が全長百メートル程もある巨大船だった為、その半分である目の前の帆船であっても他の船に比べて決して小さいという訳ではない。

二本の大きな帆柱(マスト)が聳(そび)え、全体的に白っぽい金属質のようなツルリとした船体、舷側には砲門が幾つか並んでおり、その様はあのリーブベルタ号を彷彿(ほうふつ)とさせる。

その船上では今まさに出港準備中なのか、多くの力自慢であるダークエルフ族の船員が忙(せわ)しなく動き回っていた。

そんな出航前の船が停泊している正面には二十数名の装備を整えたエルフ族が並んでおり、やって来たディランの姿を見て居住まいを正していた。

これが今回、ドラントの里へと派遣される者達なのだろう。

全員がエルフ族で、翠(みどり)がかった金髪に尖った長い耳と整った顔立ちの男女の集団。そんな集団の中に顔見知りを見つけた。

むすりと不愛想を絵に描いたような顔に、眉根に皺を刻んだ姿の彼は確かディエントの領主に囚われたエルフ族を助けに動いた際に、アリアンと行動を共にしていた戦士だ。

名前は確かダンカ、だったか。

アリアンも気付いたのか、彼に向かって会釈すると目礼だけを返し、視線を此方に向けてますます眉間の皺を深くした後にすぐに逸らし、長老のディランの方へとその視線を向けた。

まぁ当時からあまり信用されていない節があったので、妥当な対応ではある。

そんな此方の温かくない再会のやりとりを余所に、ディランが集まった集団の前に立って挨拶を述べていた。

「諸君、今回は大長老会の指示の下、西方ルアンの森にあるドラントの里へと向かう。既に話は聞いていると思うが、これは向こうの里からの救援要請に応えた形だ。しかし向こうの者達は私達を疎む者も多い。だがあまり相手と揉めないでくれ、何かあれば私に直接言いに来て欲しい」

そう言って言葉を切ると、集まった者達に視線を巡らせた。

彼の話を聞いて相槌を打って理解を示す者もいれば、何とも難しい顔をしている者もいる。

ドラントの里の事をあまり快く思っていない雰囲気が、肌の無い骸骨の身体であっても何となく感じ取れた。

「アリアン殿同様、あまり件の里を良くは思っていないようだな」

そんな目の前の光景を見ながら、隣に立つアリアンに声を掛ける。

すると彼女も大きく肩を竦めて溜め息を吐いた。

「まぁ色々とあったみたいだしね。向こうの長老はまだ話が分かる人物だ――とは父さんが言ってたけど、里全体が余所者嫌いだから……」

何だろうか、このエルフ界の田舎社会へ行くみたいな雰囲気は。

「では皆乗船してくれ。全員が乗船次第出航する」

ディランの号令に従い、それぞれが各自の荷物を担いで次々と船へと乗り込んで行く。

それに自分やアリアンもついて行き、舷側に設置された橋板を渡って船へと上がった。

「アーク君らはこっちへ来てくれ」

甲板へと上がると、先に乗船していたディランが此方に向かって声を掛けて来た。

それに返事をして後に付いて船内に入る。

船中は思ったより複雑な造りではないが、単純でもないようだ。幾つにも区切られた部屋や区画を通り過ぎ、奥へと向かうディランの後ろについて船内を歩く。

「きゅん！」

船内で擦れ違う者に対して、頭の上からポンタが声を掛けるように鳴くと、相手はぎょっとした顔をして此方に物珍しげな視線を向けてくる。

そうして船尾へと着くと、奥にあった扉を開いて後ろに居た自分やアリアン、チヨメを中へと誘い入れた。

中はそれ程広くはないが、少し洒落た調度品が置かれ、両脇には二段になった備え付けのベッドが設けられている。

ポンタは早速ベッドの柔らかさを確かめるべく、寝具の上に乗って前足を交互に左右に押すなどして何故か満足げな顔を此方に向けてきた。

自分やアリアンが船室内を見回していると、前に居たディランが此方を振り返った。

「すまないが、見ての通り今回の船はあまり大きくなくてね。部屋数も少ない為、アーク君とチヨメ君、あとはアリアンの三人でこの部屋を使ってくれ」

そう言ってディランは屈託のない笑顔を浮かべると、彼は他にも用があると言って船室をそそくさと出て行った。

そんなディランの背中を見送ったアリアンが、油の切れた機械人形のようにぎこちない動作で此方を振り返る。

何やら色々と複雑な表情を浮かべては何事かを呻いていた。

船内が狭い上に救援隊の船に便乗させて貰っている手前、ディランに文句などは言えない。そもそも今回のサスケの足取りの追跡調査はアリアン自らが名乗り出たのだ。

そうして自分でも飲み込んだのか、大きく息を吐き出して此方を見やる。

「真ん中からこっちは私達の領域だから、アークはそっちね！」

いつもは澄んだ薄紫色の肌をしている彼女だが、それを何やら紅潮させて捲し立てるように注意事項を言って、チヨメを自分達の領地である方へと抱き寄せた。

当のチヨメはと言えば、そんなアリアンを不思議そうな顔で見上げてされるがままだ。

忍者集団である〝刃心一族〟が男社会で、そこに実力で並ぶ彼女は普段から男の中に交じって活動しているからか、それともまだそういった意識が低い少女だからか、同室になったからといってアリアンのような動揺は微塵(みじん)もない。

それを言えばアリアンもエルフ族社会の中で戦士の一団という、どう考えても男社会の中で生きてきた筈なのだが、彼女の反応は何処か乙女を感じさせる。

普段は凛々(りり)しい雰囲気なのが今は微笑(ほほえ)ましく見えるのは、これが所謂(いわゆる)ギャップ萌(も)えだからか。

「きゅん！　きゅん！」

そんな中でポンタは船室の真ん中の境界線など気にせず、ぐるぐると周囲の様子を鼻で嗅ぎ回って嬉しそうに鳴いていた。

しばらくして船が大きく揺れたのを感じて、船室に設けられた窓から外を見やると、外の景色が動き出していた。

どうやら出航したようだ。

「さて、ではとりあえず四日は海の上という事だな」

そう言って自領として宛(あて)がわれたベッドの脇に荷物を下ろして、ベッドに腰掛ける。

そんな此方を見てポンタがすかさず膝の上に乗り、綿毛の尻尾を大きく振って鳴いた。

どうやら〝焼き鳥〟を所望しているようだ。

「今出発したばかりだろう？　これはもう少ししてからだ。それより男同士で少し船内を散歩でもしに出掛けぬか？」

「きゅ～ん……、きゅん！」

ポンタの催促を躱して船内の冒険を提案すると、綿毛の尻尾を一度しんなりと垂れて残念そうな顔を浮かべたが、すぐに頭を上げて元気よく返事をした。

そうして善は急げとばかりに、ポンタの首根っこを摑まえて船室を後にしようとすると、背後からアリアンが此方に注意を促してきた。

「アーク、船室に入る際には必ず確認してよ!? 絶っ対よ!?」

「そう念押しせずとも分かっておる」

アリアン女史の指摘に軽く相槌を打って、自分とポンタは再び船内の廊下へと出た。

「ふ～む、同じ屋根の下で暮らしているという点では里でもそうは変わらぬのだがな」

普段あまり見せない乙女反応のアリアンの様子に首を傾げながらも廊下を進む。

それに今時、漫画のようなラッキースケベを現実に起こすような輩などそうはいないだろうと思うのだが、あれは小学生くらいまでの失敗ではないのか。

そんな益体も無い事を考えながら、船の甲板へと上がる。

既に港は後方へと遠ざかり、船は一路西を目指して大海原へと滑り出していた。

「きゅん！　きゅん！」

駆け出したポンタが船の舷側の梁によじ登ると、全身の草色の毛並みを潮風に靡かせながら気持ちよさげに目を細めた。

そんなポンタの様子を眺めていると、不意に後ろから声が掛かった。

「お前がラライトイアの里に入ったというのは本当か？」

何の脈絡も前置きもなく掛けられた言葉に、後ろを振り返ってみるとそこには見覚えのある一人のエルフ族の戦士が立っていた。

「ダンカ殿か、久しいな」

「きゅん！」

自分とポンタの挨拶にも答える事無く、ダンカはただ黙って此方を見やる。

「ふむ、もう既に話は聞き及んでいるようだが。確かに我はディラン殿の勧めで、今はララトイアの名を名乗らせて貰っている」

そう言って返すと、ダンカは僅かにその片眉を跳ね上げた。

「お前は以前に自身を人族だと言っていた。しかし聞いた話では、お前は新たなエルフ族の同胞として今の里の長老に迎え入れられたと言う。どういう事だ？」

そう言えば以前に説明した際には、自分が人族であると言っていたな。

しかしあの時点では嘘を言っているつもりはなく、骸骨の身体が元の肉体に戻った際にまさかゲームと同じダークエルフ族になるとは誰が予想しうるだろうか。

「あの時、我は自身を本当に人族だと思っていた、ただそれだけだ。少々記憶を失って、自分が何者であるか分からずにいただけだ」

自分のその言葉に、ダンカは眉間に皺を深くして胡乱げな視線を向けてきた。

「馬鹿な事を言うな。自身の種族ぐらい記憶を失っていても見れば一目瞭然の筈だろう。いったいお前は何を隠している、言え」

ダンカの詰問に剣呑な気配が滲む。

自身の特殊な姿に関しては、ディラン曰く全体への周知はまだ早計だとして、まずはラトイアの里から徐々に自分への認識と理解を求めるとの事なので、今後は安易に正体を明かさないでくれとも言われていた。

自身の骸骨の姿を見て、不死者ではないと看破して見せ、その後はなんだかんだと言いながらも一人の〝人〟として接してくれているアリアンやその周囲の存在だが、これがエルフ族全体の反応ではないというのは何となくだが最近感じた事だ。

同じエルフ族であっても分かれて暮らし、互いに快く思わない間柄というものがあるのだ。

自分の最初の印象では、エルフ族は少数であるからこそ纏まっていると思っていたのだが、そこは人族とあまり変わらないのかも知れない、そんな認識をさせられた。

ダンカはかつてアリアンと一緒に攫われたエルフ族の救出をした仲間だったが、今はその翠の瞳に警戒の色を浮かべて此方を見据えている。

里を守る戦士の一人として、此方の持つ能力と正体が不明確な自分に対して警戒しているのだ。

だがこういう場面を想定していなかった訳ではない。

「我は少々特殊な呪いを身に受けていてな……見た目が他者のそれとは随分とかけ離れておる。これ以上は我が里の長老であるディラン殿から口止めされている故、彼に尋ねてくれ」

自分はディランと決めた対応の言葉を口にして、目の前のダンカを見やる。

傍では此方のやりとりを見ていたポンタが、舷側の縁から肩へと飛び乗って自分とダンカの視線を綿毛の尻尾で遮るようにワサワサと揺らして邪魔をしてきた。

「こら、ポンタ。前が見えぬ」

「きゅん！」

場の緊張した空気を和らげようとしたのか、執拗に目の前で尻尾を振るので苦情を申し立てると、ポンタはその場で此方の首回りにぐるりと巻き付いてきた。

そんな様子を見ていたダンカは、僅かに口元を歪めると踵を返して背中を向ける。

「……彼女の信頼を裏切るような真似をするなよ、アーク」

それだけを言ってダンカは船内へと戻っていった。

彼女、とは恐らくアリアンの事だろう。

自分の事はともかくとして、彼がアリアンを仲間であると認識して此方に釘を刺してきたというのならば、とりあえずの関係としては悲観せずに済みそうだな。

ダンカの背中を見送っていた視線を再び、船が進む先に広がる海原に戻して安堵の息を吐いた。

しばらくの間、甲板で船員達の仕事ぶりを見学しながら広大な海原に吹く潮風に身を任せていたが、流石に全周囲が海しか見えないと飽きてきた。

大きな欠伸をすると、頭の上のポンタも同じように欠伸をして後ろ足で耳の裏側を掻く。

「そろそろ船内に戻るとするか」

「きゅん！」

船室へと戻る提案をすると、ポンタもそれに同意するかのように鳴く。

そうして再び船尾にある船室へと戻り、扉を開いた——そう、確認を取らずに。

部屋の中にはいつもの革鎧を脱いで法衣姿でベッドの上で足を投げ出して寛ぐアリアンの姿と、忍者装束に身を包んでいたチヨメが装具類を外して、上半身をはだけた姿を晒していた。

チヨメの姿は一見下着姿のようにも見えたが、どうやら装束の下に着る肌着のようだ。

そして扉を開いた瞬間の時が止まったような静寂の後、アリアンが無言で投げつけてきた枕を、慌てて閉めた扉でやり過ごした。

しかし、その後でアリアンからの小言という名の説教を延々と聞かされる羽目になる。

——ダンカとのやりとりで完全に入室の際の諸注意を忘れていた。

特にラッキーな何かがあった訳でもなく、アリアンに普段の注意散漫さを咎められただけだ。

船出初日からやらかしてしまった感があるが、致し方ない。

あと四日は再発防止を心掛けて、しばらく大人しくしているとしよう。

その日は他に特筆すべき事も無く無事に終わった。


それから四日後、救援隊を乗せた魔道帆船はドラントの里があるというルアンの森が広がる海岸線の沖を進んでいた。

船上から見る限りルアンの森はカナダ大森林のような巨木の森という訳ではないようだ。

やや湾状になった海岸沿いを船が静かに進んで行くと、森の木々が少し奥まって広い砂浜が広がる場所が見えてきた。

そんな砂浜のある海岸線には長く延びた幾つかの桟橋が張り出している。

それらの桟橋に停泊しているのはどれも近場で漁をする為のような小舟ばかりで、こちらの魔道帆船の姿を見た漁をしていた者達が遠目にざわついているのが見えた。

遠くからでも分かる長く尖った耳と、翠がかった金髪からして間違いなくエルフ族だろう。着ている衣服などもカナダの里で見掛けるエルフ族の民族衣装と同じだ。

やがて魔道帆船はこれ以上の浅瀬への侵入は出来ないと判断したのか、桟橋からやや離れた沖合に錨(いかり)を下ろして停泊し、甲板に括(くく)りつけるようにして備えてあった小舟を海へと浮かべ始める。

そして最初に向かう小舟には今回の救援隊を率いて来た長老のディランと、それを守る戦士数名という少人数が乗船して、ざわつく海岸へと進んで行った。

「我らは、ディラン殿が向こうの長老からの許可を得てからでないと上陸出来ないそうだ」

手で廂(ひさし)を作り、長い桟橋の一つへと寄せていくこちらの小舟の行方を視線で追いながら、傍らに居るアリアンへと話を振る。

すると彼女も自分に倣って空から降り注ぐ太陽光を遮る廂を額の上に作り、その金色の瞳を細めてディランの様子や海岸に集まるエルフ族らを船上から窺(うかが)う。

「思った通り、あまり歓迎されているようには見えないわね」

海岸でざわつくエルフ族の姿を、ダークエルフの優れた視力で捉えていたアリアンが、呆(あき)れにも似た色を声に滲ませて興味なさげに呟いた。

そんな彼女の横で、チヨメが舷側から興味深そうに海岸の様子を窺いながら問い掛ける。

「ドラントの里とは普段あまり交流はないのですか？」

「ん～たしか、四、五年に一度は交易のようなものをしてるとは聞いたけど……」

まるでオリンピックのような間隔だなと、そんな感想を抱いて腕を組む。

交易としてというよりは、とりあえずの交流を保っているという名目だけの行事に近い。

「あっちにしたらカナダは純粋なエルフ社会を否定して、他種族と共闘する事で勢力を回復した誇りのない集団って認識らしいし……」

アリアンの憤懣やるかたないといった風のその言葉の端に、僅かに引っ掛かりを覚えて、自分はその疑問を彼女に向けた。

「他種族、とはダークエルフ族以外の事も指しているのであるか？」

そう言って尋ねた問いに、アリアンは何やら視線を彷徨わせる。

「あぁ、まぁアークも里の正式な一員になったから追々知る事になるし、今はいいのよ」

彼女のその答えになっていないような答えに、曖昧に頷き返す。

だがどうやら彼女の反応を見る限り、カナダ大森林の勢力には自分も知らない勢力が加わっているようだと推察出来た。

今のところカナダ大森林に住まう中で知り得た種族はエルフ族とダークエルフ族、あとは交易などの関係で出入りを見掛ける獣人族ぐらいだ。

他には姿を見た事がないが、もっと東の里で暮らしているのだろうか。

そんな新たな種族との邂逅を夢想していると、上陸したディラン達の方で動きがあった。

小舟を係留し、桟橋へと上がっていたディラン達一行の下に、森側からやって来た数人の集団が挨拶を交わしていた。

ディランに対面しているエルフ族が恐らくこの辺りの統率者なのだろう。

周囲に護衛らしき数人を連れたそのエルフ族の男とディランが言葉を交わし、男がこちらの船を一瞥してから何か頷く仕草をして、再びディランに向き直って握手をする。

するとディランの取り巻きだった一人が船に向かって手信号を送り、それを見た船に残っていた乗組員達が一斉に動き始めた。

「許可が下りたぞ！　上陸組は速やかに準備しろ！　船の数が足らないから往復だ！」

船員であろう者の指示が飛ぶと、それに他の船員達が同調して声を張る。

そうして救援隊である二十名近くのエルフ族らと、補給の為の船員達に交じって、荷物を担いだ自分達も上陸を果たした。

しかし桟橋に上がった所で、向こう側の里の戦士であろう男から厳しい声が掛かった。

「お前たちが里へと入る許可は下りていない！　ここからあまり動くなよ！」

戦士の装いの男は居丈高な物言いでこちらを制止すると、その視線を順に移して鼻を鳴らした。

「ダークエルフだけでなく、獣人まで取り込んだのかカナダの連中は……」

強い侮蔑の色を含んだその声に、今まで静かだったアリアンから剣呑な気配が漏れ出す。

「それとそこの全身金属鎧の貴様、顔を見せろ！」

男の声が海岸に響き、周囲の者達からも自然と視線が集まる。

自分はその男の言葉に従って、兜(かぶと)の上に鎮座しているポンタごと脱いでその場に顔を晒した。

「きゅん！」

「なんだ？　貴様、何処の種族だ？」

男は此方の黒髪で赤眼、褐色肌の姿を見て眉を顰(ひそ)める。

念の為にと上陸前の船上で、水筒に汲(く)んできてあった龍冠樹(ロードクラウン)の霊泉を飲んで骸骨の姿から肉体を取り戻した状態であったのが功を奏した。

「我ら三人はこの森を抜けて人族の領域であるサルマ王国領の方へと行きたいのだが、通っても構わないだろうか？」

再び兜(かぶ)を被り直しながら、因縁をつけてきた男に話を持ち掛けるが、相手は盛大に眉を顰めて大仰な仕草で肩を竦める。

「それは許可出来ないな！　余所者がルアンの森を通り抜けるなど断じて――」

そんな此方のやりとりを見ていたディランが、言葉を交わしていた統率者の男に何事かを話すと、取り巻きの一人が慌てた様子で駆け寄り、絡んできていた男に耳打ちをした。

するとそれまで声高に絡んできていた男が眉を顰めて、此方を一瞥した後に悪態を吐いて踵を返した。どうやらディランが上手(うま)い事取りなしてくれたようだ。

そして絡んで来ていた男が立ち去るのを見送ったもう一人の男――統率者の言葉を耳打ちした男は此方に一度目礼をしてから口を開いた。

「長老らの計らいで貴方(あなた)達の森の通行許可が下りた。海岸から延びる向こうの道を行けば、半日もすれば人族の領域へと出られる。だが森を抜ける許可は出たが、里に入る許可は下りていない」

それだけを一方的に言い終えると、その男も踵を返してディラン達の下へと帰って行く。

丁度、ディランとその周囲の救援隊が里へと入る為に移動を開始したようで、ディランが一度此方に視線を向けて手を挙げた。

それに自分とチヨメは礼をしてから、未(いま)だに立ち去った先程の男らを睨(にら)んだままのアリアンに今後の行動方針を確認するべく声を掛ける。

「アリアン殿、ドラントの里から許可が下りたのなら、我らは早速向かうとしよう——」

「本当になんなのよ、あの態度！　長老会も何であんな連中を支援するのよ!?」

自分の言葉に被せるように、アリアンはドラントの里の者達に向かって憤慨して足を踏み鳴らす。

その横ではチヨメが澄ました顔で小さく息を吐いた。

「森を通れるようになっただけ良かったです」

彼女の言葉に自分も同意して頷く。

まさかここまで来て船に押し込められたままなど勘弁して貰いたい。

ただ、いざとなれば【次元歩法(ディメンションムーヴ)】を使ってこっそり森を抜ける事も可能なので、此方としては遅いか早いかの問題でしかなかったが、正規で移動出来るのはありがたい。

「では行くか」「そうね」「はい」「きゅん！」

自分の呼びかけに、アリアン、チヨメ、ついでにポンタが返事をした。

これから人族の領域に入るという事で、チヨメは獣人の特徴である耳や尻尾を隠せる帽子や服装をしており、アリアンも以前に人族の街などに潜入する際に使っていた灰色の外套を纏っている。

準備万端整えて、自分達は先程ドラントの里の者が示した海岸から延びる道を進んで行く。

やがて前方になだらかに盛り上がった丘状の土地があり、その周囲に配される形で巨大な樹木が三本聳え立っていた。

まるで螺旋（らせん）階段のようにうねる巨大樹の幹。龍冠樹（ロードクラウン）ほどの威容はないが、それでもカナダ大森林に生える大樹よりは遥かに巨大だ。

そしてその根元を取り囲むようにして、幾つもの住居が軒を連ねた街が造られている。

あれがドラントの里なのだろう。

それはカナダ大森林内にある里とはまた趣を異にしていた。街の周囲に巡らせているのは木材と石材を組み合わせて出来た城壁のような壁だ。

そこだけを見ればどこか人族の建造物に似ていなくもない。

しかし巨樹の迫力で圧倒はされるが、街の守りとしてならカナダにある里の樹壁の方が目の前のドラントの里の城壁より遥かに堅そうだ。

そしてそんなドラントの里の街門へと向かっている一団がここからでも見える。ディラン達救援隊の一行と案内役達だ。

その後ろ姿を見送っていると、不意にアリアンが此方に不満そうな視線を向けてきた。

「それはそうと、アーク。いつの間にあの温泉水汲んで来てたのよ？　あいつが顔を見せろと言った時にちょっと動揺したじゃない……」

「あぁ、あれか」

　自分は先程のやりとりを思い返して、担いだ荷物の袋から紙束を紐(ひも)で綴(と)じたような一冊の冊子を取り出して見せた。

「こんな事もあろうかと、船室をきっちりと記憶出来るよう描き写しておいたのだ。おかげで船室から社(やしろ)の温泉まで行って戻って来られるようになった」

　そう言って冊子のページを繰ってその場所をアリアンに見せる。すると、横からチヨメもその冊子を覗(のぞ)き込んできて頭の上の猫耳をバタつかせた。

「これは、以前ランドフリアの里の露店で買った物ですね。……乗船していた船室の風景ですか」

　彼女が覗き込んだ紙の一枚には、船室の様子を丁寧に模写した絵が描かれている。

　これは今朝早くに船内を模写したものだ。

　自分の持つ長距離転移魔法の【転移門(ゲート)】は、一度行った場所で且つ脳内にしっかりと風景を思い描ける場所でなければ転移出来ないという条件がある。

　しかし特徴的な風景を持つ場所ならいざ知らず、今回の場合のように室内などのありふれた風景では上手く転移出来ない。恐らく室内という印象の薄い景色では、それ程鮮明な記憶が残っておらず、転移する際の座標設定となる条件が満たされていないからだろう。

　自室の風景は長い時間暮らしている事から記憶を喚起しやすいが、泊まった先のホテルの室内を事細かに覚えている人はそう多くはない筈だ。

　そこで転移する際に必要な記憶を鮮明にさせる為に、この風景冊子を用いる事で不確かになりやすい記憶を補完して転移移動出来る箇所を増やしたのだ。

この冊子には今まで色々と立ち寄った場所などを描き込んでおり、これから先も新たな転移場所を増やしていけば世界中あちこちに気軽に立ち寄れるようになるだろう。

そんな未来の旅行計画を思い描いていると、アリアンが描き込まれた風景の冊子をひったくってその金色の瞳を大きく見開いた。

「ちょっと、アーク！　これ！　私じゃないの!?」

そう言って彼女が示して見せたそれは、船室のベッドの上で気持ちよさげな顔をして就寝しているアリアンのあどけない姿が描かれていた。

「うむ、自分でもなかなか美人に描けたと思うのだか、どうだろうか？」

自信作に胸を張ってそう返すと、彼女は何か言いたそうに何度か口を開閉させたが、そのまま冊子を閉じて乱暴にそれを此方に押し返してきた。

「べ、別になんでもないわ……」

尖った耳の先を朱に染めて呟くアリアンの横で、チヨメも改めて絵に視線を落とす。

「……ボクは布団を被って寝ていて尻尾しか見えていませんね」

少し残念そうに呟くチヨメ、それと頭の上で抗議するようにたしたしと兜を叩くのはポンタだ。

絵の内容は見ての通り、自分の寝ていたベッドの視点から描いているので、自分と同じベッドの上で寝ていたポンタは絵の中にはいない。

とりあえずポンタの絵はまた今度描くとして、今回も新たな転移場所を描きとめておこう。

「人族の領域へと出る前に、小一時間ほど時間を貰ってもよいか？　ここの里の風景も一応描きとめておきたいのでな」

何かあった時はすぐに社まで転移魔法で飛ぶ事は出来るが、そこまで戻ってしまうと再びこの地まで来るのが大変になってしまう。

特徴的な風景であるドラントの里なので近々飛ぶ程度なら問題ないだろうが、記憶が曖昧になってからでは飛べなくなってしまう――いわばこれは保険だ。

それに転移出来る場所が一覧で表示出来るというのも、今後何かと役に立つだろう。

「分かったわ。でも向こうがまた何か絡んできたら面倒だから少し離れた場所に移動するわよ」

アリアンのその指示に自分もチヨメも賛同して、里から離れた場所へと移動した。

特徴的な風景というのは描き易く、作業自体はなかなか捗った。

「うむ、なかなか上手く描けたな」

描きあがった風景と後ろに広がるドラントの里の遠景とを見比べて、満足できる出来に一人自画自賛の言葉を漏らす。

それを隣で座って欠伸をしながら待っていたアリアンが聞きつけて此方に視線を向けてきた。

「なに、終わったの？」

先程の欠伸で目尻に涙を溜めた彼女が大きく伸びをしてから、その形のいいお尻に付いた土埃を払って立ち上がった。

そこに近くの大きな木に登って周囲を見張っていたチヨメも下りて来る。

「出発ですか？」

静かな声で尋ねてくるチヨメに軽く首を振って応えると、彼女は訝しむように首を傾げて此方の顔を仰ぎ見てきた。

そんな彼女に弁明するように手を振って答えを返す。

「いや、すぐに出発するつもりだが、もう少しばかり待っていてくれ」

そう言って自分は、彼女達から少し離れた場所へと移動して長距離転移魔法である【転移門】を発動させた。

そこにすかさずポンタが近くへと駆け寄って来て、此方の身体に飛びついたと思ったら、いつもの指定席である兜の上へと鎮座する。

足元では既に光る魔法陣が生み出され、次の瞬間には目の前が暗転したかと思うと、自分が今まさに座標として設定した記憶の中の風景と同じ場所に立っていた。

そこは見上げれば空を覆うかのような巨大な樹木の樹冠が広がっており、その巨大な樹冠の隙間から多くの木漏れ日が差して足元の世界を照らしている。

目の前の巨樹は龍冠樹だ。

そして今居る場所は、遠く離れた絶賛改装中の社跡だった。

周囲を見回して出発前と変わらない風景に一息を吐いてから声を張り上げる。

「おーい、紫電！　いるなら来ーい！」

そうやって周囲に鬱蒼（うっそう）と広がる森の中に向かって声を上げると、頭の上で先程まで静かにしていたポンタが此方の呼びかけに同調するかのように鳴いた。

「きゅ～ん！　きゅ～ん！」

そのポンタの声に誘われたのか、はたまた先に掛け声を入れた自分の成果だったのか——奥の森の方から木々や草叢（くさむら）を掻き分けながら一匹の乗騎が姿を現した。

社跡に留守番として置いてきていた疾駆騎竜（ドリフトプス）の紫電だ。

自分とポンタの姿を視界に収めると、嬉しそうな声で鳴いて一直線に草叢を踏み越えて来る。

「ギュリィィィン」

紫電の突っ込んでくる巨体を腕力全開で受け止めて、足元に溝を作ってようやく止まった。

一応紫電的には慕ってじゃれついて来ているようなのだが、普通の者なら小型トラックに軽く追突されているような状態だ。

虎人族から友好の証（あかし）として貰ったが、これを手懐（てなず）けるにはそれ相応の力が要求される。

見た目からして小型竜のような迫力のある姿を誇っているが、こうして懐（なつ）かれると不思議と愛らしく見えるのは何故だろうか。

「きゅん！　きゅ～ん」

そこにポンタが此方の頭の上から紫電に話し掛けるように鳴くと、紫電もまたそれに答えるように身を震わせて白い鬣（たてがみ）を振って鳴く。

自分はそんな二匹の友情的やりとりの横から口を挟むような形で参加する。

「お前もここの暮らしに慣れてきてはいるだろうが、この山頂付近だけでは息苦しいだろう。少しばかり遠出でもしようか。久しぶりに思いっきり走らせてやれるぞ」

そう言って紫電の首筋を撫（な）でて、社（やしろ）跡にしまってあった紫電用の鞍（くら）を取り付けると、早速とばかりに紫電の上に跨（また）がった。

紫電は大きく一度首を震わせると、鼻息を吹き出して自分が言った事を理解しているかのように嬉しそうに前足を掻いて催促するような仕草をとる。

そんな紫電を落ち着かせるように首筋を撫でて宥（なだ）め、再び【転移門（ゲート）】を開いた。

次の瞬間にはまた周囲の景色が暗転して、アリアン達の前に戻っていた。

「きゃ!?」

しかし戻った瞬間、アリアンが目の前に急に姿を現した紫電の巨体に驚いて、思わずよろけて尻もちをついてしまう。

そうして目の前の正体に気付くと、此方に非難の視線を向けてきた。

「ちょっと、連れて来るなら先にそう言ってよね!?　もう……」

普段あまり女性らしい悲鳴など発しない彼女が、不意を突かれたとは言え油断した自分を誤魔化すかのように此方に文句を投げてくる。

「アーク殿、紫電に乗って人族の国に入るのですか?」

そこへチヨメが寄って来て紫電の巨体を見上げながら、当然の疑問を口にした。

「此奴（こやつ）もたまには広い場所を走らせてやらねばと思っておったのでな。それに、人族の領域に入ったとしてもそれ程人目にはつかぬだろう」

この世界の人の住む領域というのはかなり狭い。

水源があり、耕作などに適した平地などには多くの人族が住んではいるが、それも魔獣の跋扈(ばっこ)するこの世界では、人の暮らしは殆(ほとん)どが壁に守られた内側に存在する。

壁の外に広がる耕作地も、住居のある中心地からあまり遠く離れては開拓出来ない事もあって、人の領域とは言ってもその実、人の目が届く場所というのは驚く程狭い。

それはこの異世界へと来てから、人族の街などを幾つも訪れた中で肌で感じた印象だ。

紫電が今の十倍の大きさの四十メートルもあるような龍王(ドラゴンロード)級の大きさならばいざ知らず、今のサイズでの移動ならば思いの外、目立たないと踏んでの事だ。

それに今回の目的地であるヒルク教国と合わせた四ヶ国の大きさはローデン王国の国土を優に超えるというのだ。

紫電の踏破力ならば多少の林や草叢なら道を切り拓きながら進む事も可能だろうし、長距離を走破出来る体力は長い旅路にはうってつけだろう。

それをチヨメも理解してか、納得したように頷いて紫電の鼻面を撫でた。

「宜(よろ)しくお願いしますね」

彼女のその言葉に応えるように、紫電が大きく鼻息を吐く。

「それじゃあ、ドラントの里の連中がまた絡んでくる前に森を出ましょうか」

そんな彼女達のやりとりを余所に、先程までの動揺を一切見せずにアリアンが荷物を紫電の鞍に括りつけながら此方を促してきた。

その意見には自分もチヨメも賛成なので、紫電の手綱を握ってその首を教えられた道の先――森を抜ける方角へと廻らせた。

「うむ、では行くとするか」

そう言うと鞍の後ろにアリアンが飛び乗り、チヨメは自分の前に腰を落ち着けた。

「きゅ～ん!!」

紫電の頭の上、白い鬣の林の中でポンタが出発の合図のように鳴くと、紫電もそれに同調して鳴いて此方の合図を待たずに駆けだし始めた。

猛然とその速度を上げる紫電は、森の中を通る細い道をまるで全て押しのけるような勢いで突進する角で切り拓きながら進む。

時折張り出した枝木などが紫電に乗騎している自分達に容赦なく襲い掛かるが、チヨメはそれを身を低くして躱し、自分は身に纏う全身鎧の防御力を頼りに衝突と共に木端微塵に変えていく。

アリアンはそんな自分を盾にして背中側で身を縮めている。

「ワハハハハハハハハハハ！」

そのあまりにも乱暴な森の走破に、不意に笑いが込み上げてきて鎧の隙間から兜の中に響く声が漏れ出してルアンの森に木霊する。

傍目から見れば不気味な笑いを垂れ流して、角を突き立てながら森を疾駆する巨体はかなり危険な生物にしか見えないだろうなと、そんな事を考えている内に森の木々が疎らな数へと変わり、やがて森の切れ目が視界の先に広がり始めた。

森の中であっても普通に自動車並みの速度を出す紫電だが、森の切れ目が思ったより早い。

紫電を駆ってまだ一時間も経っていないくらいではないだろうか。

森を抜け切るとなだらかな丘陵地帯が地平まで続く景色に変わり、少し紫電の手綱を引いてその速度を落とさせて後ろを振り返る。

「意外と森が浅いですね。たまたまこの方面が薄かったのでしょうか？」

手綱を握る手元側で此方を見上げるチヨメの言葉に、自分も背後に広がるルアンの森から視線を移して目の前の丘陵地の辺りを窺う。

「さて、ルアンの森を抜けたはいいが、サスケ殿の足取りを探すと言っても広大な土地で一人の足跡など探しようもない──となると問題のヒルク教国を目指すべきだろうか？」

今後の方針に関してを口に出して呟きながら目の前のチヨメへと視線を落とすと、彼女もそれに同意したように頷いて返した。

「そうですね、進路先に人の街などがあれば情報も集められるかとは思いますが」

「ではとりあえずの目的地としてヒルク教国を目指すとするか。サスケ殿の件もあるのであまり油断は出来んが、ここで思案していても何も始まらんしな」

僅かに思案する顔を見せるチヨメに、自分なりの意見の整合を確認するように口に出して今後の方針を決める。

そうした後に左右を見渡して、目の前のどこまでも広がる似たような風景に首を傾げた。

「しかし、向かうと言ったところでヒルク教国はどの方へ向かえば良いのやら……」

そんな呟きを後ろに座っていたアリアンが聞き留めてある方角を指す。

「チヨメちゃんの話だとそのヒルク教国はデルフレント王国の西にあるんでしょ？　私達は南側の海岸方面から上がって来てるから北西の方角じゃないの？」

彼女の理路整然と導いた答えに、やや方向音痴の気がある自分は疑う余地もない。

紫電の手綱を引いてその鼻先を彼女が示した方角へと向けて、再び走り始めた。

背の低い草葉がなだらかな起伏のある丘陵全体を覆った草原、そこを一匹の疾駆騎竜(ドリフトプス)が気持ちよさそうに六本の足で土を蹴り、土煙を上げながら疾駆する。

流れる景色は殆ど代わり映えせず、長閑(のどか)で雄大な自然の中を進んで行く。

しかし自分の手元で前を見据えていたチヨメが何かを発見し、鋭い声を上げて彼女はその方角を指し示して此方に視線を上げた。

「アーク殿！　右前方に疾走する騎馬と、あれは例の蜘蛛(くも)の化け物です！」

走る紫電の鞍の上からチヨメの差し示す方角へと視線を向けると、遠くに疾走する複数頭の馬の姿を捉えた。

先頭近くの一頭は女性と思(おぼ)しき騎手と、今の自分と同じように鞍の手前に一人の少女を乗せている。そして他の者はしっかりと装備を身に纏った男達の騎馬隊だ。

その少女を乗せた馬を守るような形で周囲を取り囲んで猛然と疾走する騎馬隊の後ろに、例の化け物の姿が目に入った。

下半身は巨大な蜘蛛、上半身にはまるで枝分かれしたような二人分の人の半身が生え、四本の腕にはそれぞれ盾や武器を握り、その異様な姿形でありながら馬と変わらぬ速度で走る。

昼間の、それも遠くから見るそれはまるでどこかのB級パニック映画のような光景だが、追われている本人達にとっては悪夢以外の何ものでもないだろう。

「これは僥倖！　手掛かりが向こうからやって来たようだな！」

手綱を鳴らして紫電に此方の意思を伝えると、それを察知して紫電はすぐに方角を修正する。

本当に賢い乗騎だ。

「とりあえず追われている者達を助け、あの化け物の出処を尋ねるとするか！」

「はい！」「ええ！」

自分の声に同意を示したチヨメとアリアンが同時に返事をして、紫電の地を駆ける六本の足に力が漲ると、疾駆騎竜の巨体がさらに加速してその距離がみるみる内に縮まっていった。

サルマ王国東部。
ノーザン王国とサルマ王国を隔てるように連なるソビル山脈。
その山脈東部域から南央海へと流れるウィール川以東は、かつてノーザン王国の領土でもあった土地だが、今はサルマ王国の領土なっていた。

現在その地を治めるのはサルマ王国の貴族の一人――かつてノーザン王国からこの地をもぎ取る活躍を見せたブラニエ侯で、今は辺境伯を名乗っている。

そんなブラニエ領のなだらかな丘陵地、辺りには集落どころか耕作地も無い草地にはまるで線を引いたような一本の荒れ道が描かれていた。

その足元の悪い道を一台の馬車が急ぐように進んでいた。

馬車自体はそれ程凝った造りの物ではなく、機能的には最低限のどこにでもある馬車にしか見えないが、馬車の格に反して立派な体格をした四頭もの馬が牽（ひ）いている。

普段あまり人の行き来がないのか、荒れた道には大小様々な小石などが転がり、馬車の車輪がそれらを踏んでガタガタと音をたてて揺れていた。

そしてそんな馬車を護衛するかのように周りには十騎程の騎馬が並走している。

馬車と並走する馬の手綱を握っているのは、それぞれ立派な揃（そろ）いの鎧を身に纏った者達で、腰に下げた剣などから、騎士かそれに準ずる武装集団である事が見てとれた。

武装集団の正体は先日ノーザン王国の王都を脱出して来た一団で、質素な馬車に乗るのは現国王の娘、リィル第一王女その人だ。

だが他国領となった地を行く為に、今は所属を表す紋章や旗の類は一切掲げず、人目を忍ぶようにただ足早にその歩を進めていた。

集団の先頭には、周囲の者達よりも立派な装備を纏った一組の男女の姿があり、彼らはリィル王女筆頭護衛騎士の任に就く者達だ。

その内の一人、護衛騎士ニーナ。長い黒髪を一本の三つ編みにきっちりと結った彼女はまだ若く、切れ長の黒曜の瞳と少し日に焼けた肌の雰囲気がどこか少女の面影を残している。

そんな彼女は、隣で騎乗する巨軀(きょく)の男に向かって不機嫌そうに今の状況に不満を漏らした。

「王都を出て二日。領内で馬を乗り替えて最速でここまで来たのに、サルマ王国領内に入ってから明らかに速度が落ちてるけど、ディモ伯爵領に入るのを急いだ方が良くないかしら？」

そう言って思案顔を浮かべるニーナに、もう一人の護衛騎士であるザハルが静かに首を振る。

栗毛(くりげ)の短髪に精悍(せいかん)な顔つき、大柄な体格もあって口数の少ない口を真一文字に引き結んだザハルのその姿はどこか威圧的だ。

「ここは既に敵国内だ。領内の街のように、立ち寄って疲れた馬を替えるという手は取れない。ならば馬がバテない最速で移動する事が結果一番目的地に着くのが早い。馬が途中で潰れては目も当てられないぞ」

彼のその的確な答えに、ニーナは自分達が置かれている現状を再認識して悔しげに大きな溜め息を漏らした。

今いる場所はおおよそ、目的地であるディモ伯爵領より馬の脚で半日程手前といった所だろう。

確かに彼の言う通り、ここで無駄に馬を疲労させては今度は他国を歩いて移動する羽目になる。

ここは敢(あ)えて早足程度の速度で進むのが正解だと頭では分かっていても、王都に攻め寄せていた無数の不死者(アンデッド)の事や、いつ巡回などで他国への侵入が発覚するかを考えるとあまり悠長な事をしていられないのも事実だ。

ニーナは一度大きく頭を振って、握った手綱を引いて速度を緩めると、自分の主人であるリィル王女が乗る馬車の横へと付けた。

それに車内のリィルも気付いたのか、馬車の窓を開けて並走するニーナに声を掛けた。

「なんじゃ、ニーナ？　何かあったのか？」

先頭を進んでいた専属の護衛騎士が後ろに下がって来た事に疑問を抱いたのか、リィル王女は小さく首を傾げながら、あどけない瞳でニーナを見返す。

それにニーナは小さく首を振って彼女に答えた。

「いいえ、リィル姫様。姫様こそ馬車への長い乗車、お疲れではありませんか？」

その彼女の問い掛けに、リィル王女は先程までの少女らしい表情を消して首を振った。

「王都が危機に瀕しておる時に、わらわがこれしきの事で弱音を吐く訳にはいかぬのじゃ！」

リィル王女のその言葉に、周囲を並走する護衛の兵士達は声を詰まらせた。

まだ十を越えたほどの小さな身体でありながら、彼女は王から任じられた責を果たそうと拳を握って力強い決意を口にして、さらに言葉を重ねる。

「ザハルにも出来るだけ早くディモ伯爵領へと向かうように言って欲しいのじゃ、ニーナ」

彼女のそんな願いにニーナも心打たれて頷くと、手綱をとって先頭を行くザハルの下へ馬を進めようとした。

しかしその時、後方から一人の兵士の急を告げる声に一気に緊張が走った。

「後方より敵影有り！　蜘蛛の化け物です!!」

その報(しら)せにニーナは馬上から後ろを振り返り、報告のあった蜘蛛の化け物の姿を探す。

だがそれは探す程の手間も無く、視界の開けた丘陵地の遥か後方から追い掛けて来る一匹の異形の化け物として目に入ってきた。

それは一対の枝分かれしたような筋骨隆々とした人の身体と二つの頭、下半身には無理やりつなぎ合わせたかのような巨大な黒い蜘蛛の身体を持ち、それぞれの背中からは二本の腕が生えて、合わせて四本もの腕がある。

斑(まだら)色に変色した皮膚のその蜘蛛人は、明らかに人の手によって作られたと思われる鎧や剣、盾などを身に着けて、まるで静かに滑るような速度でこちらの馬車を追い掛けて来ていた。

そのおぞましい姿は、城で報告を聞いた異形の化け物に間違いないとニーナは確信する。

そして当然の如(ごと)く、ある疑問が彼女の脳裏を過(よぎ)った。

この世界で不死者(アンデッド)の存在は広く知られるもので、時折何かの拍子で生まれる事はそう頻繁にはないが、それ程珍しくもない。

人々は死者が不死者(アンデッド)化しないよう火葬するのが一般的な習慣で、そういう意味では人の不死者(アンデッド)というのは種類としては珍しかった。

それがノーザン王国の王都ソウリアを襲ったのは無数の人の不死者(アンデッド)の集団で、それは明らかに何者かの指示で動いているとしか思えなかったのだ。

それどころか、あのような数の不死者(アンデッド)が自然発生的に生まれる訳がない上に、その不死者(アンデッド)の兵士が皆同じような金属鎧を装備して攻めて来ていた。

伝説では死者を自らの僕とする邪法が扱える存在が居たと、各地を旅する吟遊詩人の語りの一つとして謡われたものを聞いた事があるが、今回の一件はそんな伝説の存在が関係しているのか。

ニーナはそんな考えを否定するかのように頭を振って、馬を先頭のザハルの下へと駆けさせた。

今はそんな疑念に心を囚われている場合ではない。

「ザハル！　王都を襲った蜘蛛の化け物が来た！　姫様の馬車を先行させる！」

ニーナのその言葉に先頭にいたザハルが馬首を巡らせて振り返る。

「ニーナ！　お前は姫様の馬車の護衛に就け！　尻(ケツ)の四人はオレと一緒に来い！　化け物を迎え撃つぞ!!」

今迄の無口はどこへやら、ザハルの腹の底に響くような怒声に、役割を振られた四人の兵士がすぐさま反応してザハルの駆る馬に追従していく。

『見ィツケタァゾ、虫ケラ共メッェ!!!』

前から迫る異形の化け物である蜘蛛人は、上半身に生えた人型の頭の裂けたような口元を歪めて喉の奥底を震わせるような不気味な声を放つと、不揃いに頭部に張り付いた幾つもの目玉の視線を迫り来るザハル達へと向けた。

ザハルと四人の兵士全員がその異形の威圧を呑(の)み込んで剣を抜くと、片手で手綱を握りながら踵(かかと)を馬の腹に入れて速度を上げる。

ザハルは平民上がりでありながら、その腕を買われて騎士に迎えられた人物であり、その彼の後ろに付き従う者達も、王族の護衛を任された近衛(このえ)の兵士達だ。

それぞれがひとかどの武勇を誇る者達で構成された護衛達は、恐れる事無くザハルを先頭に馬の間隔を均等に開いて蜘蛛の化け物を囲い込むような形で迫った。

しかし蜘蛛人はその見た目の異形さとは裏腹に、集団に囲い込まれる事を不利と悟ったのか、それを避けようと相対する直前でその巨体を深く沈み込ませたかと思うと、驚異的な蜘蛛足の脚力でもって駆けこんで来た騎馬の頭上を越えてしまった。

「なっ!? クソ!! 全員反転だ!!」

それには流石のザハルも想像の埒外(らちがい)だった為、吐き捨てるような悪態と共にすぐに手綱を引いて馬首を後方へと向けさせる。

だが彼の視線の先では蜘蛛人が走る馬車に狙いを定め、滑るようにその巨体を寄せていく光景が映し出され、次の瞬間には再び蜘蛛人がその巨体を空へと躍らせたところだった。

それを馬車の窓から身を乗り出すようにして見ていたリィル王女は、徐々に迫って来る異形の姿に目尻に涙を溜め、年相応の悲鳴を上げていつも一番頼りにしている者の名を目一杯叫んだ。

「な、なんじゃ、あれはっ!? こ、こっちに来たぁぁ、ニーナぁぁ!!」

その彼女の悲鳴に逸早(いちはや)く反応したニーナは走る馬車に馬を寄せると、身を乗り出していたリィル王女の小さな身体を抱えてそのまま窓から引き出した。

「ニーナ!!」

「姫様! 落ちないようにしっかり私の身体を掴んでいて下さい!!」

馬車から騎乗する馬上へと主君を引き上げた瞬間、横を並走していた馬車が落下してきた蜘蛛人の勢いをそのまま受け止めて木端微塵となって辺りに残骸を撒き散らしながら転がっていく。

その落下の衝撃と轟音で、馬車を牽いていた馬は四頭ともその場で引き倒され、急激な制動によって足や首の骨を折って半数が虫の息となっていた。

馬車を操っていた御者は、既に身体の半分が潰れて大地に赤い染みが点々と広がっているのみだ。

ニーナはリィル王女を鞍の前に座らせると、粉々に散っていく馬車から全速力で離れて行き、後ろを振り返って化け物の動向を探った。

『ウォォォオォオォォオッォォ!!!』

蜘蛛人の化け物は、その場で僅かに息のあった馬を持っていた巨剣で叩き潰すと、怒りを込めたような咆哮を上げて、再びその幾つもある目玉をギョロギョロと動かし走り去るリィル王女とニーナの馬に狙いを定めた。

しかしそこに後方から追いついて来たザハルの一団が、突撃の擦り抜けざまに次々に武器を振り下ろしていく。

だが蜘蛛人の体表は普通のそれではないのか、兵士らの半数の攻撃を傷も無く弾き返した。

それでもやはりザハルを始め、半数の者の攻撃は通ったのか、蜘蛛人の躰には傷が残っている。

蜘蛛人は苛立たしげに咆哮を上げて手に持った武器を振り回すが、すでに離脱していた彼らには如何に強力な攻撃であっても届く事はない。

「ここで奴を仕留めるぞ!!」

そしてザハルの号令と共に駆け抜けて行った馬がみな反転し、再び武器を構えて突撃を掛けた。

最初の攻撃で蜘蛛の足の一本に深い傷が入っていたのか、二度目の攻撃を躱そうとした蜘蛛人は重心を崩して、今度は人型の肉体に大きな傷を作った。

『ァアアアァアアァァァッァアアアァ!!!』

黒い血飛沫が周囲に舞って、蜘蛛人がより一層苦悶の咆哮を上げる。

そして再び反転しようとしていたザハル達の相手を止めて、蜘蛛人は遠く走り去って行くニーナの方へと視線を向けると、傷を負った足を無理やり動かして血飛沫を上げながら走り出した。

「クソッ!!　姫様達を追う気だ、なんとしても食い止めろ!!」

ザハルの号令に従い、近衛の兵士らが馬に鞭を入れて蜘蛛人に追い縋ろうとするが、蜘蛛人は自身が持っていた巨剣の二本の内一本を無造作に投げ放ってきた。

蜘蛛人の剛腕によって放たれた巨剣は、まるで死神の鎌のように回転しながら背後に迫っていた兵士二人を肉片へと変えて大地に派手な金属音を響かせて転がっていく。

ザハルは部下の成れの果てを一瞥し、奥歯を噛み締めて額に青筋を浮かべた。

蜘蛛人は手負いとなってやぶれかぶれになったと判じ、部下に突出するような命令を下してしまい、結果――蜘蛛人からその隙を突いた手痛い反撃を受けてしまった。

自身の判断の誤りに、思いっきり自分を殴りたい衝動にかられるが、今はそんな場合ではない。

手綱を握る拳に血管が浮きながらも何とか冷静さを保つように、細く息を吐き出しながら前を駆ける蜘蛛人を睨み据えて全速力で追い掛ける。

そこへ蜘蛛人が追い掛ける前方の集団、ニーナとリィル王女を護衛する一団から三人の近衛が離れて反転すると、そのまますれ違いざまに蜘蛛人へと攻撃を加えていった。

蜘蛛人が咆哮を上げて怒りを露わにする中、ザハルは三人の近衛達と合流を果たしていた。

「ザハル様！　ニーナ様からこちらを手伝えと！」

合流を果たした近衛の一人が、踏み鳴らす馬蹄の音にも負けない大声で事情を語ると、ザハルはそれに無言で頷いて返した。

リィル王女の護衛が少なくなるそのニーナの判断は、万が一の場合には危険なものだったが、目の前の化け物を排除出来なければどのみち安全を確保は出来ないのだ。

それを理解していたザハルは、武器を振り上げて並走する近衛の兵士らに向けて命令を下した。

「とにかく奴の足を狙え！　足を止めれば姫様の安全は飛躍的に上がる！　同時にかかるぞ!!」

ザハルのその号令に、周囲の近衛兵達が気合いの声を上げて蜘蛛人を追う。

手負いの化け物に止めを刺そうと奮闘する近衛達の活躍を、先行して疾走している中でニーナ達は時折後方を振り返りながら見守っていた為、それに気付くのが一足遅れてしまった。

それに逸早く気付いたのはニーナやその周囲の近衛兵らではなく、ニーナの鞍の前に抱えられるように座らされていたリィル王女だった。

「ニーナ!!　右前方じゃ!!」

小さな身体で、精一杯声を張った端的な注意喚起。

主人である彼女のその声に、ニーナは王女の示した方角へと慌てて視線を向けた。

真っ直ぐ平らな平原ではなく、なだらかながらも起伏に富んだ丘陵地は、大地の波間に死角を作り、そこに隠れ潜む存在を容易に視界から消してしまう。

つまりは獲物である彼女らに近づくには絶好の地形だったという事だ。

『逃ガサナイ!!　上ノ命令ハ、王都カラノ逃亡シャノ排除ォ!!』

後方でザハルが相手していた蜘蛛人ではない、もう一匹の蜘蛛人が四本腕に握った金属製の鈍器を振り上げて、丘の陰から躍り出て来ていた。

あまりに唐突な化け物の出現にニーナの思考が一瞬止まり、異形の人と蜘蛛の融合体が雄叫(おたけ)びを上げるように手に持った武器を振り下ろす。

「ニーナァ!!!」

リィル王女の悲痛な叫びにニーナの身体は反射的に見事な反応を示し、迫り来る金属の塊のような巨剣が轟風を伴って両隣にいた近衛兵を木端微塵に吹き飛ばしていた。

その攻撃をすんでのところで躱したニーナは片方の手で腰に下げた剣を抜き放って、蜘蛛人に反撃を試みようとした——しかし、蜘蛛人の武器を持つ腕は先程の一本だけではなかった。

彼女が蜘蛛人に向かって剣を構えようとしたそこへ、もう一本の巨剣が彼女を襲い、一瞬の判断で再び攻撃を躱そうと姿勢を崩した。

次の瞬間、剣を握った彼女の右の腕が空高くに舞って地面に落ちて跳ねた。

「うぁあぁっぁあぁあぁあぁっぁあぁあぁぁぁあ!!!」

肩が抜けるような衝撃と燃えるような激痛が彼女を襲い、馬上で崩した姿勢がそのまま馬と共に地面に横倒しになる形で投げ出される。

鞍の前に座っていたリィル王女も、草地の上を跳ねるように転がり身体中に擦り傷を作っていた。

「リィル姫様!!　ニーナ!!!」

後方で足止めされる形になっていたザハルは、視界の先で起こった絶望的な状況に普段の冷静さも無く叫ぶ。

しかし目の前の傷だらけの蜘蛛人が、掠(かす)れたような声で嗤(わら)って前に立ちはだかった。

「どけぇぇぇ!!!　邪魔だぁぁ!!」

ザハルの怒りの咆哮に、周囲の近衛兵達も奮起して血に濡(ぬ)れた武器を振り上げた。

だがたとえ目の前の化け物を今すぐに始末出来たとしても、リィル王女やニーナ達がいる場所まではかなりの距離がある。

『ノーザン王国ハ、ココデ人知レズ滅ブゥ!!!』

不快にも聞こえるその声を発する蜘蛛人が、牙の並ぶ裂けた口をさらに凶悪に歪めて足元に転がり呻いているニーナを見下ろし、手に持った武器を改めて振り被った。

その光景を地面に蹲(うずくま)って見ていたリィル王女が声を嗄(か)らすように泣きじゃくる。

「やじゃ!　やじゃぁ!!　ニーナぁ!!!」

しかしその蜘蛛人の持つ巨剣がニーナに振り下ろされる事は無かった。

振り下ろされるかと思ったその時、まるで何処からか地面を踏み鳴らすような地響きが丘陵地全体に響き渡り、それに気を取られた蜘蛛人が二つの人型の頭を持ち上げて辺りを見回した瞬間——

それは突如として姿を現した。

丘陵地の谷間から姿を現したそれは、蜘蛛人などよりも大きな体軀を誇っていた。

全身に赤茶けた鎧のような鱗を纏い、巨大な二本の白い角が張り出しており、背中には白い鬣が風に靡いている。

そんな巨体を誇る生物が谷間から猛然と姿を現したと思ったと同時に、武器を振り上げて固まっていた蜘蛛人の横合いを突いて、激しい衝突音と共に異形の化け物を弾き飛ばしていた。

白い頑強な二本の角に抉られたのか、化け物の胴体部である蜘蛛の横腹に大きな穴が開き、そこからどす黒い液体が漏れ出している。

恐らく化け物の体液なのだろう、その蜘蛛人は恨めしげな声を震わせて吠えた。

『何者ダァァァァ!!? 目撃者モ殺スゥゥゥ!!!』

裂けた口元から粘液のような涎を撒き散らし、武器を構える蜘蛛人に対し、突撃をしてきた巨軀の生物――その背中の独特の意匠が施された鞍に三人が跨っていた。

「アリアン殿、チヨメ殿、もう一匹の方の始末を頼む」

そう言ったのは、鎧竜のような乗騎の真ん中に乗っていた一人の騎士だ。

全身を覆う白と蒼を基調とした白銀の鎧、まるで神話か英雄譚に語られるような精緻な意匠に彩られた鎧に、夜空を切り抜いたかのような漆黒の外套が風に靡く。

背負った剣を抜き放つとその剣身は、薄い蒼色の怜悧な光を湛えた神々しい程のもので、構えた円盾も複雑な紋様で飾られていた。

そんな威風堂々とした出で立ちの騎士の頭の上には、何故か草色の毛並みと綿毛のような尻尾を持った小動物が張り付いており、忙しなく尻尾を振って鳴いている。

その不可思議な白銀の騎士の言葉に返事をして乗騎から降り立ったのは二人。

一人はまだ少女のような年頃で、黒髪に大きな帽子を目深に被っていた。手足に簡便な黒塗りの防具を纏い、腰には短刀を帯びている。

そしてもう一人は長身の女性だった。

灰色の外套にすっぽりと身を沈めてはいるが、その身体の豊かな曲線は成熟した女性のそれである事が窺える。

その二人の女性はそれぞれが武器を抜き放つと、並の脚力を凌駕する速度でザハル達が奮戦している蜘蛛人の下へと駆けて行く。

長身の女性がその身の周りに炎を現出させ、それがまるで意思を持つかのようにうねりながら、彼女が持つ剣へと絡みついて炎の剣が形作られた。

風に乗って流れてくる熱気に混じり、彼女の口元から祈りにも似た言の葉が紡がれ、振るわれる炎の剣の輝きが増して、手負いとなった蜘蛛人へと襲い掛かる。

まるで蜘蛛人の巨体全身を舐めるように炎の軌跡が走り、付けられた傷を内側から容赦なく焼き焦がすと、鼻を突くような悪臭が立ち込めた。

『アアァアアァッァアアァアァアァアウゥッゥァ!!!』

悶絶する異形の化け物に止めを刺したのはもう一人の小柄な少女だ。

片手で印を結び、何事かを唱えてその蒼い瞳を見開くと同時に、彼女の傍に水で出来た狼が二匹現れて追従する。

さらに彼女の短刀からは白い冷気が噴き上がり、まるで尾を引くようにして彼女の剣筋が縦横無尽に空間を走り、次々に繰り出される手数でもって蜘蛛人の躰を斬り刻んでいく。

傷を受けた蜘蛛人が抵抗しようと持っていた武器を振ろうとするが、そんな攻撃をことごとく無力化しているのは、先程彼女の手によって作られた水の狼達だ。

蜘蛛人が間合いを詰めようとすれば足に喰（く）らいつき、武器を振ろうとすれば腕に噛み付く。

そんな光景を目の当たりにして、ザハルや護衛の近衛兵らもしばし呆然（ぼうぜん）としている。

二人の女性の剣筋は、腕に覚えのあるザハルから見ても相当に手練（てだ）れのそれである事が窺えた。

対して膂力（りょりょく）に優れた蜘蛛人の一撃の破壊力は脅威だが、捌（さば）きと間合いの取り方に熟達した二人には、その攻撃はむしろ隙の大きい反撃し易いものでしかない。

やがて全身を炎と氷に蝕（むしば）まれた蜘蛛人は、その蜘蛛の足を力無く折ってその場で頽（くずお）れ、断末魔の叫びと共にまるで泡沫（ほうまつ）の夢であったかのようにその巨体が崩れ落ちていった。

そんな彼女達の活躍が繰り広げられている場から離れて、白銀の鎧を纏った騎士は手に持った神々しい剣を無造作に振り被っていた。

「【飛竜斬（ワイバーンスラッシュ）】！」

鎧騎士のくぐもった低い声に、まるで轟風が吹き荒れるかのような巨剣の振り――その振り抜いた瞬間に閃（ひらめ）いた剣閃（けんせん）が真っ直ぐに蜘蛛人へと襲い掛かる。

人の胴回り程もある樹木すら容易に切り裂く斬撃の剣閃——それを蜘蛛人はすんでのところで回避しようとしたが、先程の乗騎の突撃で負った傷が原因なのか、僅かに蜘蛛の足にふらつきを起こして飛竜斬(ワイバーンスラッシュ)をまともに蜘蛛足に受けてしまう。

強烈な斬撃が蜘蛛人の足を斬り飛ばし、その巨体を支える一本が無くなって大きく躰が傾ぐ。

『ウォオノォレェ!! オノォレェェ!!』

苦悶の表情を浮かべる異形の化け物は、幾つもの血走った目玉を動かして、目の前に立つ白銀の鎧騎士を睨みつけた。

「す、すごいのじゃ……」

「うっうぅぅ……」

その戦闘の様子を窺っていたリィル王女と護衛騎士のニーナは、目の前で繰り広げられる人外じみた力の戦いに釘付けになっていた。

完全に足が止まった蜘蛛人に対し、今度は白銀の鎧騎士が盾と剣を構えてその距離を一気に詰めて相手に躍りかかる。

互いの重量級の武器が火花を散らし、辺りに金属同士を擦(こす)り合わせる不快な音が響く。

しかし蜘蛛人には四本の腕がある為に、剣同士を噛み合わせた瞬間を狙って他の武器を力任せに振るってきていた。

だがそれは鎧騎士も読んでいたのか、左手に構えた円盾を用いて上手く弾くと、その開いた隙を突いて剣が二度、三度と振り抜かれる。

鎧騎士の盾の扱いに関してはなかなかのもので、剣筋はやや粗削りなところも見られるが、その剛腕から繰り出される破壊の一撃は、小手先の技など全て捻じ伏せてしまうだけの迫力があった。

現に蜘蛛人に躱され、当たらなかった剣の一撃がそのまま地面を抉り、大地に深い爪痕を残してしまう程だ。

あんな攻撃をまともに受けてしまえば、たとえ両手で頑強な盾を構えていても、人程度であればその上から叩き潰されてしまうだけの力はある。

しかし相手も見てくれからも分かる人外の怪物だ。

その両者共に人知を超えた存在の戦いは、人の力が入る余地など一切無い。

鎧騎士と蜘蛛人の両者の人外が何度か〝打ち合い〟という名の衝突を繰り返し、その都度、蜘蛛人の躰に致命傷となる程の傷が増えていく。

すると、蜘蛛人は勝ち目がないと悟ったのか、防御を捨てて前へと打って出て来た。

『ガァァアァアァァアァァ!!』

しかし相手の鎧騎士はそんな最後の捨て身の攻撃にも動じた素振りを見せず、冷静に間合いを計るように下がって剣を構え直す。

「【岩石鋭牙（ロックファング）】！」

そうして次の瞬間に鎧騎士が唱えた魔法が突如、蜘蛛人の後ろ足付近に発動して、次々に岩の牙が固い表皮を刺し貫き、相手の意識が僅かに逸れた。

「【聖雷の剣（カラドボルグ）】!!」

それを見越していたのか、相手の気が逸れた瞬間を狙って短くさらに魔法の言葉を発する。

蒼い紫電が走り、光の帯のような剣身が通常の倍ほどにまで伸びて、その青白い光が蜘蛛人の上半身、人のそれが持つ心臓を深く突き抜いていた。

どす黒い血飛沫が辺りに飛び、蜘蛛人の背中から突き出た青白い光の剣が何の抵抗も見せずに上へと振り上げられると、化け物の人型部分が左右に両断される。

まるで糸の切れた操り人形のように力を失った化け物は、その場で蹲り、溶け崩れる蜘蛛人の残骸が音も無くその姿を大地の大きな染みへと変える。

「……まさか早々に此奴と出くわすとはな」

独白するように呟く白銀の鎧騎士は、今や姿形を無くしたそれを一瞥した後、剣に纏った蒼い光を振り払うかのようにして消して再び背中に担ぎ直していた。

そうして傷つき倒れたニーナと、あちこちに打撲傷を残したリィル王女に視線を向ける。

「ニーナ!! 姫様!!」

そこへ先程まで蜘蛛人の化け物と死闘を繰り広げていたザハルが血相を変えて駆けこんで来て、片腕を無くして血溜まりに沈むニーナとその傍らで呆然としていたリィル王女を覗き込む。

そんなザハルの様子にようやくリィル王女も事態が進展した事を理解し、そして傍らに自分を助けて瀕死(ひんし)となって倒れているニーナを見て慌てて彼女の下へと這(は)い寄る。

「ニーナ! しっかりするのじゃ、ニーナ!!」

「……リィル姫、さま。ご無事で……なに、よりです……」

苦痛に顔を歪めるニーナの姿に、リィル王女の熱を持った涙がはらはらと彼女の頬に落ちる。

「しっかりしろ！　今、止血する！　おいっ、何か縛れるものをっ！」

顔を青褪めさせるニーナに大声で話し掛けるザハルは、彼女の無くなった腕の根本を押さえながら近くにいた近衛兵に怒鳴るように指示を飛ばす。

それを受けて、周囲に駆け寄って来ていた近衛兵らが慌ただしく動き始めるが、そこに先程までの脅威であった化け物をあっさりと捻じ伏せた白銀の鎧騎士が姿を見せて割って入って来た。

「すまぬが、少し場所を開けて貰おうか……」

ともすれば随分とのんびりとした彼の口調に苛立ちを覚え、ザハルは恩人であるはずの鎧騎士を殺気の籠もった目で睨めつけた。

その彼はといえば、兜の隙間から覗く暗がりからでは何の表情をも窺わせない。

しかし彼はいつの間にかニーナの斬り飛ばされた腕をその手に握っており、周りに集まっていた近衛兵らを押しのけてザハルの隣に腰を屈めた。

そんな彼の行動を、リィル王女が泣き腫らした瞳で見上げる。

それに白銀の鎧騎士は頷き返すと、持っていたニーナの腕に取り出した水筒の水をかけて土埃を流し、すぐにその腕の切断面を彼女が血を流す切断面に合わせた。

「あぁぁあぁぁぁあぁぁああっぁぁぁぁ!!」

「!?　なっ、貴様!!」

その一連の処置が傷を抉られた痛みを彼女に齎したのか、悲鳴のような呻き声を上げたのを見てザハルが思わず声を荒らげて摑みかかろうとした。

だが彼女の止血で押さえた腕を離す訳にもいかず、かと言って怒りの矛先を納める事も出来ないまま一瞬の戸惑いが生まれたその隙を、目の前の鎧騎士は意に介した様子もなく、斬られた腕を彼女にあてがいながら魔法の言の葉を紡いでいた。

「しっかり彼女を押さえていろ。【大治癒(オーバーヒール)】」

兜の隙間から漏れるその彼の言葉に反応するかのように、彼の手元——ニーナの切断された腕の周辺に明るい温かな光が溢(あふ)れ出し、それが徐々に彼女の腕の切断面に集まっていく。

その煌(きら)めくような光は、魔法を発動させている騎士の白銀の鎧に反射して、まるでその騎士自体が神聖な者であるかのような、そんな幻想的な風景を目の前に作り出していた。

リィル王女はその光景から大きな瞳をさらに目一杯に見開き、声を奪われたように固唾を呑んで眺めており、それは周囲にいたザハルや近衛兵らも同様であった。

ニーナはそんな周りの光景に朦朧(もうろう)とした意識で自分の右腕に視線を向け、斬られた箇所がまるで別の生き物のように互いに引き寄せ合いながら繋がり始めていく様子を目撃する。

やがて光が収まると、先程の傷が嘘だったかのように綺麗な肌を持ったニーナの腕がその場に投げ出されていた。

ザハルはその光景を息を呑んで見守っていた。

先程、鎧騎士が見せたそれは、教会の司祭などが得意とする治癒の魔法の類である事は理解出来てはいたが、その効力は目にした今でも疑うような代物だった。

今まで彼が見てきた治癒魔法は浅い傷や腫れなどを消したり、精々目立たなくする程度のもので、音に聞く治癒魔法の使い手であっても斬られた腕を繋ぎ合わせるなどという話は聞いた事が無かったのだ。

普段は教会の司祭らが神の御業や奇跡と言って行うそれが、まるで児戯にも等しい〝まじない〟程度のものにしか見えなくなっていた。

呆気にとられて顔を上げると、視線の先には鎧騎士の仲間であろう二人の女性の姿が目に入った。

二人とも倒れ伏しているニーナと鎧騎士の行いを見守るようにしてはいたが、その両者の瞳には感心した色はあっても別段驚きの表情は見えない。

恐らく彼ら、彼女らにとって今の風景はそれ程驚くような事でもないのだろう。

そう思ってザハルは戦慄した。

国の精鋭である近衛らにとっても脅威である存在を軽く退け、その行使する魔法は人知の及ばない遥かな高みにある彼らが、いったい何の目的でこの場所に居たのか。

そうして今居るこの土地がどういった場所なのか——ノーザン王国から領土を奪い、その功績と武勇をもって長年ノーザン王国を阻んできたブラニエ辺境伯の治める土地。

まるで芸術のような拵えの白銀の鎧、そんな鎧を一介の傭兵などが持てる訳もない。

目の前の人物がブラニエ辺境伯の右腕となるような者であれば、ノーザン王国はさらに土地を切り取られる運命にあるのかも知れないと。

そこまでの思考が脳裏を過り、思わず唾を飲み込むが、目の前の本人はさして気にした様子もなく倒れたニーナの具合を心配そうに覗き込んでいた。

「きゅん！」

そこに今まで鎧騎士の兜の上に貼りついていた草色の毛並みの不思議な動物が下りて来て、倒れたニーナの様子を窺うように鼻を何度かひくつかせて鳴く。

わさわさと綿毛のような尻尾を振って見せるその姿に、その場に張り詰めていた空気が霧散し、それを合図にしたかのようにニーナが気を失った。

「ニーナ!?　どうしたのじゃ!?　ニーナ！」

倒れた女性は、恐らく騎士なのだろう。立派な装具を身に纏った女性は極度の緊張が解けて気が緩んだのか、意識を失ったようだ。

しかしそんな様子を見守っていた小さな女の子の方は、返事をしない女性の容態を心配して縋り付くように名前を呼んで涙を流していた。

倒れた女性騎士の胸が僅かに上下しているので問題ないだろう。

「心配はいらぬ、気を失っただけだ。傷はもう治癒魔法で塞いだが、少し傷口から血を流しすぎたのもあるだろう。少し安静にさせておいた方が良い」

そう言うと、倒れた女性騎士――ニーナと呼ばれていた彼女に縋り付いていた女の子が、顔を上げて此方の顔を見上げてきた。

それに頷いて返してやると、女の子は安堵したようにその場で座り込んでしまう。

よく見れば、その彼女もあちこちに打撲や擦過傷を作って、綺麗な服を着ていたのだろう姿が今や泥と血に塗れて薄汚れてしまっている。

それでも彼女は微かな笑みを浮かべて、倒れた女性騎士の顔を覗き込んでいた。

立派な装備に身を固めた集団、そしてその中でただ一人、年端もいかぬ少女という構成に加え、先程の女性騎士ニーナの〝リィル姫様〟という言葉から見ても、彼らの主人――それもかなり身分の高い者なのだろう。

「しばし、じっとしておれ……」

リィル姫様と呼ばれていた少女の傷だらけの小さな身体に向けて手を翳し、魔法を発動させる。

「【治癒】」

柔らかな光が生まれ、その光がリィルの身体についた傷や打ち身に吸い込まれていくようにして消えると、彼女の肌からは今までの傷が嘘のように消えていた。

「おぉ……すごいのじゃ！」

リィルは自身の腕や足に付いた傷のあった場所を確かめるようにしながら、その大きな瞳を丸くして驚きの声を上げる。

無邪気にはしゃぐ彼女の横で、先程まで威嚇を露わにしていた大柄の男は言葉を失ったように此方と倒れて気を失っているニーナとの間を往復するようにその視線を彷徨わせていた。

そんな彼の態度にリィルが気付くと、口を尖らせてそれを指摘する。

「なんじゃ、ザハル。何を呆(ほう)けておる。わらわ達の恩人に礼を言わねばならぬぞ！」

そう言って彼女は、少し目元に残った涙の痕をゴシゴシとおよそ貴人とは思えない乱暴な仕草で拭うと、悪戯(いたずら)っぽく笑って見せた。

彼女のそんな態度に、ザハルと呼ばれた騎士はようやく意識をその場に戻して片膝を突いた格好をとって頭を下げた。それに倣って、後ろに控えていた者達も同じようにその場で跪(ひざまず)く。

「此度(こたび)の助勢、誠に感謝する。我々は——」

ザハルはそこまで言ってはたと口を噤(つぐ)んで、何やら言葉を探すように視線を彷徨わせる。

そんな彼の言葉を継ぐように、隣で座り込んでいたリィルが勢い込んで立ち上がると、まだ女性としての成長の見られない胸を張って口を開いた。

「わらわの名はリィル・ノーザン・ソウリア。故あっての旅路だったのじゃが、追手に迫られて難儀をしておったのじゃ。其方(そなた)らの活躍でこの命を繋ぐ事が出来た。わらわからも重ねての感謝をするのじゃ」

そう堂々と言ってのけたリィルの姿は、なかなかどうして、僅か十頃(とう)の少女であるにも拘わらず堂に入った物言いからは上位者の矜持(きょうじ)ともとれる凄(すご)みが感じられた。

そして彼女が名乗った〝ノーザン〟という名には聞き覚えがある。

ローデン王国のランドバルト領、そこの領では隣国であるノーザン王国との交易が盛んだった。

彼女がその〝ノーザン〟を冠した名前を名乗り、多数の配下を従えている事を鑑みると、目の前の小さな少女は彼の王国の王族――またそれに準ずる身分に在る者だという事だ。

しかしそんな彼女の堂々とした名乗りに、隣で跪いていた騎士のザハルが驚愕と焦燥の顔を交互に変えるという実に高度な表情を作っていた。

彼の後ろに控えていた者達からも少なからずざわめきが立った事から、恐らく名乗ってはいけない状況――機密か何かだったのだろう。

〝ノーザン〟を名乗る彼女らが今居る場所、ルアンの森を抜けて入る最初の人族の領域であるここは、確かサルマ王国の領内だった筈だ。

それが王族らしき彼女が護衛とは言え、極少数しか連れずに隣国の地にいる。

隣国のサルマ王国に使者として来たのか、はたまた亡命か。

しかもリィルはもう一つ気になる事を発言していた。

先程倒した化け物、あの蜘蛛人を〝追手〟と言ったのだ。

彼女達の進路を阻み害そうとする存在が後ろに居る――という事だろうか。

自分が思考の海に埋没する中、隣へとやってきたアリアンやチヨメもその事実に触れて何やら思案顔を浮かべている。

ただ一匹、ポンタは暢気に後ろ足で耳の後ろを掻いて気持ちよさげに目を細めていた。

一方で騎士ザハルを始めとした護衛集団の彼らは、どう取り繕えばいいか考えあぐねてなのか所々から唸り声が漏れ聞こえてくる。

だがそんな周りの反応など一顧だにしていないリィルはといえば、大きな瞳を輝かせて此方を真っ直ぐに見上げてきた。

「お主らは、皆相当な強者じゃな？　いったい何者なのじゃ？」

そんな純粋な興味を示すリィルの質問に、自分とアリアン、チヨメは視線を交わし合い、アリアンが此方に無言で頷いて返した。

「我が名はアーク・ララトイア、我らも故あって今、旅の途にあるのだ」

そう言って名乗ると、脇に控えていたアリアンやチヨメもそれぞれ手短に名乗りを上げた。

「アリアン・グレニス・ララトイア」

「チヨメです」

ともすれば王族と思しき者への名乗りとしては、些か礼儀を欠いたものであったが、当のリィルはそんな事で不快な表情など微塵も見せず、しきりに頷いて関心を示していた。

その彼女の後ろで、ザハルは驚いた顔をして此方に視線を向けてくる。

何か特別、驚愕に値する言葉を発した覚えはないが、名乗りにエルフ族の里の名を語った事でこちらの素性を察したのだろうか？

此方のそんな疑問にも構わず、リィルは身を乗り出してきた。

「旅の者か！　其方らの目的が急ぎでないならば、是非ともわらわ達の護衛を頼まれて欲しいのじゃが、駄目か？　報酬ならなんとか言い値を都合つけるのじゃ」

「!?　お待ち下さい、姫様！」

リィルのその唐突な提案に、一番驚いたのは自分達ではなく、彼女の後ろに控えていたザハルら護衛の者達の方だった。

慌てた様子のザハルから制止の声が上がる。

確かに彼ら護衛の任を任されている者達の前で、他者を——しかも先程顔を合わせたばかりの素性の知れない者を雇い入れようなど、沽券(こけん)に関わる問題だろう。

しかしそんな彼の制止の言葉を、リィルは自らの小さな手で制した。

「わらわ達は何としてもこのサルマ王国領を抜けて、ディモ伯爵領へと入らねばならぬのじゃ。命が惜しい訳ではないのじゃ、わらわが伯爵に会って嘆願せねば、あの忌まわしい化け物共に王都の民らが殺されてしまうのじゃ……だから！」

そこまで言うと、彼女は自らの小さな手を握り込んだ。

まだ少女の姿をしているリィルだが、その真剣な眼差(まなざ)しと紡がれる真摯な言葉は、これが上に立つ者の矜持なのかと、場違いながらも感心を覚えてしまう程だ。

そんなリィルの姿を見て、後ろに控えていたザハル達は沈痛な面持ちで言葉を噤んだ。

どうやら彼女達はサルマ王国の領内に無断で入っていたという事らしい。

まぁ自分達も他人の事を言えた義理でもないし、そもそも明確な国境線の引かれていないこの世界では纏まった兵などを動かすなど以外には、多少の危険は承知で割と他国の領内を横断したりするものなのかも知れないが。

ディモ伯爵の下へ行って嘆願する事が目的のようだが、それはサルマ王国の領内を横断してでも成し遂げなければならないといった気概がリィルにはある。彼女の先程の話からして、恐らくは王都への援軍要請といったところだろうか。

そうなるとディモ伯爵とは何者か——という疑問が生まれる。

横目でチヨメに確認すると、彼女はその視線の意味に理解の色を見せたが、答えは首を小さく横に振る動作だった。チヨメもディモ伯爵が何者であるか知らないらしい。

しかし、王都の民が化け物に困って殺されるという話は随分と穏やかではないな。

化け物とは、先程倒した異形の不死者(アンデッド)の蜘蛛人だろう。どうやら本格的に不死者(アンデッド)を手駒にして動かしている勢力があるらしい。

その第一候補が、ヒルク教国になる訳か——。

そこまで思考してから、僅かに逡巡(しゅんじゅん)するようにアリアンに視線を向けると、彼女はあからさまな溜め息を吐いて肩を竦めた。

灰色の外套の奥から覗く金色の瞳が語るそれは、いつもの通り呆れたといった所だろうか。

チヨメの方は何かを思案すると此方に寄って耳打ちしてきた。

「ふむ」

彼女の意見を聞いてから、自分は徐(おもむろ)に被っていた兜を脱いでその姿をリィル達の前に晒した。

「なんと、エルフなのじゃ!?」

「エルフ!?　ルアンの森の者か!?」

此方が晒した素顔、黒髪に褐色肌、深紅の瞳と長く尖った特徴的な耳の形状を見て、ザハルは自分がルアンの森のエルフ族であると判断したようだ。

蜘蛛人と対峙する際に、先に龍冠樹の霊泉を飲んでいたのはこういった事態になる事を予想して——ではない。

ここ最近、グレニスやアリアンと肉体を持った状態での戦闘訓練をしており、それの成果を試す実践になると踏んでの行動だった。

中身が骸骨の姿の場合、戦闘での恐怖という感情などが抑制されて大胆に行動出来るが、霊泉に依って肉体が戻ると、同じように感情の揺らぎが戻り、戦闘に慣れていない自分は恐怖などの感情で身体が強張るなどの弊害が出ていたのだ。

しかし先の戦闘では、短いながらもグレニスらの徹底的な鍛錬の成果が出ていた。

まだ長時間の緊張には耐えられないが、短い戦闘ならそれなりの動きが出来るようになったという事実は、これからもあの鍛錬を続けて行く上で重要な糧となる。

脳裏に浮かぶグレニスとアリアンによる鍛錬を思い出し、ぶるりと頭を振ってその思考を振り払った。

自分の今の特徴は、この世界での本来のエルフ族でもアリアンのようなダークエルフ族でもないのだが、エルフ族自体を見る事が稀な人族の社会では長い耳、尖った耳を持つ者はだいたいエルフ族という認識のようだ。

自分もそこを敢えて指摘したりはしないし、事情を説明する気もないが一つ訂正しなければならない事実がある。

「いや――我らはルアンの森の者ではない。我らはカナダ大森林の里に所属している」

そう言うと、隣のアリアンも徐に灰色の外套を脱いで、その特徴的な薄紫色の肌を人の目に晒して、金色の瞳でザハルらを睨み据えた。

「きゅん！　きゅん！」

アリアンの一睨みでザハルや護衛の兵らから息を呑む音が聞こえた気がするが、そんな彼女の足元で何やら自己主張をするポンタの影響で変な雰囲気になっている。

「カナダ……エルフ族の一大勢力、それが何故こんな場所に……」

ザハルはカナダの事を知っていたようだが、リィルの方はといえば、何やら小さく首を傾げて後ろを振り返り、ザハルに「カナダとはなんじゃ？」と直接疑問をぶつけていた。

「我らは見ての通り、人族ではない。それでも我らを雇う気はあるか？　あるならば、我らは報酬にある情報を求める。返答は如何様に？」

自分のその問いに、ザハルら護衛達の視線が一斉に主人であるリィルに向かう。

一瞬の間があり、護衛の中での取り纏め役となっているザハルが口を開こうとした機先を制するように、リィルが一歩前に踏み出して先に答えを出した。

「わらわが答えられる情報ならお主らが気の済むまで答えるのじゃ！　それでこの旅路の安全が買えるなら安い買い物なのじゃ！」

そう言い切って胸を張るリィルの姿を見ながら、自分は横目でチヨメの姿を映す。

自分の視線に気付いたチヨメは、一度頷いてリィルの前に進み出ると、自らの被っていた大きな帽子を脱いで目の前の少女にその透き通るような蒼い瞳を向けた。

「聞きたいのは一つです……」

チヨメの静かな、それでいて有無を言わせない迫力のある声が、目の前のリィルや背後に控えるザハルらの間に響き渡る。

だが彼女が帽子を脱いで露わになった獣耳の存在に、にわかにその場がざわつく。

「……獣人」

誰かの小さな声がチヨメの耳に届き、彼女の片耳がピクリと揺れる。

だが同席する自分やアリアンのようなエルフ族の存在がある為か、両種族の関係性を知る由もない彼らの中に、あからさまに侮ったような態度を示す者はいない。

やはり北大陸でのカナダ勢の影響力というのはかなり大きいようだ。

「ボクが聞きたいのはここ最近のノーザン王国での同胞の動きです。何か表立った動きや事件、そのようなものがあれば教えて欲しいのですが」

そう言って言葉を締めると、彼女は視線をゆっくりと動かして全員の反応を窺う。

目の前で相対するリィルは、後ろを振り返ってザハルに何かあったかと目だけで問い掛けるが、当のザハルも特にこれと言って思い当たるような出来事もないのか、首を捻(ひね)っていた。

空振りだったか——そう思いながら溜め息を吐くと、それに護衛の兵らの何人かがビクリと反応を示して互いに目配せし合うと、一人がザハルに耳打ちをする。

それを聞いたザハルは何かを思い出したような顔をして一度大きく咳払いをし、少しその視線を彷徨わせてから徐に口を開いた。

「……少し前に王宮で宝物庫に賊が侵入したのだが、その侵入した賊がその……獣人だっという話を聞いている。厳重な警備を掻い潜っての所業で当時は大きな騒ぎになったのだが、後に調べたところでは何も盗られた物は無かったと判明した。賊は今もって発見された報告はない」

言い難そうに報告する彼のこちらの反応を窺うような視線を、チヨメは気にする事無く思案するような表情を浮かべた。

自分もその情報は少し気になる。

王宮の宝物庫がどれ程の警戒態勢を敷いているのかは不明だが、それでも一国の重要施設であるならばそれなりの警備だった筈だ。

それを掻い潜って侵入する能力は並大抵の実力ではない。さらには侵入を果たしておいて何も盗らずに、しかも捕まらずに脱出しているところがますます普通ではない。

チヨメのような〝山野の民〟と呼ばれる獣人族は、南大陸と違ってこの北大陸では人族から隠れ暮らしており、生活などは決して楽なものではない。

宝物庫から僅かな金品も盗らずに脱出するような者は、獣人族にもましてや人族にもそうそういるものではないだろう。

そう考えながら、横目でチラリとチヨメの表情を探る。

彼女はザハルの話に出て来た賊をサスケだと推察しているのだろうか。

アリアンは足元でウロウロしていたポンタを抱え上げて、こちらのやりとりを静観している。

そんな中で、ザハルがさらに言い難そうな表情を作って言葉を続けた。

「それと、これは教国に接する三国とも似た状況だと思うが、連中が抱える神殿騎士がこの辺り一帯に潜む獣人達を殆ど狩ったと聞く。何でも教国は労働力を求めているとかで、我が国も他国も同様だろうが、獣人の対処を教国に依頼する形をとっていたのだ」

その言葉にチヨメの蒼い瞳が鋭くなって、ザハルを見返した。

威圧の籠もるようなその視線だったが、ザハルもそれなりに場数を踏んできたのだろう——居心地の悪そうな顔を作りはするが、怯(ひる)む様子は見せなかった。

「ふむ、しかしお主らの国はその教国とやらの神殿騎士、軍隊が自領に入る事を許したのか？」

そんな自分のふとした疑問を口にすると、ザハル以下の護衛兵らから剣呑な雰囲気が漏れ出した。

だがそれをザハルは手で制して静めると、真っ直ぐに此方に視線を返してきた。

「むろん、普通なら承服しかねる行為だ。それがたとえ教義に沿った人族の理想の社会の構築だとしてもだ。だが教国の抱える武力は正直、その規模からして桁違いで周辺各国とも断る力など持ち合わせてはいない筈だ……」

ザハルのそんな言葉に、今まで黙って聞いていたリィルは愕然(がくぜん)とした表情で、その視線をザハルとチヨメの両者に注いで拳を握り締めていた。

どうやら彼女には知らされていない話の類だったようだ。

国を取り纏める立場にあって誇り高いリィルにとっては、自国が抗(あらが)う事も許されずに唯々諾々と他国の干渉に甘んじていたという事実はなかなかに堪えがたい物だったのかも知れない。

それにしてもまたしてもヒルク教国の影がちらつくとは。

だが今はあまりこんな場所で時間を潰している暇はないだろう。

軽く指を唇に当てて口笛を鳴らすと、少し離れた場所で草を食(は)んでいた紫電が顔を上げて此方へと駆け寄って来た。

「とりあえず我らは情報の対価は払おう。またぞろあの化け物が姿を現すか分からぬ。リィル殿らが向かうというそのディモ伯爵領、そこへ同道致そう。話は馬上でも構わぬだろう」

自分の提案に、ようやく頭を切り替えたリィルが頷いて返した。

「勿論(もちろん)なのじゃ！　そうじゃ、わらわが今やらねばならん事をするまでなのじゃ」

自身に言い聞かせるように呟くリィルに、背後のザハルが改めて礼の姿勢を構える。

そうした後に、ザハルは倒れ伏したままだった女性騎士のニーナをその大柄な体格の肩に抱えると、自らの馬へと歩み去って行った。

まずはディモ伯爵領へと向かうとするか——と考えながら傍に寄って来た紫電の首筋を撫でて、視線を周囲に巡らせて辺りを窺う。

さて、自分はいったいどの方角から来たのだったか。

第三章　援軍アーク

ノーザン王国王都ソウリア。

突如として王都周辺に現れた正体不明の不死者（アンデッド）の集団に王都を包囲されて既に二日。

断続的に攻め寄せる幾万の不死の軍団を、王国の軍は少ない兵数ながら堅牢（けんろう）な街壁を使って何とか凌（しの）ぐというぎりぎりの攻防を繰り広げていた。

王国を守護する兵らの怒号と物言わぬ死霊兵、そして異形の人と蜘蛛（くも）の融合体らが壁を挟んで鬩（せめ）ぎ合う喧騒（けんそう）――しかしそれは中央の王城まで来れば遠く、風に乗って時折耳に届く程度だ。

そんな戦場と化した壁際から離れた王都中央に聳（そび）える王城は、その地の長い紛争の歴史を物語るかのように武骨で堅牢な外観を周囲に示していた。

しかしそんな質実剛健な城であっても、貴人を迎える一室などは国の威信を示す上でもその内装は煌（きら）びやかで贅（ぜい）を凝らしたものである事が普通だ。

現に他国の賓客を迎えるその一室は、他国と比べても決して見劣りのするものではない。

その一室に置かれた対面式のソファには、二人の人物が向かい合う形で腰掛けていた。

一人は厳格そうな壮年の男で、身に纏（まと）う衣服は一見派手には映らないものの、その丁寧な仕事からは相当に値の張る代物である事が分かる。

それもその筈（はず）で、その衣服に袖を通しているのはこの国の最高権力者である国王アスパルフ・

ノーザン・ソウリアその人だ。

普段は一国の王たる存在として威厳に満ちた態度で周りに接する彼だが、今目の前に座り、もったいつけたような仕草でお茶に口を付けている者の前では、それを抑えてやや下手に出たような口調でその者に話し掛けていた。

「ではパルルモ卿(きょう)はこの地に自身の意思で残られたのか？」

国王アスパルフの問いに、相対する男は間を置いてゆっくりと頷(うなず)いて見せる。

その人物はヒルク教の聖職者が身に纏う法衣(ほうえ)より一段豪奢(ごうしゃ)なものに袖を通し、飲んでいたお茶から口を離して温和そうな笑みを浮かべた。

黒い髪をきっちりと整髪料で撫(な)でつけたその容貌は、やや神経質そうにも見える。

ノーザン王国の隣国、ヒルク教国の頂点である教皇を除いた中で最も位の高い七人の枢機卿。

その中の一人であるパルルモ・アウァーリティア・リベラリタス枢機卿は国王の問いにも人の好(よ)さそうな笑みをのせて答えた。

「神への信仰を説く私が、現れた数万とは言え不死者(アンデッド)の群れに背を向けて逃げ出すなど——それでは私の信仰が疑われるばかりか、ここに住まう信者達(たち)からの不信を買う事に。そうなれば乱心した民衆によってこの王都は混乱の只中(ただなか)に放り込まれる事になりますよ」

そこまで言ってパルルモは一度大きく息を吐き出すと、真剣な眼差(まなざ)しを相対する国王に向けた。

「神は人の行いを見ておいでです。此度(こたび)のこれも神の試練、人は一丸となってこれに挑まねばなりません。そしてそれを乗り越えた先で、この国は大いなる祝福を授かる事になる」

静かな祈りの仕草をとったパルルモに、国王は曖昧な頷きを返す。

「……確かに降って湧いた此度の国難、乗り切れれば少なくとも今この王都に居る者らとの絆は深まるだろうが……。しかし、それも乗り切れてこそ――」

そう言って国王は室内の窓に視線を向けて、その先に見えないものを見るように視線を細めた。

「我が子らが使者としてどれだけの援軍を持って来られるか、我らが幾日この壁の中で耐えられるのか――神の試練とは斯様にも困難なものなのか……」

指を組み合わせて力無く首を項垂れさせる国王に、濁った視線が注がれる。

国王が視線を伏せるその前で、パルルモの瞳の奥から愉悦の色が漏れ出していた。

しかし、国王の下げられた視線の先に映るのは、磨き上げられたテーブルに映る自身の顔だけだ。

「民を思うその御心、決して神は見落としたりはしません。だからこそ、私は今この場にこうしているのだと、神の御導きであると信じております」

そのパルルモの言葉に国王は伏せていた視線を上げて目を見開いた。

「……そ、それは」

言葉を詰まらせる国王に向かって、パルルモ・アウァーリティア・リベラリタス枢機卿は朗らかな笑みを浮かべた。

「神の徒である我らも、この国の民と同様に人である事に変わりありません。人々を救うという我らの教義、救いを求める人に我らが手を差し伸べたとて何の問題もありません。既に私の配下の者を教皇様の下へと走らせております故」

その彼の言葉に、国王はまさに神の助けを得たというような顔で目の前の男を見た。

だが、ふとした疑問が頭を過り、国王はそれを口に出して問う。

「し、しかしよく包囲されたこの王都から使者を向かわせる事が出来ましたな」

国王のそんな問いに、パルルモの蟀谷が僅かに動く。

「私の配下はこれでも精強を誇る神殿騎士の者達ですからね、昨夜の内に少数の精鋭を送り出したのですよ。なに、信心など持ち合わせていない不死者などに後れはとりませんよ」

その余裕を浮かべた笑みのパルルモに、国王は得心したように頷いて返した。

「おぉ、成程。確かにあの連中は何故か夜になると途端に統率を失い、思い思いに行動を始めると報告が上がっておった。それに気付いておられたとは、流石ですな」

その国王の発言にパルルモの指先が微かに反応するが、何事もなかったかのように努めて澄ました表情を作り、次いで口元に笑みを浮かべた。

「これでも私も聖職者の端くれですからね、数の多いだけの不死者など恐れるに足りない。後は希望の火を繋ぐ為に我々がここで耐え忍ばねばなりません」

パルルモのその言葉に同意するように、国王も力強く首肯してその瞳に決然とした光を宿らせる中で、不意にパルルモの感覚に触れるものがあって思わずその方角へと振り返った。

「？　どうかされたのか、パルルモ卿？」

そんな彼の行動を訝しげに思って尋ねる国王に、パルルモは軽く咳払いをして顔を戻す。

「いいえ、お気になさらず。ただの気のせい、というやつです」

そう言って答えを返すパルルモだったが、その瞳の奥には僅かに動揺の色が浮かんでいる。

しかしそんな彼の態度を追求する間も無く、部屋に迎えに来た臣下達に連れられて国王はその貴賓室を後にした。

アスパルフ国王の背中を見送っていたパルルモは、再び視線をある方角へと向けて瞳を閉じると、やがて眉間に皺を寄せて目を開く。

「よもや追手に出した死霊騎士二匹の反応が消えるとは……護衛がこちらが思っていた以上に手練れだったんでしょうかね。それにしても以前にも似たような事がありましたね……貧乏くじを引かされた気分ですよ」

そう言って不快げに鼻を鳴らすと、大きく溜め息を吐き出した。

「仕方がありません。今から送って間に合うかは分かりませんが、追加で四匹の死霊騎士を送っておきますか。流石に四匹も出せば十分でしょう……」

独りごちるパルルモの視線が、先程退席した国王が向かったであろう先に向けられる。

その彼の表情は嗜虐の笑みに歪められていた。

「さて、それでは私は民衆への啓蒙にでも励みますかな。ありもしない希望に縋りながら朽ち果てていく人々を特等席で見学するというのは、いつでも堪らない悦楽を齎してくれますねぇ」

まるで腹の底を震わせるような、それでいて静かな嗤いが室内に響き渡った。

日は既にだいぶ傾きつつあり、空の色が徐々に茜色（あかねいろ）に染まり始めていた。

それに伴って丘陵地の緑も空の色を映し始め、景色全体が同じ色調へと変わりつつある中を、地面に長く伸ばした影の一団が一路南へと向けて進んで行く。

今回偶然行き合ったのは、ノーザン王国のリィル第一王女との事だった。

御年十一歳という彼女だが、その発言や振る舞いは流石に王族といったところか。

今はディモ伯爵領へと向かう一団の中程、護衛騎士の一人であるザハルに抱え込まれるような格好で騎乗している。

そんなまだ幼い王女リィルは、時折ザハルの腕の間から顔を出して後方にいる此方（こちら）を窺（うかが）っていた。

彼女の表情には離れていても分かる程、心配そうな様子が見て取れる。

そしてリィル王女が見つめる先にいるのは自分ではない。

一団の殿を務める事になった自分は、周囲の驚く顔の近衛兵（このえへい）らを前に、馬とは別格の巨軀（きょく）を持つ疾駆騎竜（ドリフトプス）の紫電に跨（また）り、その積載量の多さを理由に気を失っていたもう一人の護衛騎士ニーナを運ぶ事になったのだ。

リィル王女の視線は真っ直（す）ぐにその彼女に向けられていた。

最初は護衛隊の長であるザハルの馬に彼女を乗せて運ぶ予定だったらしいのだが、丈夫な軍馬と言えども運べる人数はせいぜい二人が限度だ。

すると肝心のリィル王女を馬車も無くなった今、どうやって連れ行くかの話の段になって、王女自身は迷わず此方の乗騎の紫電を見上げて同乗を願い出た。

しかし流石に自国の王女を他国どころか、他種族である自分達に託すのは色々と差し障りがあるというザハルの言により今の状況に落ちついたのだ。

今はニーナは簡単な帯紐(ひも)のような物を用いて、自分の背中に背負わせる形で括(くく)りつけられていた。

そしてそれを後ろから支える格好で、アリアンが座っている。

流石に疾駆騎竜(ドリフトプス)の巨体とはいえ、四人も背中に騎乗するのは難しいという事になり、チヨメは急遽(きゅうきょ)戦死した近衛兵が使っていた馬を借り受ける事になった。

普段馬に乗った事のなかったチヨメだったが、運動神経がいいと言えばいいのだろうか――すぐにコツを飲み込んで早駆けさせる程度ならば問題なく手綱を取れるぐらいにはなっていた。

彼女のような獣人種族である者はその優れた身体能力もあってか、森や林の中を難なく走破する事が出来るそうで、平地でしか速度を上げられない馬は今まで無用の長物として見ていたそうだ。

たしかに人族に住む地を追われ、山や森に隠れ住むようになった彼らには今まで必要はなかったかも知れないが、風龍山脈を越えた先で見つけた新天地ではそれなりに平野部などもあった。

これから開発して森林などを切り拓(ひら)けばさらに平野部も広がるだろう。

そうなれば長距離の移動手段の一つとして乗馬も覚えておいて損はないだろうし、何なら幾頭か馬を運ぶ事も視野に入れておいた方がいいかも知れない。

馬を操る段になってチヨメは馬を走らせる事に関心を覚えたのか、乗騎する馬の首筋を撫でるなどして交流を図り、馬の調子を見ながら見事な手綱捌(さば)きを見せた。

傍から見ればそれは熟練の乗馬者に見える。

やはり獣人種族には動物と心を通わせたりする能力のようなものがあるのだろうか。

そう思って目の前の、紫電の鬣に絡まりながら暢気な欠伸をしているポンタに視線を落とす。

人族に滅多な事では馴れないという精霊獣――その綿毛狐と呼ばれる種類のポンタもチヨメと仲良くなるのは一瞬だった。

自分に対しても最初は警戒感でいっぱいだったが、餌で釣ってからはすぐに懐いていたのであまり参考にならない。

それともポンタには最初から自分が人族ではなく、エルフ族の亜種だと分かっていたのだろうか。

「きゅん？」

自分の視線に気付いたのか、ポンタが此方を振り返って小さく小首を傾げて見せる。

そんなポンタに何でもないという風に首を振って、視線を前に戻す。

しかし先程王女らの一行と合流した際の様子を見ていたが、特にリィル王女に対しては人馴れない様子は見せなかったが、護衛騎士のザハルやその周囲の近衛兵らには近づこうとしなかった。

ただ気を失って倒れていたもう一人の護衛騎士、ニーナの傍には興味深そうに近寄っては彼女の鼻先で自分の綿毛尻尾をそよがせてくすぐるという、何とも感心しない悪戯を行っていた。

可愛らしい仕草を装っているが、あれは単に好奇心が強く、気を失っている者には強気なのだ。

そんな事を考えながら一行が進む先の景色に意識を戻すと、不意に背中の方で動く気配があった。

「う……っあ……！　な、なんだこれは……」

やや擦(かす)れた声を上げて身を捩(よじ)る反応を見せたのは、今まで気を失っていたニーナだ。

徐々に意識が戻り周囲を認識し始めたのか、自分が今、何故全身鎧(よろい)を着込んだ者の背中に紐で縛られるような形で背負われているのか――訳が分からないといった風に暴れ出した。

「なっ、ここは何処(どこ)だ!?　貴様はいったい誰だ!?」

一団の最後尾に付いて、しかも彼女の視線を塞ぐように目の前には自分の全身鎧しか映らず、記憶が曖昧となっている彼女にとっては何が起こったのか混乱しているのだろう。

「暴れるでない、ニーナ殿」

彼女に背中越しに話し掛けながら、紫電を少し先行させてザハルとリィル王女が乗る馬へと近寄って声を掛けた。

「ザハル殿、リィル殿、少し止まってくれ。ニーナ殿が気が付いた」

自分のその言葉に、リィル王女が彼女の姿を見ようとザハルの腕から身を乗り出してきた。

「ニーナ!?　ニーナ、目を覚ましたのじゃな!?　良かったのじゃ……」

「……っ姫様！　これはいったい……」

気が付いたニーナの姿に喜色を浮かべて喜ぶリィル王女に、ニーナは見知った主(あるじ)の顔を見つけて、ようやく落ち着きを取り戻したように背中で暴れるのを止(や)めた。

「ニーナ、気が付いたか？　腕の具合や身体(からだ)に違和感はないのか？」

ザハルが馬の脚を止めるのと同じく、自分も紫電の手綱を引いて止まると、背負っていたニーナを縛っていた紐を解いた。

そうしてようやく倒れた際の記憶が戻ってきたのか、大きく目を見開いて自身の腕を見つめる。

「確か……不覚をとって私の腕は……落とされた筈なのに」

そこまで言って彼女は、斬り落とされた右腕を何度か動かした。

「ニーナの腕はそこの鎧を着たアーク殿が治癒魔法で治してくれたのじゃ！」

まるで狐につままれたような面持ちのニーナに、リィル王女が満面の笑みを浮かべて事情を語ると、ザハルの腕から抜け出して地面へと跳び下りた。

それに倣うようにニーナも紫電の巨体から滑り降りると、駆け寄って来る主君に片膝を突いてそれを出迎えた。

「良かったのじゃ！　心配したのじゃ、ニーナァ！」

「御心配をお掛けして申し訳ありません、姫様……」

ニーナの胸元に飛び込む小さな王女に、彼女は頭を垂れて謝罪を述べる。

しかしリィル王女はそんな言葉などいらぬとばかりに、目尻に涙を溜めながら彼女の鼓動を確かめるようにその胸元に深く顔を埋めた。

しばらくそうしていると、馬を寄せて来たザハルが馬上からリィル王女に語り掛けた。

「姫様、今は一刻も早くこの地を出ねばなりません。ニーナの無事を確認されたならばお早く」

そう言って周囲を警戒するように辺りを窺うザハルに、リィル王女は不満そうな顔を向けるが、彼の言い分も理解してか、ややあってニーナの胸元から立ち上がった。

「分かっておるのじゃ、城砦ヒルまではあと少しなのじゃろ？」

リィル王女のその問いに頷いて返したザハルから視線を外し、再びニーナへと視線を戻す。

「本当に良かったのじゃ、其方からもアーク殿にはよくよく礼を言っておくのじゃぞ！」

それだけを言い終えると、彼女は再びザハルの馬に同乗するべく駆け戻って行った。

そんな彼女の背を見送っていたニーナが、此方を振り向いて何かを口にしようとした瞬間、自分の背中越しに顔を覗かせたアリアンの姿に目を見開いた。

「エルフ族!?」

その彼女の驚きは、さらに紫電の近くに馬を寄せて来たチヨメの姿でますます大きくなった。

「獣人族がなぜっ!?」

彼女のその言葉に、ザハルに抱え上げられていたリィル王女から注意が飛んだ。

「ニーナ！　その方らは其方の恩人で、今はわらわ達の道行の警護を頼んでおるのじゃ！　ゆめゆめ無礼な言動をするでないぞ!?」

「はっ、申し訳ありません姫様！」

リィル王女の言葉に、半ば反射的に返したニーナは此方に向かって礼の姿勢をとった。

「アーク殿、貴殿には大変世話になったようだ。脅威であった化け物を討つどころか、私の命まで救って頂き感謝する」

ザハルよりは随分と若いニーナだが、そう言って謝辞を口にする彼女の姿は流石に騎士を任命されているだけの事はある。

やや日に焼けた肌に切れ長の瞳、女性でありながら精悍なその顔つき。だがそんな彼女の瞳に映ったチヨメとアリアンの姿に、僅かに垣間見せた態度。

それは当のチヨメやアリアンも気付いただろう。

やはりヒルク教の教えが広まるお膝元だからか、あからさまな侮蔑や非難の目ではなかったが、人族である彼女の中には確かに線引きのようなものを感じた。

だがそれは仕方のない事なのかも知れない。

宗教などの教義によって長年培われてきたであろう価値観や観念などを、そう簡単に払拭するような事は出来ないのが普通だ。

むしろそういった事を微塵も表に出さないリィル王女の方が特殊なのだろう。

「何、礼には及ばぬ。少女が悲嘆に暮れる姿を我が見たくなかっただけ、唯それだけの話だ」

そう言って返すと、ニーナは頭を下げて後ろを振り返った。

「私の馬はあるか？」

「はっ、ここに！」

ニーナの呼び掛けに、一人の近衛兵が一頭の馬を牽いて前へ進み出る。

気を失って乗れなくなっていた彼女の馬を、配下の者が牽いて来ていたようだ。

彼女は馬の手綱を受け取ると、怪我をしていた身体とは思わせない軽い身のこなしで馬上の鞍へと上がった。

そうして他の兵らから剣などの装備を受け取った後に、ザハルの騎馬へと寄せる。

「御心配をお掛けして申し訳ありません」

「うむ、復帰間もない身には酷だろうが頼りにしている」

ニーナの言葉にザハルが相槌を返した後、彼は手振りで後続の者達に指示を出した。

それを合図にして足を止めていた一行は、再びディモ伯爵領へ向けての行軍の再開する。


やがて茜色に染まっていた空の裾野が藍色に変わりつつある頃、ようやく目の前の景色に変化が現れた。

日の光が落ちて見通しが利かなくなってきていた矢先に、目の前に長大な影の壁が現れたのだ。

壁の高さは十メートル弱といった程。影に沈んでいて分かりづらいが、材質は石造りの壁のようで、それが左右に延々と延びて、行く先を防いでいた。

その光景は以前に南の大陸へと渡った先で、人族の領域を確保する為に築かれたタジエントの城壁を想起させる。

「この壁は何の壁であるか？」

紫電の手綱を握りながら、視界の先に見える壁の左右に視線を向けて手近にいた近衛兵の一人に尋ねると、彼は安堵した表情を見せて口を開いた。

「あれはディモ伯爵領との境界に築かれた城砦ヒルの城壁です。あれを越えれば伯爵領ですよ」

その彼の言葉が示す通り、今までの道中にあった緊迫感が壁の出現によって和らいでいた。

「ようやくここまで来たのじゃ」

「姫様、城門のある場所はもう少し東です」

リィル王女も安堵の一言を漏らすが、後ろで彼女を支えているザハルが頭を振って見せ、彼は自身の馬に括りつけてあった小さな荷物鞄の中から一枚の折り畳まれた布を取り出した。

そんな彼の行動に疑問を抱いたリィル王女は、首を傾げてその様子を見守っている。

「なんじゃ、それは？」

彼女の質問にザハルはそれを広げて見せた。布はかなり立派な代物のようで、真ん中に何やら仰々しく飾り立てられた紋章が色彩豊かに刺繡されてある。

恐らくはノーザン王国の紋章、といったところだろう。

ザハルはその立派な旗布を自らの剣の鞘に紐で括りつけると、即席の王国旗を作り上げる。

そうして出来た王国旗を配下の近衛兵に渡すと、彼はそれを掲げ持って先頭を走り始めた。

彼らは自分達の所属を示す物を一切掲げていなかったが、それは他国の領を横断するにあたっての対応だったのだろう。

そして今度は城壁の向こう側にいる味方に向けて、所属を示す旗を掲げている。

日が落ちて辺りの暗がりが濃くなっている今、果たして旗の紋章に気付くかどうかは分からないが、壁に近寄って来た集団が何かを掲げているという事実は相手方に確認の作業を強いるのだろう。

向こうが紋章をきちんと確認するまでは相手から攻撃を受ける可能性が減る、といった所か。

肩越しにそんな様子を眺めていたアリアンも、興味深そうにその行為の意味を理解してか、金色の瞳が影の塊になりつつある城壁の上に向けられた。

そんな彼女の様子を背後に感じながら、自分はふとした疑問を彼女に尋ねる。

「アリアン殿、エルフ族も里の所属を示すような類の物はあるのか？」

「あるわよ、主に外で活動する戦士くらいしか持たないけど」

　自分の質問に肯定するように頷くアリアン。

　どうやらエルフ族の戦士にも所属を示す品はあるらしい。

「人影が見えるわよ」

　それがどんな物なのかを聞こうとした矢先、アリアンが向かう先の城壁の上に何かを見つけてそれを指し示した。

　彼女の視線の先、今まで影の色に沈んでいた長大な壁にぽつぽつと篝火のような松明が等間隔に置かれて、その先には城壁の上に小さな城砦の姿が空を背景にして浮かび上がる。

　なるほど、城壁の上には見張りとして幾人かの姿があり、その誰もが壁沿いに走るこちらの姿を確認して、何やら騒いでいる声が走る馬の蹄の音の隙間を縫うようにして聞こえてきた。

　やがて幾つもの篝火によってその姿を夜闇の中に浮き上がらせていた城砦の下に辿り着くと、その城壁の上で整然と並んだ兵士達の姿が自分達一行を出迎えた。

　兵士達が並ぶ城壁の丁度真下辺りには、大きな門構えがあるのが見える。

　あそがこの城壁の出入り口となっているのだろう。

「何者か!?　これより先の地はノーザン王国ディモ伯爵が預かる所領と知っての事か!?」

　そんな中で一人の老年に差し掛かった男が城壁の上に姿を現してこちらを誰何してきた。

　それを受けてザハルは馬上にリィル王女を残して下りると、その馬を牽いて門前へと進み出た。

「私の名はザハル・バハロヴ！　ノーザン王国息女、第一王女リィル・ノーザン・ソウリア様の筆頭護衛騎士を拝命している。そしてこちらがそのリィル姫様である」

ザハルは城壁の上にいる指揮官らしき男に向かって大音声で名乗りを上げ、門前に並べられた篝火の明かりの中に馬を進めた。

その横には先程王旗を掲げ持っていた近衛が一歩下がる形で追従していく。

「わらわの名はリィル・ノーザン・ソウリア！　国王である父の使者として、ウェルムア・ドゥ・ディモ伯爵への目通りの為に来た！　開門を要求するのじゃ！」

馬上で堂々とした佇まいを見せるリィル王女の姿を見て、城壁上の指揮官が慌てて後ろに向かって指示を下す声が聞こえてきた。

「開門！　開門せよ！　リィル姫様をお迎えせよ！　開門!!」

彼らが城壁を挟んで睨む地は敵対国であるサルマ王国だ。

それがその地を渡って自国の姫様が少数の護衛だけを連れて来るという事自体が想定外だったに違いない。

城門が重々しい音を軋ませながら開くのと時を同じくして、中から先程の老年の指揮官が息を弾ませて転がり出て来ると、ザハルが牽くリィル王女を乗せた馬の傍で跪いた。

「申し訳ありません、リィル姫様。まさかサルマ王国領を越えて来られるとは露ほどにも思っておりませんでしたので……！」

そう言って平伏する指揮官に、リィル王女は鷹揚に構えて返事をした。

「よいのじゃ、サルマの侵攻を食い止めている其方らの働きは理解しておる。今回は王都で急を告げる事態が起こったのでな、ブラニエを横切ったのは苦肉の策じゃ」

王女の言に指揮官は驚きの顔を見せていたが、背後の城門が開ききった音を聞いて再び頭を下げた。

「とりあえず中へお入り下さい。少々粗忽者達が集う地ですから、姫様にはどうか御容赦を」

指揮官のその言葉に、ザハルが頷き返して後ろに続く者達に合図を送る。

そうしてリィル王女が乗る馬を先頭に、護衛である近衛兵らが続き、最後尾の自分達も紫電を駆ってそれに続いた。

しかし流石に紫電の巨体が篝火の明かりの前に出て来た瞬間、大きなざわめきが起こった。

老年の指揮官も目を丸くして傍のザハルに視線を送るが、彼は何も言わずただ頷いて先を促すようにするだけで、指揮官は此方に時折ちらちらと視線を向けながら城砦内へと入って行く。

城砦内へと入れば、弥が上にも紫電とそれに騎乗する怪しげな鎧騎士である自分に注目が集まるようで、不意に兜が脱げたりなどすれば厄介な事この上ない。

そう思って腰に下げていた水筒を取り出して、中の霊泉を藁を使って啜る。

とりあえずこれで不意に兜を脱ぐ、脱げる場面に遭遇してもエルフ族である事が発覚する程度に抑えられる筈だ。

「きゅ～ん」

ポンタは紫電の頭の上で大きな欠伸をして目をしぱしぱさせている。

もう辺りはすっかり夜闇の支配下にあり、明かりは雲の隙間から落ちる薄い月明かりと、城砦内に焚かれた篝火だけだ。

アリアンやチヨメは周囲の人の目を避ける為か、今は外套や帽子などで種族の特徴を隠した姿で、物珍しげに城砦内の様子を窺っている。

城砦内の様子は一言で言えば武骨な前線の砦といった感じで、どうもここに領主のディモ伯爵が居るわけではないようだった。

しかし、辺りは既に日も暮れて街灯も無いとあって見通しが利かなくなっている。

今日はここで一旦夜を明かす事になりそうだと、傍らのアリアンに視線を向ければ彼女と視線があった。何やらお尻のあたりを気にしている様子から、長時間の騎乗に結構疲労が溜まっていたのかも知れない。

そんな事を考えていると、城砦内へと一番初めに門を潜ったザハルとリィル王女との言い争いが耳に入ってきた。

「何故じゃ、ザハル!?　この城砦ヒルからなら、伯爵のいる領都キーンまでは後半日もないというのに、何故今日はここまでなのじゃ!?」

リィル王女の悲痛な訴えに、護衛騎士であるザハルが首を横に振った。

「だからです、姫様。王都を出て二日、敵国の領内を越えた今だからこそ休む必要があるのです」

「しかし、こうしている間にも王都は――っ！」

なおも訴えかけるリィル王女の前に、もう一人の護衛騎士であるニーナが進み出る。

王女の必死な視線に向かい、真っ直ぐに視線を合わせてゆっくり噛み含めるように話した。

「姫様、今ここで無理をして、もし姫様が倒れでもされたならば……、誰が伯爵に王都の窮状を訴えて力を借りるのですか？　それに今すぐに向かっても結局は戦力を集めるにも時間は必要です」

彼女のその言葉に、リィル王女は小さな肩を震わせて視線を伏せる。

そこへ、今まで黙って話を聞いていた城砦の指揮官である老年の男が恭しく口を開いた。

「何やら我らが王都にただならぬ危機が訪れているとお見受け致します。ならば伯爵様への用向きなどは、ある程度の事情を文にしたためて早馬で先に領都キーンへと走らせておきます故。姫様には今日のところはこの城砦ヒルで英気を養って頂きたく」

そう言って男は再び頭を垂れてリィル王女の裁可を持つ姿勢を取った。

リィル王女はそんな彼を馬上から見下ろして、次いでその両脇に控える己の二人の護衛騎士の顔を窺うと、ようやく諦めたように俯いて小さく返事をした。

「分かったのじゃ……。領都キーンへの連絡、よしなに頼むのじゃ」

その王女の答えに三人の顔に安堵の色が浮かぶ。

そんなやりとりの後、この城砦の指揮官に王都の現状の様子などが伝えられ、その報せとリィル王女が急遽訪問した理由が綴られた文を持った使者が、早馬を使い夜の街道を領都へと向かった。

その日は城砦ヒルの敷地内に設けられた離れの宿舎に、護衛としての名目である自分とアリアンとチヨメの部屋として二部屋が割り当てられた。

室内は流石に普段は兵士か良くて士官程度の者しか利用しないからか、内装などあってないような殺風景な空間が広がっている。

室内に置かれた簡素な造りの二つある寝台、その上に鎧を着込んだままの姿で腰を下ろすと寝台が悲鳴のような軋みを上げたが、それを無視して大きな伸びをして倒れこむ。

城砦ヒルでの晩餐の席に自分やアリアンなども呼ばれたのだが、一応こちらは王女の護衛として雇われた傭兵のような存在なので、城砦に勤める者らとの交流を優先してくれと返して辞退した。

前線の砦とは言え、王族の姫君に出される料理には大いに興味があったのだが、隠れ里の時のような万が一を人族の領域で起こしてしまうのは避けたいというのが理由だ。

そういう訳で、今晩の夕食は部屋で摂るという事になり、城砦側から提供された食事が今テーブルの上に並んでいる。

長いバケット型のパンは焼けたばかりのいい小麦の香りが漂う。何種類かの野菜と豆を煮込んだスープ、あとは何の肉かは分からないが骨付きのもも肉の焼き物などが並んでいた。

城砦で出る料理だからもっと質素な物を想像していたが、それは意外にも裏切られた格好だ。

食事を運んできた者の話では、城砦の外側に兵士らを相手に商売を始めた者達が集って小さいながらも街が築かれているそうで、周辺には耕作地なども開拓されているらしい。

そのおかげもあってか、城砦には比較的新鮮な野菜や、近場で収穫された小麦で作ったパンなどが供給されているとの事だ。

「結構普通の料理が出て来たわね、給仕の人が言ってたように食材は豊かみたいね」

そう言いながら外套を脱いだ姿でその特徴的な尖った耳を晒したアリアンが、長いバケットを千切ってそれを口に運びつつテーブルの料理を見て一言、感想を呟く。

それに頷いて返すチヨメは、骨付きもも肉に齧り付いていた。

「そうみたいですね。この辺りの地理はボクら刃心一族もあまり把握していません」

チヨメはそう言って、齧り付いていたもも肉から口を離した。

ディモ伯爵領は南央海に張り出した半島を所領としているようで、元々ノーザン王国領だったブラニエがサルマ王国に侵入されてから、半島への侵攻を防御する為に長大な城壁が築かれたそうだ。

それは半島内の魔獣の数を減らすという別の恩恵を齎し、北にある本国よりも耕作地が開拓し易くなったという経緯があるらしい。

しかしその長大な城壁も完全に半島を封鎖出来てはいないそうだ。

給仕に来た男にその理由を尋ねると、彼はアリアンの方をちらちらと視線で窺いながらも、その理由を説明してくれた。

半島の付け根である西側の地にはエルフ族が暮らすルアンの森が広がっており、伯爵側とエルフ側で互いに不干渉を貫いている事もあって城壁を森の中に建設出来ないそうだ。

サルマ王国側はルアンの森を越えて伯爵領へと入ろうとすると、必然的にエルフ族と敵対する事になり、それが理由で伯爵とエルフ族が結託する事を良しとしないサルマ側のブラニエ領主は、ルアンの森には手出しをしていないらしい。

おかげでルアンの森から半島に魔獣が入って来るので、本国よりは開拓はし易いと言っても街には普通に魔獣侵入を防ぐ壁も必要だという。

それならばルアンの森を避けて森を囲むように城壁を設けてはと思ったのだが、どうもそう簡単ではないようだ。

森の比較的浅い場所は近場の住民が利用する者も多く、さらにルアンの森は南北に長いとの事で、それを囲む城壁となれば既に築かれた倍以上の距離の城壁を築く必要があるらしい。

そうなれば城壁を築く金だけで伯爵家の財政を圧迫しそうだ。

ある程度の地理や周辺の事情などを聴き終えて、給仕の者が退出したのを見計らって内側から鍵を掛け、ようやく自分も食事の席に着いた。

「きゅん！」

ポンタはすでに取り分けられたスープの具を平らげて、おかわりの体勢でいる。

「さて、成り行きとはいえ早々に奇怪な例の不死者（アンデッド）と遭遇した訳だが……」

そう話を切り出して、兜を脱ぐ。まだ身体が霊泉の力のおかげで骸骨へと戻っていないからなのか、テーブルに並ぶ料理を目の前にして妙に腹が空（す）く感覚に襲われた。

とりあえず足元で皿の周りを回って催促しているポンタには、もも肉を一切れ千切って分ける。

二人の視線が集まるのを感じて、チヨメの方へと顔を向けた。

「チヨメ殿に聞きたいのだが、護衛騎士のザハル殿が言っていた宝物庫に入った賊、あれは――」

「サスケ兄さんに間違いないと思います」

自分が見当を付けた予測を肯定するように、先にチヨメが答えた。

「私も聞いてたけど、目撃されたのは獣人族だったたっていう事だけでしょ？」

はっきりと断言したチヨメの言葉にアリアンが当然の疑問を口にしたので、自分もそれに同意する意思を首肯で示した。

「うむ、我も賊は厳重な警戒下にある宝物庫へと易々(やすやす)と侵入、脱走したと聞いて、高い身体能力に加えて、潜入の手練れから刃心(ジンシン)一族の可能性は高いとは思ったのだが、それがサスケ殿であったかは何の確証もないように見受けられた」

その自分の意見に、チヨメは齧り付いていたもも肉を口から放して首を軽く横に振る。

「賊は宝物庫に入って何も盗(と)らずに出たと聞きました。これはハンゾウ様に聞いた話ですが、サスケ兄さんは独自に一族が失った〝契(ちぎり)の精霊結晶〟の行方を追っていたそうです」

その名を聞いて、龍の咢(あぎと)にある洞窟を抜けた先にあったチヨメ達の先祖の根城であった〝社(やしろ)〟、そこで彼女が見つけた虹色の輝きを放つ菱形(ひしがた)の宝石の事を思い出す。

それは一族の初代半蔵がこの世界に持ち込んだ魔道具で、それを持って精霊と契約して体内に取り込む事で、魔法適性の低い獣人種族である者でも強力な精霊魔法を操れるという代物だった。

もっとも彼女らはその精霊魔法を〝忍術〟という形で行使しているようだが、チヨメのように六忍の名を賜っている者達はそれぞれ、その〝契(ちぎり)の精霊結晶〟を体内に宿しているという。

「以前チヨメ殿が〝社〟で話してくれた、あれの事か。確かあれは初代半蔵殿が持ち込んだ数が十個あり、今一族の手にあるのは九個だったか？」

記憶を掘り起こしながらチヨメに問うと、彼女は小さく頷いて返した。

「サスケ兄さんは何らかの情報を得て、ノーザン王国の宝物庫に潜入したのだと思います。しかしザハル殿の言を信用するならば〝契（ちぎり）の精霊結晶〟はそこに無かったのでしょう」

チヨメの推測を聞きながら、パンをスープに浸して味の染み込んだそれを口に放り込む。

少し固めのパンが柔らかくなって食べ易い。

「成程、しかしサスケ殿が宝物庫に侵入したのはそれ程前という話でも無かった。それから南の大陸にサスケ殿が姿を現すまでにはあまり間が開いてない――」

そこまで言うと、テーブルの席に着いて黙って聞き耳を立てていたアリアンが、その尖った耳の先を僅かに上下に揺らした。

「つまりは彼はそのノーザン王国の宝物庫で何かしらの手掛かりを得て、向かった先のそこで何かあった――と考えた訳？」

「はい、推測の域は出ませんが……」

アリアンの言葉に、頷き返してチヨメの食事の手が止まる。

二人の会話が止まったそこに、今度は自分がこれから先の予定を提示してみせた。

「では手掛かりを求めるならば、我らもノーザン王国の宝物庫へと入ってみるしかあるまい？」

自分のそんな意見に二人の視線が此方へと向けられる。

「……サスケみたいに潜入するの？」

アリアンは小首を傾げてそんな問いを発したが、いくら【次元歩法（ディメンションムーヴ）】のような転移魔法で潜入が楽だからと言って、それを実行して万が一露見すれば後々面倒になる事は受け合いだ。

それよりも確実性のある方法がある。

「いや、あのリィル王女は王都ソウリア救援の為に援軍を連れて戻る事が目的である筈だ。ならば我らは、それに便乗して同行を願い出れば良いだけではないか？　報酬に宝物庫の見学でも願えば入れる可能性は割と高いと思うのだが」

そんな自分の意見にアリアンは自身の大きな胸を抱え込むように腕を組んで眉間に皺を寄せた。

「確かに、そっちの方が確実か……。あのリィルちゃんが向かう王都って、あのタジエントみたいな事になってる感じなのかしらね？」

彼女の言うタジエントのような事態を想像したのか、チヨメが微かに反応を示す。

まだ自分達には王都ソウリアの様子がどういう状況なのか、詳しい事は教えて貰(もら)っていない。恐らくはディモ伯爵の領都キーンまでの護衛という形で雇われた者、しかも他種族に対してあまり詳しい事情を明かすのを良しとしなかったのだろう。

それでも彼らの会話の端々からある程度の推測は出来る。

今、ノーザン王国の王都はあの異形の化け物、蜘蛛人を始めとした多くの不死者(アンデッド)からの攻撃を受けているという話だ。

しかしもし王都にある宝物庫を調べるならば、街が健在である必要がある。

タジエントのように街中が戦場と化してあちこちから火の手が上がるようになっては、宝物庫も無事に済むかどうか怪しい。

「明日、領主の下へ向かった後は、リィル王女と交渉して何とか援軍の中に潜り込めるようにするしかないだろうな。王都が陥落して宝物庫が焼け落ちでもすれば、サスケ殿の手掛かりを失う事にもなりかねん」

「そうね」

自分の意見に対してアリアンが頷いて同意する。

しかしその横でチヨメが一人、難しい顔をして視線を此方へと向けてきた。

「どうでしょうか。ディモ伯爵なる人物が果たして王女の要請を聞きいれて王都に援軍を派兵するか、そこは明日になってみないと分かりません」

そんな事を告げるチヨメの言葉に、アリアンは首を捻った。

「王都ってその地の中心都市なんでしょ？　同じ所属の街が危機なら救援を向かわせるでしょ？」

事も無げに言うアリアンに自分とチヨメが顔を見合わせた。

仲間意識の強いエルフ種族の彼女からしてみれば、何故同胞の救援に出ないという選択肢があるのかという事の方が不思議のようだ。

だが彼女は忘れている――。

「ディモ伯爵家とリィル王女の王家の間に、エルフ族で言うところのカナダ大森林とルアンの森との間のような確執があれば、理解出来るのではないか？　アリアン殿は行きの船でカナダから救援隊を送った事に不満を抱いておっただろう？」

そう言うと、彼女は複雑そうな顔をして口を噤んだ。

「……んぅ、そっか」

まぁカナダ大森林とルアンの森とは同種族ではあっても、所属している集団が違うので厳密な話で言えば今回のたとえの話は微妙に違うのだろうが。

「まずは明日、領都キーンへと向かい、そこで今後の事を考えれば良い。我らはどちらにしてもノーザン王国の王都を目指す事になるだろうしな」

リィル王女に同行出来ないようであれば、王都の正確な位置を知らない自分達では少々骨が折れるだろうが、この際仕方がない。

「きゅん！　きゅん！」

足元ではやる気を見せて元気に鳴いていると思ったポンタに視線を落とすと、空になった皿を鼻先で押し出して更なるおかわりを要求しているだけだった。

「お前は何処でもいつも通りだな……」

そんなポンタのふさふさとした頭を撫で回した。


翌朝、まだ辺りに日の光の恩恵が降り注がないような朝の早い時間。

周囲にはまだ色濃く夜の気配が漂うような中を、城砦ヒルから領都キーンまで延びる街道の上を護衛騎士のザハルを先頭にした集団が南へと急いでいた。

一行の中央には護衛の近衛兵らの騎馬に囲まれるようにして、一台の簡素な馬車の姿がある。

その中には、今回の護衛対象でもあるリィル王女が乗車していた。

これは城砦ヒルに詰める国境警備の部隊が所有する馬車の一台で、破壊された馬車の代わりとしてリィル王女の為に用意された物だ。

そして最後尾には騎馬隊の群れを追い掛けるように、大柄な疾駆騎竜(ドリフトトプス)の紫電が自分とアリアン、チヨメを背中の鞍に乗せて駆けていた。

何度かの休憩を挟みながらリィル王女の一行は一路南下する街道を辿り、昼少し手前に差し掛かった頃になると目の前に領都キーンがその姿を現した。

城砦ヒルを守る城壁でも同様に感じた事だが、堅牢でしっかりとした造りの街壁はなかなかに攻め難(にく)そうな様子を窺わせる。

壁の向こうに広がる街並みもかなり賑(にぎ)やかで、領都へと通ずる幾つかの街道には多くの荷物を積載した馬車を持つ隊商の姿などもあって、かなり暮らしは豊かに見えた。

近衛兵らの中にもその光景を初めて見た者は多いらしく、サルマ王国に分断され孤立した伯爵領の現状に少しばかり驚きの目を向けていた。

そんな中で元々この領の出身だという近衛兵の言によれば、ルアンの森のせいで完全なる半島の封鎖が出来てはいないが、それでも城砦ヒルを始めとした城壁のお蔭(かげ)で南下する程に魔獣の姿が減り、伯爵領の南部はかなり豊かなのだそうだ。

普通は魔獣の対策などを考慮して、あまり小規模な集落などが置かれる事はないが、伯爵領の南部には小規模集落を中心とした耕作地が多く広がっているという。

そんな伯爵領の物資の多くはクライド湾を越えてノーザン王国本土に出荷されたりもするが、この領の中心地でもある領主の膝元のキーンにも数多くの荷が運び込まれていた。

彼ら領都に物資を運ぶ隊商の列を横目に、ザハルを先頭とした王国からの使者は街道を一定の速度で進んで行く。

人の目が多くなるにつれて、武装した集団に守られた簡素な馬車と、その後ろに付き従う見た事もないような疾駆騎竜（ドリフトプス）の姿に多くの視線が集まってくる。

街に近い街道ではどうしても人の流れが多くなり、速度を出す事が憚（はばか）られるので致し方ない事だが、馬車の窓からはリィル王女が領都を前にして焦れたような表情を見せていた。

やがて領都キーンの街門に近づいて来ると、既に昨日先行した報せのおかげか、道沿いには衛兵達が領民を街道の端に寄せるなどの対処を行っており、街門を通過の際はザハルが馬上で敬礼をして通り過ぎるだけとなっていた。

そうして街中へと入ると、今度は衛兵の騎馬隊らしき先導が付き、街中を颯爽（さっそう）と進んで行く。

領主が住まう屋敷までの街道は他の衛兵達が通行の確保に動いており、沿道には何事かと好奇心に駆られた人々が人波を作っていた。

「……目立ってるわね」

自分の後ろに乗って、灰色の外套を深く被（かぶ）ったアリアンが、そんな周囲の街の様子に視線を向けながら静かに呟く。

「まぁ、これは致し方あるまい」

そうこう話している内に一行は、この街の領主が住まう屋敷の前へとやって来た。

堅牢な石組みの壁は街壁よりは低いが、それでも五メートル近くある。

衛兵の騎馬隊が先導する形で、そこに設けられた大きな門構えへと入って行く。

その大きな門を抜けた先には、広い前庭をコの字に取り囲むようにして建つ三階建ての大きな屋敷が姿を現した。

屋敷の玄関前には一人の身形のいい老年に差し掛かった貴族らしき男と、屋敷の使用人らしき者達が十数人、整然と並んでこちらの馬車が到着するのを待ち構えていた。

敵国の領地を越えて遠路はるばるやって来たリィル王女の出迎えの為だろう。

そして、恐らくは使用人達の中央に立つあの貴族の男が、この地の領主か。

リィル王女の乗った馬車が屋敷前に到着し止まる。

その後ろに紫電に跨った自分達の姿を確認して出迎え組の皆が一様に驚きの顔を見せるが、流石は貴族というべきか、すぐにその騒めきも鳴りを潜めて皆が腰を折って出迎えた。

馬車の扉を御者が恭しい態度で開けると、そこからリィル王女が静かに降り立つ。

その彼女の横にはいつの間にか馬を下りた護衛騎士のザハルとニーナの姿もあり、護衛らしく王女の両脇を固めるようにして立っていた。

リィル王女は一旦周囲の様子を眺め回すと、未だに腰を折ったままの姿でいる老年の貴族の前に進み出て声を掛ける。

「出迎えご苦労なのじゃ。其方がこの地を治めるディモ伯爵じゃな?」

その彼女の言葉に、目の前の老年の貴族は深く腰折ったまま応対した。

「はっ、左様に御座います、リィル王女様。私が当地を任されております、ウェルムア・ドゥ・ディモと申します」

王女の問いに丁寧な返事をして顔を上げた伯爵は、少し丸顔で白髪の髪形はどこか音楽教室に飾られてあるバッハを思わせる。

「うむ、伯爵。早速で悪いのじゃが、わらわがここへと来たのは既に先触れから知らされているとは思う。是非、伯爵には王都救援の援軍を編制し――」

そこまでリィル王女が言ったところで、ディモ伯爵が慌てた様子で言葉を差し挟んだ。

「リ、リィル王女様！　お言葉の途中に大変申し訳ないのですが、先触れからは王都での一件が落ち着くまでのリィル王女様の保護と聞いておったのですが？」

伯爵のその言葉に、リィル王女は一瞬目を丸くした後に、脇に控えていた護衛騎士の二人を見上げて両者に鋭い視線を送った。

「どういう事じゃ、ザハル、ニーナ!?　わらわは父上より王都救援の援軍を頼む使者としてこの地へ来たのじゃぞ!?　何故わらわの保護などという報せを走らせたのじゃ!?」

己の護衛騎士に非難の視線を向けるリィル王女だったが、ザハルがその場に跪いて彼女のその問いに毅然とした態度で返した。

「これは国王様の御意思でもあります。王都救援の為の援軍はテルヴァ様やセヴァル様にお任せになり、リィル王女様はこちらの地に暫く身を置くようにと……」

「何故じゃ!?　あの時、父上はそのような事、一言も言っておらなかったではないか！」

王女の目尻にうっすらと涙の粒が溜まる。

そんな彼女に向かってニーナは優しい眼差しを向けた。

「リィル王女様は民思いの心優しいお方です。国王様もそれを承知されていらしたからこそ、逃げるようには御指示なさらなかったのですよ」

ニーナの優しげな声に、リィル王女はそれを振り払うかのように首を大きく横に振った。

「父上がわらわを大事に思ってくれているのは知っているのじゃ！　じゃが、だからと言ってわらわがここでじっと事が収まるのを待っておっては民に示しがつかんのじゃ！」

そこまで言い切ると、彼女は目尻に溜まった涙を拭って毅然とした態度をとる。

「伯爵！　王都救援の援軍、どれ程の数を出せるのじゃ!?」

有無を言わせないような、そんなリィル王女の言葉にディモ伯爵はその丸い顔を強張らせた。

「リィル王女様、我々も国の危機とあれば今すぐにでも駆け付けたいとは思います、しかし現状この地から王都へと向けて兵を送り出すのは現実的でありません」

次いで伯爵は額に吹き出た汗をハンカチで拭いながら、現状の伯爵領の事情を明かした。

「今、この領都キーンに常駐している兵は五百がせいぜいで御座います。王女様方がお越しになった城砦ヒルには千と五百。合わせて二千程ですが、これを全部、王都救援に向かわせる訳にはいきません。サルマ王国が王都ソウリアと我が領地を分断している現状、城砦をもぬけの殻にすればサルマ王国が攻め入って来る可能性も御座います」

そこまで言って伯爵は一息吐くと、眉尻を下げて更なる問題点を指摘した。

「それにです、多くの兵を編制して再びサルマ王国領を抜け、本国へと向かうのは難しいでしょう。少数ならばいざ知らず、兵数をある程度揃えてとなれば相手に察知されてしまいます。だからと言って船を使ってクライド湾を渡って本国へと向かう交易の経路などは、どんなに急いでも五日、ないし六日は掛かる恐れがあります。兵の準備など合わせればそれ以上に時間を要します」

ディモ伯爵の説明にリィル王女の瞳には失望の色がありありと浮かび、力無く頭を垂れた。

「そんな……では、わらわはここで王都が沈むのを黙って見ている事しか出来ぬのか……？」

打ち拉がれたように沈むリィル王女の灰色の瞳が潤み、目元からぼろぼろと滴が零れ落ちて地面に小さな染みを作る。

小さな肩を震わせて、押し殺したような、しゃくり上げるような王女の声が周囲の静寂した空気の中に響き、近衛兵らもそのリィル王女の悲嘆にくれる声に耐えるように顔を伏せていた。

しかしそんな重苦しい空気の中で、一番に顔を上げたのはリィル王女だった。

頬に付いていた涙の筋を拭い、決然とした灰色の瞳が見開かれる。

「わらわは諦めんのじゃ！　王都は強固な二重の壁に囲まれておるし、父上がそう易々と負けはせん筈じゃ！　たとえ日数が掛かっても、わらわが援軍を率いて王都へと向かうのじゃ！」

リィル王女の決意の宣言に、二人の護衛騎士が慌てて彼女を諫めるように口を挟んだ。

「お待ち下さいリィル様！　援軍を王都へと向かわせるにしても、姫様が自ら援軍を率いるなど以ての外です！　もし姫様に何かあれば、私達は国王様に申し開きのしようがありません！」

「リィル様、今一度お考え直しを——援軍の指揮ならばこのザハルが拝命致します故」

二人の護衛騎士の諫言にも、王女は激しく首を振って抗議する。

「もう、嫌なのじゃ！　ただ守られてるだけは嫌なのじゃ！」

リィル王女の瞳からぽろぽろと涙の粒が零れ落ち、小さな手を握り締めて肩を震わせた。

そんなまだ幼い王女の姿に、ディモ伯爵を始めとした周囲の者達からは憐憫の眼差しが向けられるが、彼女はそんな視線を涙を堪えた瞳で見返す。

大人達にとってはそれは単なる子供の聞き分けのない我儘に映ったのだろう。

だが彼女のまだ拙い語彙だけでは、それも致し方ない事なのも事実だ。

唯一、二人の護衛騎士であるザハルとニーナは、国を思う普段の彼女の心を知っているからか、苦渋の思いを滲ませた顔を伏せていた。

「……それに王都に攻め寄せた不死者の数を考えれば、この地も決して安全ではないのじゃ」

リィル王女が小さく漏らしたその言葉が届いたのは、傍に控えていた二人の護衛騎士と、耳が常人より優れたエルフ種族と獣人種族である自分を含めたアリアンやチヨメ達だけだった。

「きゅ～ん……」

場の雰囲気に流れる空気の重さを敏感に感じたのか、ポンタは紫電の鬣の中から様子を窺うように周囲を眺めて、すぐにその首を引っ込めた。

自分は自分で当て込んでいた流れにならない様子に、どうしたものかと腕を組む。

それはチヨメやアリアンにとっても同じようで、二人の視線が此方に向かって暗にどうするのかを尋ねていた。

「……う～む」

そんな自分の思案する声を敏感に聞き咎めたのか、リィル王女が振り返って此方を見つめた。

「……」

「む？」

彼女と視線が合った事に不意を突かれ、首を傾げる此方に向かって、リィル王女はその小さな身体を目一杯大きく見せるように大股で近づいてきた。

皆の視線が一様に此方に集まる中、リィル王女が足元で此方を見上げてくる。

「アーク殿、ここまでの道中の護衛、誠に大儀であったのじゃ！」

話題が急に変わった事に戸惑いを覚えた自分は、首を傾げながらも一応の礼儀として彼女の前で跪いてその言葉を黙って受けた。

「其方には十分な礼をするが、今一度わらわを助けてはくれぬじゃろうか？」

その彼女の一言に、周囲の者達が騒めいた。

「ふむ、とおっしゃいますと？」

何となく彼女の言わんとしている事を察して、その先の言葉を促すように相槌を打つ。

「わらわは再びノーザン王国へ戻り、援軍を出して貰えそうな領主の下へと赴くのじゃ！　エルフ族というのは武勇に優れた者達だと聞いた、其方には再びその道中での護衛を頼みたいのじゃ！」

リィル王女のその申し出の内容に、護衛騎士らもディモ伯爵も驚愕（きょうがく）の表情に変わった。

そして最も驚きの声を上げたのはディモ伯爵だ。

「リィル王女様、今何とおっしゃいましたっ!?　今、この者達がエルフ族と!?」

「驚くところそこなの？」

彼のその驚きの言葉に、後ろで会話の流れを静観していたアリアンが思わず小声で漏らす。

アリアンの気持ちも分かるが、ディモ伯爵の方の気持ちも分からないではない。

何せあのルアンの森の居丈高なエルフ族と領地を接しているのだ、恐らく互いにあまりいい印象は持っていないのだろう。

「ルアンの森のエルフ族とは互いに不干渉を貫いていた筈ですが、何故そのエルフ族がここに!?」

伯爵の驚愕の声に、アリアンは鬱陶しそうに灰色の外套のフードを脱ぎ去ってその顔を見せた。

「!? 私の知っているエルフ族とは少し様子が異なるようですが……」

薄紫色の肌に少し尖った耳、金色の瞳に雪のような髪、彼の領地に接しているエルフ族とは違う特徴に目を瞬かせて、怪訝(けげん)な顔で首を傾げている。

「当たり前よ！ 私はルアンの森のエルフ族じゃないわ。私はカナダに住むダークエルフ族よ」

そんな彼女の投げやりな返しに、伯爵は目を見開いて傍らの王女の護衛騎士らに目を向けた。

「この地へ向かう道中に、王都を襲った敵方の追手に捕まったところを助力して貰ったのです」

伯爵の視線を受けて、ザハルが簡単に事の次第を話す。

「しかし、エルフ族などと表立って関係を持てば、教国に目を付けられますぞ!?」

なおも脱線した話題を言い募る伯爵に対して、リィル王女は声を荒らげてその言葉を遮った。

「そんな事は今はどうでも良いのじゃ！ 今はわらわを連れて本土へ帰る道中の護衛をアーク殿らに頼んでおるのじゃ！」

その彼女の言葉にようやく護衛騎士の二人も本題を思い出して慌てる。

「姫様！　どうか、それだけはお考え直しを！」

ザハルがリィル王女に強い口調で迫りながら、その勢いで此方へと歩み寄って来た。

それを見て王女は咄嗟にザハルの手を逃れて、此方を盾にするように背中へと回り込む。

さて、図らずもリィル王女がノーザン王国へと戻る際の護衛の指名を本人から貰った訳だが、この後はどうするべきだろうか。

自分達にとっては彼女の国の王都にある宝物庫の調査に入りたいので、この依頼はまさに渡りに船なのだが、一つ気になる事がある。

リィル王女は一度ノーザン王国へと戻って、他の領主に援軍を要請して王都へと向かうという事を言っていたが、果たしてその間に王都が陥落するような事はないのだろうか。

そして問題は目の前にもある。

護衛騎士の二人やディモ伯爵などはリィル王女が再びノーザン王国へと向かう事に反対しており、このまま引き受けても彼らと対立する事になりそうだという事だ。

懇切丁寧に説得を試みるのも有りだろうが、そんな悠長なことをしている間に、これもまた王都の陥落を招く恐れがあった。

この場をなんとか治め、そして迅速にノーザン王国へと入り、逸早く王都へと向かう——さらには此方が提示する報酬を相手に飲ませる……。

なかなかに難しい状況だが、交渉してみるしかない、か。

そんな事を思案しながら、背後で身構えるリィル王女を一瞥し、成り行きを見守っているチヨメへと視線を移す。

チヨメのいつもと変わらないような表情の奥で、彼女の蒼(あお)い瞳が緊張しているように見える。

事の成り行き次第で今後の行動が大きく変わるだろうから、それも致し方ない。

そうして視線を前に戻すと、目の前に立ったザハルの鋭い視線が待ち構えていた。

「アーク殿、リィル王女をこちらへ。貴殿らにはここまでの道中の護衛の謝礼を渡そう」

そう言って彼がその太い腕を伸ばして此方に手を差し出してくる。

背後にいるリィル王女の小さな手が、自分の白銀の鎧である『ベレヌスの聖鎧』を強く摑(つか)む感触を、肌のない骸骨の身ながらも感じ取れた。

「ザハル殿。我は此度のリィル殿の依頼、受けようと思っている」

自分のその言葉にザハルはしばし呆気(あっけ)にとられ、背後のリィルからは小さな歓声が上がった。

しかしそこに間髪入れずに反論したのは、凛々(りり)しい顔つきを怒りの表情に変えたニーナだ。

「馬鹿な！　今、王都を包囲しているのは十万からなる不死者(アンデッド)の軍団だぞ!?　そんな所にリィル姫様を連れて戻るなど、承服しかねる!!」

怒りに震えた声での抗議だったが、その彼女が発した言葉に周囲の人々に動揺が走った。

それは自分やアリアン、チヨメなども同様で、敵の数のあまりの多さに唸(うな)り声が上がる。

「ふむ、王都を攻める不死者(アンデッド)がまさかそんな膨大な数だったとは……」

王都を不死者(アンデッド)の軍団に攻められていた事は知っていたが、まさかそれ程の数の不死者(アンデッド)が王都に押し寄せていたというのは全くの想定外だった。

ディモ伯爵や周囲の使用人達もそこまで具体的な数を聞いていなかったのか、大いに動揺した表情で挙動が不審になっている。

「な、ほ、本当なのか？　十万もの不死者など、現実にありうるのか……？」

ディモ伯爵が二人の護衛騎士や、その彼らが率いて来た近衛兵らの方に目を向けて、答えを探すように視線を彷徨わせる。

そんな視線を避けるように、ザハルやニーナ、近衛兵らが僅かに顔を伏せた。

どうやらニーナが先程放った言葉に、大袈裟な誇張があるという訳でもなさそうだ。

「や、やはり行くのは無理じゃろうか……？」

周囲の押し殺したような反応に、自分の背後に隠れていたリィル王女は恐る恐るといった風に此方を見上げて尋ねてきた。

（流石に十万の不死者の軍団に攻められたら、多少の防壁程度じゃ持たないんじゃないの？）

傍に立って聞いていたアリアンが小声で話し掛けて来た内容を、リィル王女は欹てていた耳で敏感に察知すると、彼女に向かって反論の声を上げた。

「父上は早々に負けはせぬのじゃ！　きっとわらわや、二人の兄様達が援軍を連れて戻るのを信じて、王都で耐えておる筈じゃ!!」

リィル王女のその言葉に、気になる点を見つけて彼女へと振り返った。

「リィル殿には二人の兄上がおられるのか？　その二人も今回の援軍要請に向かっておるのか？」

自分の質問に、彼女は大きく頷いて返す。

「そうじゃ！　兄様らの援軍と合流すれば、あんな化け物連中など――！」

そう言って彼女は小さな拳を振り上げて力説する。

二人の兄が連れて来るという援軍が、十万の大軍をどうにか出来る程の数を揃えられるとするなら、その準備にもそれなりの時間を要する筈だ。

それならば此方は逸早く王都へと向かい、少しでも不死者（アンデッド）の数を減らして王都陥落を遅らせる事に集中すれば――。

街の規模にもよるだろうが、王都となればそれなりの人数を収容出来る程の大きな街の筈だ。

そんな街を十万からなる不死者（アンデッド）の軍団といえども、強固に包囲する事などまず不可能と見て間違いないだろう。

厚みの薄い包囲網を破り、一旦王都内へと入って中から持久戦に持ち込めれば十分に勝機はある。

そう思って傍らのいつもの仲間を見やる。


精霊魔法を得意とし、剣技も卓越したダークエルフ族のアリアン。

同じく精霊魔法を忍術として用いる〝刃心一族（ジンシン）〟の六忍の一人でもあるチヨメ。

強力な突進力に、千里を駆け抜けようかという程の体力、この世界においては重装甲車のような疾駆騎竜（ドリフトプス）の紫電。

あとはおまけの食いしん坊ポンタ。

防壁を挟んでの持久戦がどれ程のものか──正直経験した事はないが、これだけの面子がいれば早々に後れをとる事はない筈だ。

視線をそれぞれに向けると、アリアンは何やら諦めたような顔をし、チヨメは力強く頷き返し、紫電は何を考えているのかは不明だ。

ポンタは、いつも通り次のご飯の事でも考えているに違いない。

「では決まりだな、我らはノーザン王国の王都へと直接向かうとしよう」

その自分の発言に、リィル王女を始めとした全員が驚きの顔で此方を向く。

「待て、待つのじゃ！　王都へ向かう前にわらわは所領を回って援軍を集めねばならんのじゃ！」

今までザハルの手を逃れる為に背後に隠れていたリィル王女が、慌てたように飛び出して来て彼女が計画した作戦を今一度自分に語って聞かせる。

しかし自分はそんな彼女の言葉を、首を横に振って遮った。

「リィル殿、王都の守護がどれ程のものかは我は知らぬ。しかし、リィル殿がこうして危険を冒してまで他所から援軍を引っ張って来なければならない程度には逼迫している事は分かる。二人の兄上殿が如何ほどの援軍を連れ帰って来れるかは定かではないが、その編制にも幾らか時は必要だ。ならば我らは先に最低限の足の速い兵だけを率いて王都へと戻り、援軍がやって来るまでの間、王都が陥落しないように時を稼ぐ必要がある──と我は思ったのだが、どうか？」

自分のその言葉に、リィル王女は何度か瞬きをして、語られた内容を吟味するようにしてから小さく頷き返した。

「……確かに、そうなのじゃ！　援軍を率いて来れても、王都が落ちていれば――！」

そうやって言い募るリィル王女の言葉に、慌てて口を挟んだのは護衛騎士の筆頭ザハルだった。

「お待ちください、リィル様！　十万の敵に外から少数の遊撃など瞬く間に磨り潰されるだけです！　時を稼ぐとなれば王都の包囲の薄い部分を破って王都内に入る必要がありますが、それでも援軍が来ない――いえ、遅れたりすればどうなるか！」

ザハルの大音声にリィル王女が僅かにたじろいで、声を飲み込んだ。

そうして此方を見上げるリィル王女に、自分も兜の奥から彼女に視線を向ける。

「どうするかは、リィル殿次第だ。ちなみに既に知ってはいると思うが我を含めたここにいる三人はなかなかに腕が立つと自負している、誰もが百人分の兵の働きはするぞ？」

自分のその言葉を受けてか、リィル王女は先の蜘蛛人との戦闘を思い出したのか真剣な眼差しで頷き返していた。

一方、周囲にいたリィル王女の護衛である近衛兵達からは剣呑な気配が漏れ出して、此方や傍らで迷惑そうな顔しているアリアン、澄ました顔のチヨメなどにも向けられる。

彼らにしてみれば侮りと取られたのだろう。

しかし、それはそれでいい機会かも知れない。

エルフ種族としてここに立つ自分達が周囲に力を示す事は、今後のエルフ種族などに対しての人族への牽制にもなる筈だ。

それに相手が不死者ならば、恐らくあれを使えば一万ぐらいの数ならば殲滅する事が出来ると踏んでもいた。

　ぶっつけ本番になるだろうが、流石に試し撃ちが出来るようなスキルでもない。

　ならばこの場面で使う事が一番の試しになる。

「リィル殿」

「リィル様！」

　自分とザハルの二人から返答を求められたリィル王女が、少しの間視線を左右に配るが、やがて意を決したようにその場で胸を張って口を開いた。

「わらわは王都に向かうぞ！　ザハル、ニーナ！　これは決定事項なのじゃ！　ノーザン王国の中枢を失い、わらわだけとなったノーザン王国など周辺国が放っておく訳もないのじゃからな！」

「……はっ！」「っ！」

　彼女のその決意の言葉に、二人の護衛騎士、ザハルとニーナは下唇を噛んでその場に跪いた。

　その二人の怒りを露わにした視線が此方へと何憚ることなく注がれている。

　彼らにしてみれば幼い王女を死地へと焚き付けた余所者――否、ヒルク教の教義が根強いこの地でエルフ族や獣人族などは唾棄すべき存在として見られている可能性が高い。

　少々種族間の溝を深めた気がしないでもないが、この際は仕方がないか。

　それに、人族の前で転移魔法を使う事は出来るだけ避けるつもりではいるが、いざとなればリィル王女らだけでも逃がす事はするつもりでいる。

　彼女を利用する形となったのだから、せめてもの保証ぐらいはしないと自分の中でも色々と障りがあるのだ。

特に先程から金眼のジト目が真っ直ぐに背中に突き刺さってくるのを感じていると猶更だ。

「きゅん?」

自分とアリアンの間に生まれた微妙な空気にポンタが首を傾げる。

そんな中でリィル王女は、跪いた己の護衛騎士と背後に控えた近衛兵らを見回すと、その視線を次いでディモ伯爵らに向けた。

「それとディモ伯爵!」

「……はっ、はい!」

「今すぐに用意出来るだけの足の速い――そうじゃな、騎馬隊を用意せよ! 王国の伯爵であるお主が、このままわらわに護衛も付けずに王都へと戻す事など、間違ってもせんじゃろうな!?」

リィル王女は堂々とした態度でそう宣うと、その言に同意を示した護衛騎士や近衛兵らからも無言の圧力が伯爵へと向けられる。

やはり小さくても王族だ。

王国の貴族の伯爵である彼が、リィル王女の道中に一兵も付けずに送り出したとなれば、後々に叛意有りと言われかねない問題になるのだろう。

国が無くなればそんな事を言われる事もないのだろうが、万が一この国難をノーザン王国が乗り切った際には、彼は間違いなく伯爵の座を追われる事になる。

そこで彼女はさらに譲歩して、足の速い騎馬隊のみだけで護衛を編制する事を許可した。

今すぐに用意出来る騎馬部隊など、そんなに数は多くない筈だ。

騎馬隊なので丸々失えばそれなりの損失だろうが、万が一の場合に伯爵の座を剝奪される事への保険と思えば高くはない——といった所か。

「はっ、か、畏まりました。ただちに準備に取り掛からせます！　おいっ、誰か兵長を呼べ！」

ディモ伯爵はリィル王女の気迫に負けて、転がるように屋敷へと駆け出していき、言われた騎馬部隊の編制に奔走する。

「……頼りにしてもいいのじゃな？」

そんな彼の背中を見送っていたリィル王女は、周囲に聞こえるか聞こえないかぐらいの声で此方に問い掛けてきた。

彼女の不安に揺れる灰色の瞳に、何やら言い知れない罪悪感が湧いてくる。

この場面でこの言葉をリィル王女に投げ掛けるのはなかなかに忍びないが、彼女は小さい身でありながら国を背負っているのだ。

ならば此方もそれ相応の付き合いをせねばならない。

「ふむ、では早速で悪いのだが、報酬の話をしようと思うのだが」

此方のその言葉に、リィル王女の表情に緊張が走ったのが分かった。

何だか幼気な少女を騙す悪いおじさんの気分だが、こちらとしても請求出来るものは請求しておかなくてはならない。

「そ、そうじゃったな。道中の護衛と合わせて幾ら欲しいのじゃ？」

何とか自身の焦りを見せずに応対しようとしているのだろう、震える手先を必死で抑えながらも毅然とした態度で此方を見上げてきた。

だが自分は今回の件で金を要求するつもりはない。

「まずは我らへの報酬は成功報酬のみでかまわぬ。そして一つ目に要求するのは、王都解放のあかつきに王都にあるという宝物庫、そこを見学させて欲しいのだ」

要求の額に身構えていたリィル王女と、背後に控えていた護衛騎士らは此方が提示した報酬の内容に目を丸くした後、訝しげに首を傾げた。

「王都ソウリアの宝物庫にある宝物(ほうもつ)ではなく、宝物庫内の見学……だけで良いのじゃな？」

リィル王女が一言一句確かめるようにして聞いてくる問いに、自分は頷いて答えた。

「うむ、少し宝物庫で調べものをさせて貰えればそれでいい」

自分のその言葉に、チヨメが頷いているのが横目に映った。

「分かったのじゃ、わらわの名の下に宝物庫への立ち入りを許可するのじゃ！……それで二つ目はなんなのじゃ？」

宝物庫への立ち入りに許可を出したリィル王女は、次の要求の内容を此方に促してきた。

流石に最初の軽い要求内容に浮かれて、「一つ目」と言った事に注意が向いていないという事はないようだ。

後ろの護衛騎士のニーナの方は、あからさまに報酬内容を聞いてほっとしていた顔を見ると、聞き逃していたに違いない。

「二つ目だが、ノーザン王国に囚われているエルフ族と獣人族の全解放と今後の捕縛への厳罰化を確約願いたいのだ」

この要求に驚きの表情をしたのは二人の護衛騎士らと、自分の後ろにいたアリアンとチヨメだ。

要求を突き付けた当のリィル王女の方はと言えば、怪訝な顔でその要求内容を一人咀嚼するように繰り返して呟いていた。

やがて一つ頷いて顔を上げたリィル王女は満面の笑みで答えを口にした。

「解放した者達は勿論そちらで引き受けてくれるのじゃろ？　それならば問題な――」

「お待ちください！　リィル姫様!!」

そこまで答えを口にしたリィル王女の言葉に、割り込むようにして声を上げたのはニーナだった。

「その要求に対する返答は、リィル姫様個人で約束出来る範疇を越えています！」

その彼女の言葉に、リィル王女は不思議そうに首を傾げて見せた。

「何故じゃ？　アーク殿らはエルフ族と獣人族の罪人引き渡しを要求しておるのじゃろ？　国の一大事を思えばこれくらいの決断ならばわらわの判断で融通が利く筈じゃ」

「違います、姫様！　この者が言っているのは国のど――、奴隷の事です！」

何やら二人の間の会話が微妙に噛み合っていないようだ。

「奴隷？　奴隷は確か借金奴隷や囚人奴隷、あとは戦争時の捕虜などの奴隷だけではないのか？」

リィル王女の問いかけに、ニーナがやや怯んだように口籠もる。

二人のやりとりから何となくだが事情を窺う事が出来た。

「貴国には我らエルフ族や我が友人の獣人族の者らの奴隷はいない――という見解で良いのか？」

自分のその言葉に、ニーナが何を言うでもなく歯噛みする。

恐らくリィル王女には表向き、エルフ族や獣人族の奴隷の存在を隠していたのだろう。

隣国のエルフ族や獣人族の存在を良く思っていない教義を説く本山、ヒルク教国の影響からか表立ってエルフ族や獣人族の所有を公表しない暗黙の了解でもあるのかも知れない。

わざわざ隣国から神殿騎士を率いて来て獣人狩りを行う勢力だ、表立って所有が明らかになれば教義を理由に供出を求められたりしているのだろう。

そしてそんな彼らの振る舞いに、異議を申し立てる事も出来ないのは国家間の武力差だ。

「どういう事じゃ!?　我が国はローデン王国同様に、エルフ族の奴隷所有は勿論、獣人族の奴隷所有も行っていないと教えられたのじゃ！」

リィル王女はやや慌てたような顔で、此方とニーナの双方を見比べるように顔を向けた。

公式には存在しないとされている奴隷の解放を条件に、エルフ族と獣人族の協力を取り付ける。

表向きの見解がそのまま事実ならば、今回の条件はノーザン王国にとってなんの痛痒にもならないのだが、もしこの条件を飲んで奴隷を所有していた場合、王家は国中の個人が所有している奴隷を強権で没収、ないしは買い上げて此方に提供しなくてはならない。

ヒルク教国に隠れて所有出来る奴隷の数がどれ程になるかは分からないが、ニーナの反応からして決して少なくない数の奴隷が裏にいるのだろう。

しかし表立った所有を認めていないとなると、籠城に入った王都での奴隷達の扱いが非常に危うい状況に入ったという事を示唆している。

籠城で一番に気にするのは備蓄である食料や水などだ。

王都がどれ程の人口を抱えているかは分からないが、それらを備蓄で食い繋ぐ場合は出来るだけ消費を抑える必要性がでてくるが、その際に一番割を食うのが地位の低い者達だ。

ここでは表向きに存在しないとされているエルフ族や獣人族の奴隷達だろう。

主に愛玩や子孫形成での目的で高値で買われるエルフ族はまだしも、高い身体能力を活かして労働力として安価に買われる獣人族は一番に切り捨てられる種族だ。

これは此方もあまり時間を掛けて交渉をしている余地はなさそうだと、改めて目の前の幼いリィル王女と、沈黙を保つ二人の護衛騎士に目を向けた。

この際は多少の譲歩を見せつつ、速やかに条件の締結まで持っていきたい。

「ふむ、ノーザン王国がエルフ族や獣人族の奴隷所有を認めていないと言うならば、今後とも是非その方針を維持して貫いたいものだ。だがどんな国にも不届きな者はいるものだ、そうであろう？」

此方の話の意図になんとなく察しが付いたのか、リィル王女らが互いに視線を絡ませる。

そして自分の言葉を継ぐように口を開いたのはリィル王女だ。

「ようは我が国の方針に違反してそれらの奴隷を所有しておる者から、奴隷を没収して其方らに引き渡せば良いのじゃろ？」

流石に察しが良い。

この方針ならば王家は大義名分が立ち、支配下の貴族から奴隷を徴収し易い。

後は王家の判断が正しいと、他の貴族などに知らしめる為に此方が少し手を貸す必要がある。

でなければ、王家の判断を不服として貴族らが謀反を起こして国が潰れては意味がない。

その彼女の答えに自分は大きく頷いて返し、目線を合わせるようにその場で跪くと、右手を差し出して握手を求めた。

リィル王女はそんな此方が差し出した手を、自分の小さな手を差し出して力強く握り返してくる。

彼女の後ろでは二人の護衛騎士が天を仰いで頭を抱えていた。

この約束事が必ず履行されるよう、そして彼女の判断は正しかったのだと思わせる為には少し大きめに力を喧伝しておかなくてはならないだろう。

そんな事を考えながら、自分は兜の奥で笑みを深くする。

それを目の前の小さな王女は敏感に察したのか、一度肩を小さく震わせたのだった。

第四章　天騎士アーク

サルマ王国東部辺境ブラニエ領。

かつてノーザン王国の所領だったウィール川より東の地。

今この地を治めるのはサルマ王国の貴族の一つ、辺境伯の爵位を持つブラニエ家だ。

一家で治めるにはかなり広大なこの土地は、今より七十年前に現当主の二代前にあたる当時騎士団長であったブラニエ家当主が、東征での先陣を切るなど勲功著しいと称されてサルマ王家から下賜された地だった。

しかしそれは平民上がりであった騎士団長の躍進を嫌った中央貴族らが、激しい戦闘で破壊された耕作地や住民との軋轢（あつれき）、またノーザン王国の報復などの脅威に晒（さら）された厄介な土地を押し付けたというのが実情であった。

だが元々土地はなだらかな平野部で、ソビル山脈側からの強力な魔獣流入以外を除けば比較的豊かな土地であり、先々代の根気強い復興と騎士団上がりの徹底した防衛と治安の向上により、徐々にその地力を増していった。

そうしてブラニエ家は王家より辺境伯の爵位を賜り、今ではサルマ王国の有力貴族の一つとなったのだが、それを面白く思わない他家の貴族からはますます煙たがられる結果となった。

他家から文字通りの〝辺境〟と揶揄（やゆ）される地の中心、そこに置かれた領都ブラニエは、かつてのノーザン王国の領主が建てた元々の屋敷を領主城と定め改築したものだ。

元々の優美な造りの屋敷はそのままに、その周囲を武骨な城壁と城塔で取り囲んだそれは、少々他所の領主城とは違った趣となっている。

そんな独特の様相を見せる領主城の中心に建つ屋敷。その広い屋敷の一室では初老に差し掛かっているであろう一人の男が、大きな執務机の前で書類仕事をしていた。

初老と言ってもその姿に明確な老いを感じさせるものは少ない。

仕立てのいい服はその人物が高い地位にいる事を示す物だが、その下には鍛え抜かれたがっしりとした体格が収まっており、鼻の下には白い髭(ひげ)を蓄えて、書類を睨(にら)む目つきは鋭くむしろどこか悪人顔にも見える。

白髪頭がやや後退して額が広い所が唯一、年相応な箇所だろうか。

ウェンドリ・ドゥ・ブラニエ辺境伯。

先々代がサルマ王家より拝領したブラニエ領を受け継ぎ、今日(こんにち)までその地位を維持し治める大領主であり、長年ノーザン王国の反攻を抑えてきた武勇に優れた貴族でもある。

そんな彼が黙々とペン先を走らせる音だけが響く執務室に、その出入り口となる扉を静かに叩(たた)く音が響いて、ブラニエ辺境伯はペンを止めて顔を上げた。

「入れ」

低く静かな、それでいてよく通る入室許可の声に応え、一人の若い女性が一礼して入ってきた。

貴族社会の中ではあまり見ない出(い)で立ちの彼女は、落ち着いた仕草で辺境伯の前へと進み出る。

普通、こういった場に姿を見せる女性というのは使用人であるか、または着飾ったような貴婦人などである事が殆ど(ほとん)だが、その彼女の姿は何処(どこ)か秘書を思わせる格好をしていた。

ブラニエ辺境伯はそんな彼女の姿を認めると、ただ黙したままペンを置いて、彼女の用件を促すように顎で示した。

「ウェンドリ様、先程領内の巡回兵らの下に気になる報告が寄せられました」

「ほぉ、何だ?」

彼女の言葉に、ブラニエ辺境伯は自慢の髭を撫(な)でながら鋭い視線を向けて、さらに先を促すように相槌(あいづち)を打つ。

「ここより南西の地で、馬車を率いた武装集団が見た事もない化け物に襲われているのを、地元の住民が目撃したそうです」

その彼女の返答に、ブラニエ辺境伯の眉根が上がる。

辺境伯が反応するのはもっともな話で、ブラニエ領は元々がノーザン王国の領土に侵攻して得た土地である為(ため)、隣国のノーザン王国から度々領土回復を図る部隊が投入される事があった為だ。

しかし目の前の女性が上げた次の報告で、どうやらそれとは違うようだと理解する。

「武装集団の正確な数は分からなかったそうですが、馬車一台に騎馬が数騎との事。恐らく要人を連れた護衛隊かと思われます。目撃した人物が遠くにその姿を見ただけで、所属を示す類の家紋や旗の一切は不明です」

「場所は南西と言ったな……。王都ラリサからの使者か何かか？　それで？　その馬車の行方と、襲っていた化け物というのは？」

　ブラニエ辺境伯はその報告に顎を撫でながら独りごちて、さらに事の詳細を彼女に促した。

「はい、馬車の一行はそこから東へと向かったとの報告を受けて、その周辺を探索しました所、バラバラになった馬車の残骸や幾人かの上級兵らしき武装の遺体を発見しました。しかし馬車に乗っていたと思われる要人の姿は発見出来ず、恐らく逃走に成功したものと。それと、目撃された化け物に関してですが、こちらは目撃者の証言を元に簡単な姿絵をご用意致しました」

　そう言って秘書風の女性が、手元の書類から一枚の羊皮紙を取り出してブラニエ辺境伯へと手渡すと、彼はそれを受け取ってそこに描かれていた奇抜な姿をした絵に眉根を寄せた。

「下半身は蜘蛛（くも）に、上半身は……なんだこれは？　人が二人絡み合ったような姿に四本の腕だと？　新種の魔獣の類なのか……いや、それにしても――」

　ひとしきり化け物の姿絵を見て唸（うな）っていたブラニエ辺境伯は、やがてそれを執務机に投げ出して目の前の秘書風の女性に鋭い視線を向けた。

「それで、護衛隊の一員だったであろう者の身元は分かったのか？」

「いいえ、装備の質からして要人専属の護衛者であろうとの報告ですが、身元を明かすようなもの一切を所持しておらず不明との事です」

　辺境伯からの問いに端的に返した女性は、彼の指示を待つようにそこで口を閉じる。

「身分を示す物を一切持たない、というのは怪しいな。儂（わし）の領内に身元を隠して入るなど、中央の貴族共がこちらの内情を探りに来たのか……？　いや、ならば要人を連れて入るなどせんか」

頭の中の考えを整理するようにぶつぶつと独り言を口にするブラニエ辺境伯だったが、やがて何かに思い至ったのか、その後退した髪を追い掛けるように自らの広くなった額を撫で上げる。

「……まさか、ノーザン王国の者がディモ伯爵領へと入ろうとした、のか？　だが何故だ？　クライド湾を船で渡れば済む話を、何故わざわざ危険を冒してまで陸路をとった？　いや、それは後で推察すればいい話だな」

そこまでを口にしたブラニエ辺境伯は、自慢の髭を一度撫でてから待機していた秘書風の女性に指示を出した。

「とりあえず行方を晦ませたその武装集団の捜索と、正体不明の化け物の討伐に部隊を編制する！　化け物から逃走を図る際に、村落を囮にされた可能性もある。六小隊を南部方面に派遣しつつ、それぞれの小隊に一班ごとの紐を付けて周辺域を捜索にあたらせろ！」

そのブラニエ辺境伯の指示に、秘書風の女性が小さく首肯する。

「分かりました、至急、騎士団長にその旨伝えてまいります」

そう言って彼女はその場で一礼すると、すぐに背を向けて足早に部屋を出て行く。

その彼女の背中を見送った後、ブラニエ辺境伯は徐に椅子から立ち上がり、執務室に設けられた大きなガラス窓の傍に寄って、そこから外に視線を向けた。

「……ノーザン王国で何かあったのか？」

窓から見える屋敷の手入れされた庭を眺めながら、ブラニエ辺境伯は誰ともなしに問いを投げ掛けるが、それに答える者はその場に誰もいなかった。

「これでよいのじゃろ？」

領都キーンの中心でもある領主の住まう屋敷の一室を借りて、リィル王女は大きな机の席に着いて、一枚の羊皮紙に今回の王都解放戦における此方の報酬内容を明示した契約書を作成していた。

そうして書きあがった契約書の内容を此方に示して確認をしてくる。

「確かに、先程の条件の通りであるな」

傍らでその一連の作業を見守っていた自分は、内容を一瞥して頷いて見せる。

それを横から覗き込んでいたアリアンが、此方に耳打ちするように口を挟んできた。

（ちょっと、こんな小さい子供との約束事が本当に履行されると思うの？　彼女自身がそのつもりでも周りがそれを認めるとは思えないんだけど？）

細く形のいい眉を寄せながら、彼女は疑わしげにリィル王女の傍近くに控える二人の護衛騎士、ザハルとニーナに視線を向けてそんな言葉を零す。

それは自分自身も同意せざるを得ない反応だった。

此方が提示した条件ではあるが、まだ幼いリィル王女にその条件を履行するだけの力があるか怪しいのは事実だ。

（アリアン殿の懸念はもっともだが、我も今回の条件が完全に果たされるとは考えておらん）

自分のその返しにアリアンは怪訝な顔をして此方を見上げる。

ヒルク教国の教義が根強い地域の国家相手に、異種族である自分やアリアン、チヨメに対して律儀に契約の履行をするかと言えば随分と不確かな事は否めない。

（それじゃ、なんであんな契約書なんて書かせたのよ？）

アリアンは眉根を寄せて小首を傾げ、何やら此方に不満そうな顔を向けてくる。

だからこそ、王族であるリィル王女が直筆した契約書を手元に残しておけば、完全履行はされなくてもある程度の条件を向こう側に提示する事は可能だと睨んだのだ。

そして何よりも相手側に要求を飲ませる最上の手段、それは――、

（契約書はあくまで事前に交わした約定があった事を示すもの、これを履行させるにはヒルク教国と同じ事を我らが示せば良いのだ）

その自分の発言に、敏感に反応したのは部屋の隅で気配を殺しているチヨメだった。

頭の上の猫耳が此方の発言を聞いてピクリと動きを示す。

いつもの定位置である頭の上のポンタは、その動きに同調するように同じく両の耳をパタパタと動かして見せる。

そんな一人と一匹の反応とは違い、アリアンは何やらあまりピンときていない様子で、やや首を傾げて此方を見返してきた。

（ヒルク教国が神殿騎士で武力を示し、他国に介入していたように、我らエルフ族もそれなりの力を示して油断ならない相手である事を見せればよいのだ）

その自分の説明を聞いて、アリアンがはっきりと嫌そうな顔を作った。

(また碌でもない事を考えてるんじゃないでしょうね?)

彼女から追求の声が上がるも、契約書に署名を済ませたリィル王女が此方の会話に割って入り、出来た契約書を此方に示して見せた。

「わらわは署名をしたのじゃ。後は其方の署名を入れて今回の契約は成立なのじゃ」

その彼女の言葉を受けて、此方に差し出された契約書を前にアリアンの方へと視線を向ける。

すると彼女は不思議そうな顔をして此方を見返してきた。

「ここでの署名はアリアン殿が相応しいだろう」

そう言って返すと、リィル王女を始めとしたノーザン王国側の者達の視線がアリアンへと注がれ、それを受けた彼女は困惑した顔で此方を睨めつけた。

(ちょっと、アーク。何で署名が私なのよ!?)

押し殺したような、されど強い口調でという器用な声量でもってアリアンが詰め寄ってくるのを躱して、簡単に理由を説明する。

「我はまだ里の中では末席に位置する身、ここはアリアン殿の方が適任であると思っての判断だ」

自分のその発言を受けて、リィル王女らの視線がアリアンへと集まる。

その視線には少なからず驚きの色が見て取れた。

恐らくこちらの代表が自分だと思っていたのかも知れないが、アリアンにも言ったように自分はラライアの里に加えられて日も浅く、エルフ族の格から言えば彼女の方が圧倒的に上だ。

そして何より一番の理由が、自分がこちらの世界の文字を書く事が出来ないということだった。

こちらの世界の文字はじっと見ればその内容は理解出来るのだが、いざ書こうとするならば文字や文法を覚えていなければならない。

これは今後の課題だろう。

王女らから向けられた視線に彼女は盛大に溜め息を吐くと、差し出された契約書に自らの署名を記してペンを置いた。

「これでいいんでしょ?」

確認を求めるアリアンの声に、リィル王女が契約書に目を走らせて頷く。

「うむ、これで契約書は完成なのじゃ！　アリアン殿、アーク殿、それとチヨメ殿。これでわらわ達の国を救う為の約定が交わされたと信じて良いのじゃな?」

リィル王女の揺れる大きな灰色の瞳に見つめられ、アリアンはやや居心地悪そうに肩を竦める。

その隣で契約書を受け取った自分は、リィル王女を安心させるように大きく頷いて答えた。

「心配召されるな、リィル殿。我らはこれよりノーザン王国の王都を不死者共から解放する為に尽力しよう。リィル殿は報酬の算段をしていてくれれば良い」

自分のその言葉を聞いたリィル王女は、ようやく小さく一息吐く。

その彼女の傍で黙って見守っていた護衛騎士のニーナが、此方に視線を向けて何事か尋ねようとする仕草に気付いてそれを促すと、彼女は意を決したように口を開いた。

「もし王都へと入る事が出来たとして、そこに多くの怪我人がいた場合、貴殿はその……私に使ったような治癒魔法などをその者らに施しては貰えるのか？」

自らの右腕、蜘蛛人によって斬り飛ばされて治癒魔法によって繋がった箇所をそっと撫でながらニーナはそんな質問を此方に投げ掛けてきた。

あまり盛大な治癒魔法を使っては後々問題になりかねない上に、王都の人口、被害の如何によっては魔法での治療にも魔力の限界というものがある。

保有する魔力が多くても流石に無茶な数は対応出来ないが……そんな事を考えて返事をした。

「我の力が及ぶ範囲でなら……善処すると約束しよう」

そう言うと彼女はそっと息を吐き出して、小さく目礼をする。

これには打算などもあった。

窮地にいる民衆などを魔法の力を使って癒やすというのは、たとえそれがヒルク教の教義に悖る異種族からの行為であっても、そうそう邪険には出来ない筈だ。

偏見などを無くすなどは無理でも、他種族に対しても寛容ないしは好意的な者が少数でも現れれば御の字程度には作用するだろう。

我ながら隙の無い懐柔策だ——とそんな自画自賛をしていた所に、一人の使用人が執務室へと入って来て、リィル王女にと言伝が届けられた。

「リィル王女様、伯爵様から表に騎馬隊の用意が整ったとの事です」

「分かったのじゃ、すぐに向かうと伝えて欲しいのじゃ」

ディモ伯爵からの報告を聞いたリィル王女は、足元をぶらぶらとさせていた椅子から飛び降りるようにして立ち上がると、両脇に控える二人の護衛騎士を見上げてから視線をニーナに移した。

「ニーナ、あまり顔色が優れぬのじゃ。残ってもよいのじゃぞ？」

自分の護衛でもある彼女に、リィル王女は気遣うような表情を向ける。

リィル王女の言う通り、確かにニーナの顔色があまりよくない。蜘蛛人に腕を斬り飛ばされた際に、血を多く失った為だろう。

治癒魔法では失った血まで回復する事がないのは以前に実証済みだ。

しかし会ってまだ間がないとはいえ、彼女の性格はなんとなくだが把握出来る。

リィル王女の労(ねぎら)いの言葉にも、ニーナは静かに首を横に振って跪(ひざまず)いた。

「いいえ。リィル姫様が王都へ向かうと言うのに私だけがここに残るなど、たとえ姫様が許したとしても、私自身がそれを承服しかねます！」

頑として言い放つその言葉には彼女自身の強い意志が込められているようで、それはリィル王女にも伝わったのだろう。

少々困ったような表情をニーナに向けて見せるリィル王女だったが、その瞳の奥には何処か随喜の念が浮かんでいるようにも窺(うかが)えた。

「仕方のない奴(やつ)じゃな。……ではわらわも準備を整えて行くとするのじゃ！」

小さく笑みを零したリィル王女はそう言って、傍らに置かれていた優美な意匠の施された革鎧(よろい)を手に取ると、それをドレスの上から手際良く装着して見せた。

王族の嗜(たしな)み、というやつなのだろうか。

手慣れた手つきで着込んだ革鎧だが、近衛兵やザハルやニーナのような護衛騎士が身に着けている鎧の類とは違って、それ程高い防御性能があるようには見えない。

しかし何も無いよりはマシだろうか。

執務室を先立って出て行くリィル王女に続いて、二人の護衛騎士もそれに続く。

室内に残った自分とアリアン、チヨメは互いに視線を交わし合う。

そして開口一番、何やら脱力したような声を上げたのはアリアンだった。

「……いつもの事かも知れないけど、なんだか妙な展開になってきた気がするわ」

「きゅん？」

そんな彼女の嘆きを、頭の上のポンタが不思議そうな顔で首を傾げて見ている。

そしてアリアンの言葉を受けて、チヨメが少し申し訳なさげに口を開いた。

「元はと言えば、ボクがお願いした案件が今回の事態を招き寄せたとも言えます……」

チヨメのそんな言に、アリアンは慌てて首を横に振ってそれを否定した。

「わ、私は別にチヨメちゃんを責めた訳じゃなくてね、ただ里の代表でもないのに、人族の国とこんな大それた約束を交わしちゃって大丈夫なのかなぁって……ね？」

そこまで言って彼女は、困った顔をしていた視線を此方へと向けて睨み据えた。

彼女のその視線からは抗議の声が聞こえてくるようだ。

「これはあくまで我らとノーザン王国の私的な契約なのだ。里のあるカナダの方には迷惑にはならないよ。何せ、今回の契約では成功報酬のみで、それは相手が払うか払わないかに掛かっているだけなのだ。我らが成功しなかったからと言って、何も非難される覚えはないだろうしな」

「まぁ、そうだけど……」

自分の説明にも、やや不満そうに口を尖らせるアリアンだったが、一つ大きく溜め息を吐くと、その金色の瞳に力が漲ったのを感じた。

「でも、私達が今回の一件を成功させない事には、宝物庫に入る事は出来ないのよね？」

その彼女の言葉に同調するように強く頷き返したのは、サスケの足取りを追うチヨメだ。

「では、我らも向かうとするか」

そう言って、執務室を出て行ったリィル王女一行の後を追った。


屋敷を後にして大きな前庭へと出ると、そこには百騎あまりの騎馬隊が整然と並んでいる姿が目に入ってきた。

それぞれが揃いの鎧を身に纏い、馬体のしっかりとした馬に皆騎乗している。

日の光を反射して、それら馬上の戦士達が眩い輝きを放っているように見えて、その壮観な姿を先に来て眺めていたリィル王女が力強く頷いている姿があった。

しかし、ここで百騎の騎馬隊は勇壮に見えても、相手が十万からなる不死者の群れの前では、圧倒的な数の濁流に飲まれてそれこそ藻屑のようになる未来しか想像出来ない。

馬上にいる彼らの顔を見れば皆が意気揚々とした表情をしている所を見ると、ディモ伯爵は今回の部隊編制に際しての目的を多くは語っていないのかも知れない。

まぁ今回の王都解放戦の敵陣容を知って怖気(おじけ)づき、騎馬隊が逃げるような事があっては伯爵自身の面目にも傷がつくだろうし、そうなれば二人の護衛騎士は何としてでもリィル王女を城砦(じょうさい)ヒルから先に出しはしないだろうから、我々にとっても悪くはないのだが。

リィル王女と二人の護衛騎士が前庭に姿を現したのを切っ掛けに、それまで騒めいていた場が静まり、僅かに馬の嘶(いなな)きや馬蹄(ばてい)の音だけが残る。

そんな騎馬隊を見回すリィル王女の脇から現れたのは、この地の領主であるディモ伯爵だ。

「喜べ皆の者！　今日は領都騎馬隊である諸君らに栄誉ある任務が与えられた！　ここにおわすリィル第一王女殿下の王都帰還に伴う護衛が今回の任務である！　心して拝命せよ！」

伯爵の演説のような任務説明に、騎馬隊の者達が姿勢を正して応える。

それを見回していた護衛騎士筆頭のザハルが、ディモ伯爵の後を継いだ。

「既にある程度の任務内容を聞き及んでいるとは思うが、今回はサルマ王国を横断して最短で王都へと向かう！　今日は夕暮れまでに城砦ヒルへと入り、明朝ブラニエの東を抜けて行く事になる！強行軍となる厳しい道程になるが、遅れた者はその場に置いて行く！　心して臨め！」

その彼の説明に騎馬隊の中に一瞬騒めきが起こるが、ザハルはそれを黙殺すると、すぐに城砦ヒルへと出発するように指示を出した。

「ディモ騎馬隊は先行して城塞ヒルへと向かえ！　これは伯爵様からの城砦責任者への指示書だ」

そう言ってザハルは一枚の封蠟(ふうろう)のされた羊皮紙の巻紙を騎馬隊の一人に手渡すと、敬礼して彼らを前庭から追い出しに掛かった。

その後ろでは王女の近衛兵らが、ニーナと同乗する事になったリィル王女の騎馬を取り囲むようにして部隊を組んで、ザハルの合流を待っていた。

ザハルが先行として送り出した騎馬隊を見送り、一連の集会を眺めていた此方に向き直る。

「城砦ヒルへと戻る。アーク殿らは最後尾で追従してくれ」

「うむ、了解した」

用件だけを言ってザハルはその場で身を翻し、リィル王女達が待つ場へと戻って行く。

それを見送って、自分もそろそろ出立の準備をしようと周囲を見回すと、庭の隅で寛いでいる赤茶けた鱗を持つ巨体の姿を見つけた。

紫電が懸命に足元に鼻面を押し付けて何やらごそごそとしている姿を不思議に思い、近寄って様子を覗いて見ると足元一帯の芝生が剝げて土が剝き出しになっている。

此方の存在に気付いた紫電が口元をもごもごさせながら顔を上げた。

どうやら周辺の庭草をおやつがわりに食んでいたようだ。

明らかに庭の景観を損なっているが、ここはディモ伯爵の寛大な心に縋り、先を急ぐとしよう。

「行くぞ、紫電」

「ギュリィィン！」

鞍をのせたままの紫電の背中を軽く叩いて呼ぶと、紫電は一度ぶるりとその大きな巨体を揺すりながら吠えて立ち上がる。

それを見ていたディモ伯爵ら屋敷の者達が一斉に騒めいて後ろへと下がっていく。

見た目にもかなり凶悪な姿をしているので、一般人にとっては猛獣にしか見えない疾駆騎竜（ドリフトプス）だが、主人と認めた者に対してはかなり従順だ。

鞍へと乗り込み、後ろにアリアンが座り、チヨメが前に跨（またが）る。

ポンタがお気に入りとなった紫電の頭部の鬣（たてがみ）の中に潜り込んだのを見計らって、手綱を握った。

屋敷の門を潜（くぐ）り、領都キーンの市街地へと向かうリィル王女一行の後ろを追い掛けるように進路を向けて、ゆっくりと紫電が歩き出した。

空に昇る太陽の位置を確認するように仰ぎ見て、城砦ヒルまでの距離を思い浮かべる。

「あそこまでなら夕方の内には着くか……」

眩い日の光から先を行く一行の背中に視線を戻しながら独りごちると、チヨメが前の席で此方を振り仰ぐようにして視線を向けてきた。

彼女は特に何を言うでもなかったが、自分はそんな彼女にただ頷き返して口を開いた。

「うむ、いよいよだな」

市街地の街路脇には多くの領民達が衛兵らによる交通整理で押さえ込まれながらも、リィル王女の一行を一目見ようと詰め掛けていて、ちょっとしたお祭り騒ぎのようになっている。

そんな彼らの視線の一切を振り切り、一行は駆け足気味に市街地を横切り領都を出た。

先行するディモ伯爵の騎馬隊が戦意高く駆けて行く様子を、自分達は最後尾から眺めながら遅れないようについていく。

いや本当の所は遅れないようにというのは間違いで、疾駆騎竜（ドリフトプス）は先行する騎馬隊やリィル王女らの一行を追い抜かないようにゆっくり駆けているといった方が正しい。

ジャイアントバジリスクの際にも思った事だが、六本の足を持っているとやはりそれなりに高速移動し易(やす)いのだろうか？

そんな異世界の不思議に気を取られながら、周囲に流れていく景色に目を向けた。

豊かな新緑の農地が左右に広がる景色の中を、馬蹄を響かせた一団が通り過ぎて行く姿を、畑の世話をしている農民だろう者達が頭を上げて目で追いかけている。

やがて一行の前には左右に延々と続くかのような城砦ヒルの城壁が見えてきた。

あそこを発(た)って半日程で戻って来たというのに、少し懐(なつ)かしい気がするのは何故だろうか。

先行する騎馬隊が堂々と伯爵家の旗を掲げると、城砦ヒルの城門が視線の先でゆっくりと開き始めたのが分かった。

「確か今日の行程はここまでよね？　やっと少しゆっくり出来るわね……」

大きな溜め息を吐いて、後ろにいるアリアンがそんな愚痴を零す。

心なしか、紫電の頭の上で寝そべっているポンタもぐったりとしているように見える。

そう言えば今日は昼食をとっていなかったな……。

そんな事を思っていると、先頭の騎馬隊が城砦ヒルの城門内へと消えていき、次いで王女の近衛隊と最後尾の自分達が入城して再び門が閉じられた。

騎馬隊の代表者であろう一人が、城砦ヒルの指揮官と対面して、伯爵からの書状と共に事情説明を行っている中、リィル王女を取り巻いた近衛隊付近で騒ぎが起こる。

「しっかりするのじゃ、ニーナ！」

その声の主はリィル王女本人のもので、そちらへと視線を向けるとそこには顔色が悪くなったニーナが馬上で体勢を崩し、ずり落ちそうになっている場面だった。

「彼女を休める場所へ！　急げ！」

そんな騒ぎを逸早くまとめたのは、もう一人の護衛騎士のザハルだ。

彼の指示に従い、近くにいた近衛兵の二人が彼女を馬から下ろして、担ぎこんでいく。

そんな彼女の姿を不安そうに眺めるリィル王女が、ふと此方の視線に気付くと足早に寄って来て、懇願するような顔で訴えかけきた。

「アーク殿、すまぬがニーナを診てやって欲しいのじゃ！」

「我は構わぬが、恐らくニーナ殿のあれは貧血であろう。安静にしてしっかりとした食事を摂る以外には回復の道はないと思うぞ？」

リィル王女の訴えに紫電から降りながらそう返すが、彼女はそれでも心配そうな顔をじっと此方に向けて見上げてくる。

彼女の目尻に少しの滴が膨らむのを見て観念したように頷いた。

「承知した、とりあえず治癒魔法を掛けて様子を見よう……」

その一言で目の前の少女に喜色が浮かぶ。

そんなやりとりを見ていたアリアンが、口元に薄く笑みを張り付けて此方を揶揄いにきた。

「アークって、小さい子の涙には弱いわよねぇ」

「アリアン殿に言われたくはないがな」

自分のその返しにもアリアンは明後日（あさって）の方角を向いて素知らぬ顔をする。

本来ならニーナは二、三日は安静にして様子を見た方がいいのだが、護衛騎士であると自負する彼女がリィル王女の傍を離れるという事は容認出来ないのだろう。

いっその事、目が覚めた瞬間に首筋にチョップをして意識を再度落とすという方法も思いついたが、間違って彼女の首を物理的に落としてしまっては目も当てられない。

——蘇生（そせい）魔法である【再生復活（リジェネティブ）】や【蘇生復活（リニメイション）】もあるが、対象効果が認められる場合とそうでない場合があって、詳細な条件は不明のままだ。

そんな一か八かを他人の命を使って試せるものでもない。

「さて、ヤブの魔法医者役でも演じてくるとするかな」

見上げた城砦ヒルが既に日が暮れ始めた夕日の光を浴びて、まるで巨大な篝火（かがりび）のように朱（あか）く燃え上がっているように輝いているその姿に目を細めた。

予定ではサルマ王国を抜けるには二日程掛かるらしいが、果たして無事に何事も無く横断する事が出来るのだろうか。

そんな事を考えて、思わず余計な思考は変な予兆にしかならないなと頭（かぶり）を振った。

サルマ王国ブラニエ領南東部域。

北東部には魔獣の棲むイルドバの森、南西部には人族を拒むエルフ族の住まうルアンの森、そして南部にはノーザン王国ディモ伯爵領を守護する堅固な境界壁の築かれた城砦ヒル。

これらに周囲を囲まれるようにしてある南東部域は、ウィール川近くの耕作地帯とは違いあまり多くの集落の数は無く、広い丘陵地が地平まで広がっている。

そんな丘陵地を三十名程の武装集団が整然と列を成して移動していた。

道の無い平原を二台の馬車を率いて進むその集団は、ブラニエ辺境伯家の紋章旗を掲げていた。

馬車の荷台には集団の胃袋を満たす為の食糧や、替えの武器、大型の盾などが積まれ、その馬車の周りで揃いの鎧に身を包んだ兵士らが槍を携えて周囲を警戒している。

彼らの正体は領都ブラニエから派遣されてきた辺境伯軍の一小隊であり、辺境伯の命に従い、現在は行方知れずとなった所属不明の武装集団と謎の化け物の探索にあたっていた探索部隊だった。

その小隊の先頭に一人、指揮官らしき壮年の男が馬上の人となって周囲を見回している。

「所属不明の武装集団は、ノーザン王国関係者である事が濃厚と聞かされていたからこちら方面の担当である我々が当たりかと思ったが……それらしい痕跡も特に見当たらんな」

溜め息混じりに指揮官の男が呟くと、それを聞いていた傍近くに侍っていた年若い男が同意するように頷いて辺りを見回した。

「そうですね、もしかしたらここより少し南寄りを担当した小隊の方が当たりを引いたかも知れません。あとは噂の化け物とやらの姿らしきものも一切見当たらないですしね」

指揮官の傍に控えるように並ぶその青年は、この小隊の副官であり、指揮官を守護する為の盾を持ち、指揮官が騎乗する馬の横を並ぶように歩いている。

「まぁ手柄は欲しいが、それを追っかけ回していたっていう未知の化け物と鉢合わせするのは御免被りたいがな……」

そう言って軽口を叩きながら、指揮官は懐から任務出立前に渡された一枚の羊皮紙を取り出して、そこに描かれた未知の化け物の覚書に眉を顰(ひそ)めた。

「こんな気味の悪い化け物が本当に存在するのかね？」

誰ともなしに零す指揮官の言葉に、副官も乾いた笑いを発して後方に付いて回っている馬車の荷台に積まれた大型の盾などの物資を見やる。

「大型の魔獣討伐並みの装備を渡されての探索、しかも相手は今迄(いままで)に遭遇した事のないような未知の存在となれば小隊規模では少し心もとないですね」

そんな副官の不安の声に指揮官は快活な笑みを浮かべた。

「だから一班が後ろに付いてるだろ？　俺らが全滅した際には迅速に後方に伝令が走るようになってるんだ、だから安心しな」

そう言って大声で笑う指揮官の男に、副官は肩を竦めて頭(かぶり)を振った。

そんなやりとりをしている所に、後方の周囲を警戒していた部隊の者から声が上がった。

「北から謎の影が高速で接近してきます！　繰り返します！　北から謎の影が接近中！」

見張り役の兵士のその一報に皆が一斉に北の方角に向く。

行軍する兵らの視線の先――北側のやや下りの坂の斜面となった場所から、一体の見慣れぬ異形の生物が馬が駆ける程の速度で真っ直ぐに向かってくる姿が指揮官の目に入った。

それは王都で渡された覚書に記された異形の化け物そのもので、下半身は巨大な蜘蛛で、一対の人型の上半身が生え、四本の腕を持つ――まさに異形としか言いようのない姿。

しかしその異形体は覚書には記されていない特徴があり、それに指揮官以下、兵士らが目を見開いて言葉を詰まらせた。

指揮官が新種の魔獣の類と踏んでいたその異形体は、人型である上半身に兵士らが身に着けるような金属製の鎧を纏い、四つの腕の先には二枚の大盾、二本の大振りの曲刀が握られていたのだ。

指揮官は今迄に多くの人の形をした魔獣を屠ってきた経験があり、ゴブリンやオーク、そして人型の中でも最も凶悪だとされるミノタウロスですら、持っている武器は倒木を適当に加工した棍棒であったり、又は人から奪った手入れのされていない武器の類が殆どで、切れ味の良い、整備された武具と、戦術を駆使して戦う知恵などが魔獣に膂力で劣る人族の唯一の武器であった。

しかし目の前に迫る人と蜘蛛の異形体は、頑強そうな金属製鎧に錆の無い分厚い大盾、刃毀れの一切を窺わせせない程に鈍く光る刃の曲刀を持ち、まさに人族が魔獣に対して用いれる最大の武器を魔獣側が所持するという悪夢のような光景が映し出されていたのだ。

「あれは⁉　一体どういう事ですか⁉　化け物が人と同じ武具を使うなんて⁉」

動揺したような副官の声に、ようやく指揮官は我に返った。

「狼狽えるな！！　今はそんな事を考えている場合ではない！！　全員陣形を組め！　菱形陣形！！　盾

隊は速やかに展開せよ!!」

指揮官の大音声による指揮に、混乱していた小隊が一気に激しさを増して動き始める。

後続に付いていていた馬車の荷台から対大型魔獣用の大盾を持ち出し、ぐんぐんと迫り来る異形体に向けて菱形の先を向けるように部隊が編制されていく。

「槍隊は盾の後ろで投槍を準備！　衝撃に備えろ!!　弓隊は化け物の進路を限定しろ!!」

「弓隊、放て!!」

指揮官の指示に従って、副官が斉射の合図を発すると、盾の後ろに控えていた幾人から山なりに矢が発射されていく。

弓は走り寄って来る異形体には当たらず、進路上の両脇へと突き刺さる。

異形体は両脇に次々と刺さる矢の間を抜けるように、弓隊が誘導する方向へと向けられていく。

異形体との距離がもう一息で小隊とぶつかるという段階になって、再び副官の声が上がる。

「今だ、放て!!」

その声と同時に盾の陰から次々と槍が投擲(とうてき)され、真っ直ぐに向かって来ていた異形体の下に一斉に降り注いだ。

鈍い金属音を響かせて異形体は持っていた盾で槍を弾(はじ)き返すなど、およそ人のような対応をとって見せて、兵士らの間に動揺するようなどよめきが起こる。

しかし、流石に大盾が二つあると言っても、異形体の身の丈はミノタウロス程もあり、下半身にいたっては巨大な蜘蛛の姿となれば全てを防ぎきれるものでもない。

何本かの槍は蜘蛛の下半身へと突き刺さり、一本はその蜘蛛の足付近に突き立って相手の速度も相まって嫌な音を立てて折れ曲がり、異形体の口から地獄のような叫び声が上がった。

『ウッグゥゥアアァアアァ!! 許サンゾ、虫ケラ共ガァ!!!』

苦悶の声を上げる異形体のその人の言葉を聞き、指揮官を始めとした小隊の兵らに衝撃が走る。

今迄に人型の魔獣が人の言葉を語る姿など見た事が無く、それはまるで御伽噺などに出てくる悪魔を彷彿とさせ、兵士らの間に戦慄が沸き上がったのだ。

しかしそんな芽生えた恐怖に怯える暇も無く、速度ののった異形体は投槍によって体勢を崩した姿のまま、まるで投げ出されたように展開していた盾隊に衝突していた。

轟音と悲鳴、骨を砕く音に鉄錆の血の臭い、そして巻き起こった土煙に小隊が混乱に陥る。

「態勢を立て直せ!! 盾は化け物を押さえろ!! 槍はとにかく奴の足と胴体を狙え!!」

指揮官の男は、守りの固い上半身の人型部分より、剝き出しの下半身の蜘蛛部分に狙いを定めて攻撃するように指示を下した。

先程の衝突でどれ程の被害が出たのか、正確な数は分からないが、今は負傷者に構っている余裕など微塵も無い事だけは理解出来ていた。

盾隊が圧し掛かるように異形体の動きを抑えるのを、異形体は手に持った大盾を使って兵士らを弾き飛ばしたり、叩き潰したりともがく。

しかし、そこに必死の形相をした兵らが、手に持った槍に全体重を乗せて突っ込み、深々と抉られた蜘蛛の体内からは、まるで炭を溶かしたような液体が漏れ出してきて、兵士達の姿を容赦なく黒く染めていく。

異形体の予想以上の身体能力に小隊の被害は甚大なものとなったが、指揮官はこのままいけば致命傷となるような傷を負わせられると踏んで握った拳に力が籠もった。

そんな彼の下に、一人の兵士の悲鳴にも似た報告が上がる。

「さらに北西より影!!　もう一体の化け物です!!!」

その報告に指揮官は目の前の戦闘から目を離し、北西と追われる場所に視線を彷徨わせた。

そしてその姿を見て瞠目する。

やや小高くなった稜線、そこにもう一体の異形体がゆっくりと姿を現し、死闘を繰り広げるこちらに視線を留めて、咆哮するような声を上げたのだ。

目の前の異形体一匹だけでも小隊が半壊する程の被害を受けたにも拘わらず、そこにさらにもう一体が増えたとなれば、その先の結果など火を見るより明らかだった。

「くそっ!!」

指揮官の男が悪態を吐くのと同時に、そのもう一体の異形体が蜘蛛の足を器用に動かしながら丘の斜面を滑るように駆け下りてきた。

先程副官に対して放った冗談が目の前で現実になろうとしている——指揮官が奥歯を噛み締めて、ここからでは遠く見えない王都に残してきた家族の姿が脳裏を過る。

しかし、そこにさらに部下の一人から報告が上がった。

「南部方向より土煙を視認!!　所属不明の騎馬隊です!!　その数、百騎以上!!」

「何だとっ!?」

その報告に指揮官と副官が同時に振り向いて、その先に視線を凝らす。

そこには猛然と走る百騎余りの騎馬隊の姿があり、こちらの戦場を大きく迂回するような進路で走り抜けようとしていた。

その進路の取り方から援軍では無い事は確かだったが、混乱しきった今の状況で相手が何者なのか正しく判断出来る要素は殆ど皆無だった。

しかし指揮官の男には、それが出発前に申し渡されていた消息不明となっていた武装集団であるという直感が何故か働いていた。

目撃された集団は馬車一台に護衛らしき数騎の騎馬、だが目の前を通り過ぎようとしている騎馬隊の数は十倍以上だ。

考えられるのは隣国ディモ伯爵が持つ騎馬隊だが、何故この瞬間にブラニエ領の真っただ中に姿を現したのか——目の前の不可思議な異形体と、背後から迫るもう一体、その存在が頭の中で奇想天外な答えを結実させた。

——この化け物はノーザン王国の手駒なのか?

古の邪法にでも手を出し、悪魔を使役する術を使う——そんな、まるで御伽噺のような結論に、指揮官自身が嘲笑する。

——そんな馬鹿な、と。

それならば今ここで苦戦している小隊を化け物との挟撃で一気に殲滅出来るではないか、既に小隊が全滅する時が迫る焦燥の中で、指揮官の冷静な部分が荒唐無稽な考えを打ち消す。

「正体不明の乗騎が一騎、こちらに接近してきます!!」

指揮官の思考が空転した一瞬、部下からの更なる報告にようやく我に返る。

そしてその報告の上がった正体不明の乗騎の姿を見て、指揮官は目を見開き息を呑んだ。

「何だ、アレは……」

ノーザン王国の中心地、王都ソウリア。

突如姿を現した謎の不死者軍団に対して、王国側は王都籠城戦を強いられていた。

街を守護する堅固な第二街壁の外には、十万にもなる不死者の兵士が間断なく壁に取りつき、壁を破壊しようとする者や、仲間の不死者を足場に壁を越えようとする者などの対処に追われ、日夜喧騒が鳴りやまない日々が続いている。

当初敵が不死者という事で、その力が増すとされる夜には防衛の為の厳戒態勢が敷かれていたのだが、何故か夜に入ると不死者の兵士らは、それまで攻め寄せていた壁際から離れて、それぞれが思い思いの行動で周辺の耕作地や平原をただただ彷徨うという奇妙な行動をとっていた。

最初は敵の突然の行動変化に何かの罠かと疑っていた首脳陣だったが、それが二日、三日と続くと敵側に何かしらの制約らしきものがあるのではと推察されるようになった。

しかし、警戒していた夜間の不死者（アンデッド）兵士らの猛攻の可能性が低くなったからと言って、決して楽観視出来る状況でもなかった。

無数の不死者（アンデッド）兵士らに交ざって、蜘蛛と人との異形体である蜘蛛人はかなりの数の個体が存在し、それらの中には夜間であっても明確な攻撃意思を王都に向ける者も存在したからだ。

それでも大半の蜘蛛人は、やはり夜間になると周辺に散らばる不死者（アンデッド）兵士を叩き潰すなどの半ば暴走した姿が目撃されており、それが結果今まで王都が持ち堪（こた）えた理由にもなっていた。

だが少数となっても力の増した異形の蜘蛛人の攻撃力は、徘徊（はいかい）する不死者（アンデッド）兵士などの比ではなく、その蜘蛛の下半身からなる機動力とも相まって籠城戦における脅威の対象であり、今もって昼夜と続く戦闘において最も油断出来ない存在でもあった。

そんな化け物達と攻防を繰り広げる第二街壁から街中へと入り、雑多な街並みを進んだ先にもう一つの街壁が姿を現す。

それはこの王都ソウリアのかつての街壁であり、今ある外周の第二街壁まで街が拡張される前の守りの要となった存在だった。

しかし街が拡張された今でも、戦乱の多いこの地においてその第一街壁は、街中に敵が侵入した際の内防壁としての役割を持たされ、今日までその姿を保っている。

そんな第一街壁の旧市街地が広がる内側、壁際に築かれた角櫓（すみやぐら）は石造りの堅固な造りを有しており、平時は衛兵らの詰所として使われていた。

だが王都全体で籠城戦を繰り広げる現在、そこにはノーザン王国の頂点である国王アスパルフ・

ノーザン・ソウリアを始めとした、国の主だった者達が狭い室内にひしめき合って、目の前に広げられた王都全体を記した地図を前に難しい顔をしていた。

誰もが口を噤み、重苦しい雰囲気の中で最初に口を開いたのは、この国の最高権力者、国王アスパルフであった。

「……援軍要請の使者を送って何日になる？」

昼夜を問わずに攻め寄せる無数の不死者との攻防に、時間の感覚を失った国王がやや張りの無い声で近くに座る宰相へと問い掛けた。

「……確か、今日で七日目かと」

その宰相の答えに、大きく溜め息を吐いた国王が眉間の皺を揉み解すようにして唸る。

「七日か……王子らが援軍をすんなりと用立て出来たとしても、それを率いて戻ってくるにはあと最低でも七日は必要だろうな……。リベラリタス枢機卿が教国に援軍の派遣要請をしてくれたらしいが、あれはさらに時が掛かるだろう」

「……」

国王のその言葉に、宰相の眉間にも皺が深く刻まれる。

場の重苦しくなった空気を受けて、国王は一度頭を振ってから話題を変えた。

「ところで第一街壁傍の住居の撤去作業、進捗状況はどうだ？」

「今のところ八割方、そろそろ九割程にはなっているかと……」

宰相は目の前に広げられた地図の第一街壁の外側、その傍に立つ住居などを示しながら答える。

これは、もし現在戦場となっている第二街壁が突破された場合、一旦防衛線を第一街壁まで下げる事を検討していたのだが、その際に問題になったのは街が拡張された際に第一街壁傍に建てられた住居の問題だった。

あまり機敏な動きを見せない不死者(アンデッド)兵士らが相手ならばあまり問題にはならなかったのだが、異形の蜘蛛人であればその蜘蛛の機動力を以(もっ)て住居を足掛かりとして第一街壁を越えて来る可能性が指摘され、急遽(きゅうきょ)それらに該当する住居を取り壊すなどの対処に当たる事になったのだ。

該当住居に暮らす住民から恨まれるだろうが、今はこの国が存続しうるかどうかの瀬戸際であり、そんな些事(さじ)には構っていられないというのが現状であり、本音だった。

「取り壊し、瓦礫(がれき)の撤去作業などに当たらせた獣人奴隷達が思いの外しっかりと働いているようでして、彼らの高い身体能力のお蔭(かげ)で作業の進捗が思ったより早く進んでいますな」

宰相の何処か希望のあるその声音に、国王アスパルフも力強く頷く。

「あれらを表に出すのは随分と賭けの部分が大きかったが、彼らもまだ不死者(アンデッド)に蹂躙(じゅうりん)されて死にたくはない、という事だろうな……。配給食も一役買ってるか」

「左様ですな、しかしこの局面を乗り切った際には、ヒルク教会からの物言いは避けられないでしょうな……。ましてや枢機卿が王都内にいては言い逃れも出来ませぬ」

王都内に個人が所有する獣人奴隷を国が一旦買い上げ、今回の住居撤去作業の為に表へと出して従事させるという少々乱暴なやり方だったが、住民が総出で手を貸してくれている現状でも手が足りないとなれば、無暗(むやみ)に労働力を余らせておくなど以ての外(ほか)だ。

作業内容の都合上、表へと出てある程度の自由が許された状態では獣人が反乱を起こすのではといった懸念もあったが、王都の現状を彼らに突き付ける事で生き残る為の協力を取り付ける事に成功した、と言っても差し支えないだろう。

しかし表へと出した獣人達によって、ヒルク教の教会や教国と直接結びついている枢機卿の前で教義に悖る行いが発覚したとなれば、後で獣人奴隷らの供出を求められるのはまず間違いない。

「全ては国があればこそだ……」

国王アスパルフが大きな溜め息と共に吐き出した言葉に、宰相も黙って頷き返した。

「これは何の慰めにもなりはしませんし、不謹慎だと謗（そし）る者もおりましょうが、今回の敵が不死者（アンデッド）だったのは考えようによっては僥倖（ぎょうこう）だったかも知れませんな……」

そう呟く宰相の言葉に、国王が面白そうな視線を向けて先を促した。

「ほう、それは？」

「敵が道理の通らぬ不死者（アンデッド）の軍勢だったからこそ、今王都に居る者達は一致団結して事に当たれているとも言えますな。これが他所の国家の正規軍の侵略であったなら、こちらが不利に傾いたと見るや、国を裏切る者が必ず出ますからな」

宰相のその言葉に、国王の暗い笑みが深くなる。

それは分裂と合併を長い歴史の中で繰り返してきたこの地ではよくある事であった。

敵へと寝返った味方の手によって落ちた城や街が、今までに幾つあったのか——歴史を紐解（ひもと）けばそんな話は枚挙に暇（いとま）がない。

「確かにな……、民衆も生き残る為に必死だからこそ、獣人奴隷の件に関してもあまり大きく出る者はいなかった。そう考えれば、まさに敵が不死者（アンデッド）であったのは僥倖だな」

そう語って国王は含み笑いを漏らす。

と、そこで外の様子が騒めくような喧騒に二人の耳が傾き、訝（いぶか）しげにそちらに視線を向けようとした時、一人の伝令兵が文字通りに転がるようにして入って来た。

普段ならば一国の主（あるじ）の前でそのような無礼な振る舞いを許す宰相ではなかったが、今はそんな事を悠長に語っている時ではない、と了解していた。

「何事だ!?」

手短に問い質（ただ）す宰相の言葉に、伝令兵はその場で叩頭（こうとう）して事態が急変した事を告げた。

「第二外壁、南街門一部崩壊！　突破されました!!」

その伝令の報告に国王が勢いよく立ち上がり、その反動で椅子がけたたましい音を立てて倒れた。

「全部隊、不死者（アンデッド）を牽制（けんせい）しつつ後退!!　作業中の住民にはすぐに第一街壁内まで撤退するように指示を出せ!!　急げ！」

国王のその命令に、周囲の者達や伝令が一斉に動き始めた。

そんな中で国王と宰相は目の前に広げられた王都の地図に視線を落とし、未（いま）だに街壁傍に建ったまま撤去されなかった住居のある箇所を睨む。

——間に合わぬか……。

国王は奥歯が噛み砕けるような力を込めて、歯軋（はぎし）りをしていた。

少し冷えた空気の中で馬達が吐く息が白くなる。

空にはまだ月と無数の星々が瞬き、辺り一帯は静寂の夜の気配が満ち満ちて、もうすぐ夜明けを迎える時間帯であるとは思えない。

そんなまだ夜中にしか映らない景色の中、城砦ヒル内に設けられた中庭に集まるのは馬に跨り、揃いの鎧を身に纏うディモ伯爵の騎馬隊だ。

出発前の彼らの緊張が周囲に染み出すかのように、その場では控えめに鎧が擦れる音や、その場で足踏みする馬蹄の音に紛れて囁くような人々の話し声の中に、糸の張ったような一種独特の空気が混じり溶ける。

そうして城砦ヒルの門——普段は開く事の無いサルマ王国側への門が静かな早朝の平原に重々しく響いて、ゆっくりと開いた。

「ハッ！」

それを合図にするかのように、騎馬隊の先頭の男が気合いの声と共に馬の腹に踵を入れると、馬が嘶き、土を踏みしめるような馬蹄を響かせて城砦ヒルの城門から飛び出していく。

そんな先頭を追い掛けるように、後続の百騎余りの騎馬隊がそれぞれに鞭を入れて駆けだしていくのを、静かに見守っていたリィル王女と彼女を同乗させた護衛騎士ニーナが後方に控えていた近衛兵らに合図を送った。

城砦ヒル内に焚かれた篝火の明かりに照らされて見た限り、ニーナの顔色からは今のところ体調の悪化を思わせるような兆候は見られなかった。

これは何も自分が施した治癒魔法による施術が効いたという訳ではない、恐らく魔法を掛けた後に気が付いたニーナが、失った血の分だけ食事を胃に流し込んで回復を図ったのが功を奏したのかも知れない。

そう思って彼女の昨日の鬼気迫る勢いで飯に食らいつく姿を思い出して、思わず寒くもない骸骨の身体が身震いを起こした。

「きゅん?」

そんな自分を不思議そうに振り返るポンタに何でもないという風に首を振る。

成人男性でもあんな食事の摂り方をすれば戻してしまいそうだが、この世界の女性は何かと逞しい者が多いなと、紫電の鞍の手前に腰掛けるチヨメと、後ろで欠伸を噛み殺しているアリアンとに視線を移す。

「アーク、今何か失礼な事考えてたでしょ?」

そんな此方の視線の僅かな変化を見て取ったのか、背後から金色のジト目が肩越しに注がれる。

——何故骸骨の、しかも鎧を着た姿でこんなにも心を悟られるのだろうか?

これが武芸の達人が持つという気配読みの成果なのだろうか、と——そんな益体もない事を思いながら、紫電の手綱を引いて、前を走り始めた王女一行の後を追うように指示を出す。

「我らも行くぞ」

「ギィリイィン！」「きゅん☆」

　アリアンの言葉を誤魔化すように、乗騎である紫電に声を掛けると、紫電はその巨体を一度大きく揺すって吠えると、その反動で首筋から滑り落ちそうになっていたポンタが楽しそうに鳴いて紫電の首筋に貼りついていた。

　そんなポンタをチヨメが首筋を摑んで引っ張り上げると、自らの胸元に抱え込むようにする。

　ポンタは尻尾をもぞもぞと動かしながらも、そのまま黙ってされるがままだ。


　街灯も道すらも無い平原を真っ直ぐに北、ノーザン王国へと向かって進んで行く――。

　夜風に靡く草の葉が、押し寄せる百騎もの馬蹄に踏み抜かれて辺りに舞い散る。

　後ろを見やれば、地平を這うように延びる城砦ヒルの城壁はすっかり大地の影に染まって姿が分からなくなっていた。

　やがて向かう進行方向の右手から太陽の光が夜空の色を徐々に薄め、それまで駆け抜けていた黒々とした大地が緑の色に変わり始める。

　何度か馬の休憩を挟みながら、一行は何事も無くサルマ王国の真っただ中を駆け抜けて行く。

「案外順調ね」

　日が中天に差し掛かる昼頃、馬の休憩ついでに軽い保存食を齧る程度の昼食を済ませ、一行は代わり映えのしない景色の中を一路北へと駆ける。

そんな様子を後ろの鞍に跨るアリアンが目深に被(かぶ)った灰色の外套(がいとう)を風に靡かせながら、欠伸を噛み殺したような声で呟いた。

景色は代わり映えしないとは言っても、周囲はいつの間に平原ではなくなり、緩やかな傾斜が断続的に続く大地に皺を寄せたような丘陵地に変わっている。

——今はどの辺りを走っているのだろうか？

そんな暢気(のんき)な事を思いながら、紫電の鞍の上で空高くを飛んでいく鳥の影を仰ぎ見る。

そこへ先行する騎馬隊が何かを発見したのか、騒めいた空気が前方から伝わってきた。

「何だ？」

自分のその疑問に、後ろから覗き込むようにして前を睨んでいたアリアンが、前方の方角を指し示して声を上げた。

「見て！　あれ、例の不死者(アンデッド)の化け物よ！」

その彼女の声に反応して、前に座るチヨメの猫耳がピクリと動く。

「……さらに奥からもう一匹が接近中ですね。王女を狙った追手でしょうか？」

チヨメは体勢を前へと乗り出し、前方を睨むように目を細めた。

前後の女性陣が逸早く発見したその姿を自分も確認しようと目を凝らすと、丁度何処かの紋章を掲げた部隊が蜘蛛人と戦闘をしている最中の場面が目に入った。

「あれは……まさか隣国のサルマ王国の部隊か？」

どうやらこちらの一行は丘陵地の陰から抜け出した瞬間、開けた場所で戦闘を繰り広げていたサルマ王国軍の部隊と鉢合わせてしまったようだ。

見晴らしのいいこの場所では、恐らく向こうもこちらの存在に気付いているだろう。

しかし幸いな事に相手は例の蜘蛛人との戦闘で手一杯のようで、こちらの部隊に対して手が割ける状況ではないようだ。

それは先行するディモ伯爵騎馬隊も承知しているのか、進行方向がその戦闘地域をやや迂回する進路へと変わったのが分かった。

どうやらこのまま駆け抜けて行くらしい。

その判断は至極当然のもので、国境を侵犯しているこちらは彼らにとっては敵でしかないのだ。

しかし――、

「あのままでは、あの部隊は全滅かも知れぬな……」

既にサルマ王国のものと思しき部隊の半数に打撃を受けているようで、残りの半数で何とか一匹の止めを刺そうかという所だが、背後の丘をもう一匹の蜘蛛人が駆け下りて来ていた。

あれでは対処のしようがない。

そんな事を思っていると、前方のリィル王女を乗せたニーナの騎馬がその速度を落として此方の紫電に並走するように下がってきた。

「どうしたのだ、ニーナ殿!?」

鳴り響く馬蹄の音に負けないように声を張って目的を尋ねると、彼女は視線を自らの前に座るリィル王女に移してから口を開いた。

「アーク殿！　リィル姫様からの依頼です!!」

その彼女の言葉を継いで、目の前の小さな少女が目一杯の大声で此方に語り掛けてきた。

「アーク殿！　すまぬが、ブラニエ領軍の援護に回って向こうの一匹を討伐して欲しいのじゃ！」

その彼女の申し出に、自分の前後にいた二人は意外な顔をして小さな少女に目を向けた。

「リィル殿にとってはあれは敵ではないのか？」

「そうじゃ！　じゃが、今の状況であの者らを放置して通り過ぎるのはまずいのじゃ！」

此方の質問に対してリィル王女は肯定するが、それでもブラニエ領軍の救出を嘆願してきた。

「あんまり考えてる時間は無さそうよ！」

真意を測りかねている此方を余所に、後ろから割って入ってきたアリアンからの忠告に、自分はリィル王女に頷いて剣の柄に手を掛けた。

「了解である！　少し腹ごなしの相手になって貰おう！」

そう言って紫電の手綱を引くと、紫電は此方の意を汲み取り、進路を丘から滑るようにして下ってくる蜘蛛人へと変更する。

「ギュリィィィィン!!」

蜘蛛人と紫電の進路が重なり、速度を上げた紫電が咆哮を上げて真正面に突っ込んでいく。

自分はそんな紫電の鞍の上で荷物として括りつけていた剣を鞘から一気に抜き放ち、鐙を足場にして鞍の上で腰を持ち上げると、手綱を握ったままの状態で片手で大剣を構えた。

「チヨメ殿、少し頭を低くしてくれぬか!?」

その此方の要望にすぐ理解を示した彼女は、紫電の背中に張りつくようにして身を伏せた。

「【飛竜斬（ワイバーンスラッシュ）】!!」

振り被った剣閃（けんせん）が閃（ひらめ）き、その衝撃波が一直線に飛び、真正面から滑り下りて来る蜘蛛人の下半身部分の前足を綺麗（きれい）に斬り飛ばした。

『グギャァァアアァアァアアァアァゥゥウァァア!!!』

その前足を失った衝撃に体勢を大きく崩した蜘蛛人は、人型の上半身である二つの頭からまるで悲鳴のような咆哮を上げて斜面を転がり落ちてきた。

そこに紫電が狙いすましたかのように、自らの巨大な二本の角を相手に突き立てるような格好で蜘蛛人が装備している鎧、剣などが紫電との衝突で弾き飛ばされ、その速度の乗った巨体の追突六本もの脚で速度を上げると、そのまま蜘蛛人を撥（は）ね飛ばすように突っ込んだ。

蜘蛛人が装備している鎧、剣などが紫電との衝突で弾き飛ばされ、その速度の乗った巨体の追突をまともに喰（く）らった蜘蛛人は、躰（からだ）のあちこちの部位を周辺に撒（ま）き散らしながら地面を転がっていく。

辺りには骨が砕け、肉が磨（す）り潰されるような凄惨な音が響き、異形の化け物であった蜘蛛人は既に虫の息となって平原の中に横たわる。

そこにさらに追い打ちとばかりに、自分の前後に座る二人から容赦のない攻撃が浴びせられた。

『──岩を纏いし礫（つぶて）よ、敵を穿（うが）ち屠れ──』

アリアンの精霊魔法が発動し、幾つもの岩塊が空中に生み出されると、次々にその岩塊が蜘蛛人の下へと殺到する。

「きゅん！　きゅん！」

ポンタの周りに風が巻き起こって、生み出されたカミソリのような風の刃が蜘蛛人へと襲い掛かり、その表面にぺしぺしと薄く傷がつく。

『水遁、水槍尖!!』

印を結んだチヨメの手元に突如として現れた水の塊が、まるで槍のような形を模してその姿を形成すると、彼女はそれを力の限り振り被って、擦れ違いざまの蜘蛛人へと突き入れた。

それが止めとなったのか、蜘蛛人はまるで黒い泡を全身から吐き出すようにして、その大地に黒い染みをだけを残して形を失っていく。

「きゅん!」

紫電の頭の上で得意げに大きな綿毛の尻尾を振っているポンタを、チヨメが無言で頭を撫で繰り回している。

溶け崩れていく蜘蛛人の残骸を自分達は横目に見ながら、紫電に乗ったまま駆け抜けて行く。

大剣を振り、後ろの荷物として括りつけられた鞘に剣を戻し、紫電の手綱をとる。

ふと視線を移すと、丁度サルマ王国のブラニエ領軍の部隊も相手にしていた蜘蛛人に止めを刺したのか、黒い泡を吹き出しながら全身が溶けて消えゆく様を呆然と見送っていた。

そんな彼らを遠巻きにするように、紫電はその周囲を弧を描くようにして旋回し、再びリィル王女らが先行している一行の進路に戻る。

途中、ブラニエ領軍の指揮官らしき男と目が合ったが、あの様子では何が起こったのかをまだ理解していないようだった。

だがそれはこちらにとっても好都合だ。

彼らがこちらを追って来る態勢を立て直す前に出来るだけ距離を稼げるのだから。

しかし、あの部隊の被害ではすぐに追手を編制する事は難しいだろう。

生存者が負傷者を抱えて後方へと下がり、後方の指揮所が何処にあるかによって変わるが、すぐに追撃隊の編制を行っても一日、いや半日は確実に身動きが出来ない筈だ。

「これで、リィル王女に頼まれたお使いは完了であるな」

紫電の手綱をとって、後方に消えていくブラニエ領軍から視線を外して前方へと移す。

「奴らの目的はいったい何なのでしょうね？」

ポンタの髭を摘まみながら、チヨメはふと考え込むような表情をしてポンタの髭を引っ張る。

「きゅ～ん」

そんな彼女の行為に抗議するように、不満そうな声でポンタが鳴く。

彼女は恐らく無意識なのだろうから、しばしの間だけ我慢をしてくれと――心の中でポンタに語り掛け、先行しているリィル王女一行の下に追いつく為に紫電の速度を上げた。


紫電の六脚の速度を以てすれば、リィル王女らに追いつくのは容易だった。

方向感覚の怪しい自分に代わり、蜘蛛人との戦闘で一瞬姿を見失ったリィル王女らの追跡を紫電はその野生の鼻が利くのか、いとも簡単に後を追って合流する事に成功した。

まさか疾駆騎竜(ドリフトプス)に自動追跡運転が標準装備されているとは、この先ますます紫電を手放す事が出来なくなりそうだ。

そんな下らない事を考えていると、リィル王女を乗せたニーナの馬が再び此方へと寄せてくる。

「どうじゃった？　首尾よくブラニエ領軍の救出を遂行出来たのか？」

リィル王女のその第一声に、自分は頼まれていた事は成し遂げたと彼女に頷いて返した。

「先程の繰り返しになるが、あれで良かったのか？」

そう言って今一度、先程彼女が発した依頼の内容に言及すると、馬の手綱を握っていたニーナも同意するような視線を自らの小さな主に注いだ。

そんな此方とニーナの視線を受けて、リィル王女は難しい顔をして口を開いた。

「ブラニエ辺境伯は武勇にも優れた人物じゃが、同時に知恵者でもあると聞いた事があるのじゃ」

「ふむ？」

「あそこでわらわ達が不死者（アンデッド）と交戦中のブラニエ領軍と鉢合わせした時、あのまま彼らを見捨てて、もし彼らのうちの誰か一人でもあの場で生き残れば、その者からわらわ達の存在を語られ、不死者（アンデッド）との関係を疑われかねないと思ったのじゃ……。わらわ達、ノーザン王国の者が糸を引いたとな」

そう真剣な眼差（まなざ）しで語るリィル王女だったが、自分とニーナは互いに視線を合わせて首を捻（ひね）る。

「流石にそこまで邪推をしたりするものだろうか？」

彼女の言うように、ブラニエ辺境伯が本当に知恵者であるならば、たとえ彼らの誰かが生き残ってリィル王女の存在を告げたとしても、不死者（アンデッド）と共闘した訳でもないあの状況で、辺境伯が不死者（アンデッド）の差し金がノーザン王国であると判断するのはむしろ無知蒙昧（むちもうまい）な判断だ。

自分の言葉に同意を示したように頷くニーナだったが、リィル王女の頬が僅かに膨れたのを見て取って、彼女は慌てて首を横に振って弁明した。

「姫様、私は何も姫様のお考えを否定したい訳ではなく、ブラニエ辺境伯は私達から領土を奪った憎き仇(かたき)でございます。何も敵に情けを掛けなくとも……」

そこまで言ってニーナは、大きく首を振ったリィル王女の仕草に言葉を飲み込んだ。

「あの不死者(アンデッド)共は明らかに誰かの指示を受けて、目的を持って動いておるのじゃ……。統率者が誰かは知れぬが、この場合少なくとも隣国領のブラニエ辺境伯は候補から除外されるのじゃ」

その彼女の言葉に、自分やニーナを含めたその場の全員が少なからず驚かされた。

アリアンやチヨメも感心したようにその小さな少女に視線を向けている。

「成程、確かにあの偶然の場——ブラニエ辺境伯の領軍が襲われていた時点で、不死者(アンデッド)はその者の指揮下にあるとは言えぬか」

「それにじゃ、辺境伯が首魁(しゅかい)でないなら、報告を受けた伯はあの不死者(アンデッド)の対処に必ず乗り出す筈じゃ。わらわとしては彼の者が大元の存在に辿(たど)り着いてくれれば言う事はないんじゃが」

そう言って言葉を切るリィル王女に、自分の手前で話に耳を立てていたチヨメが、その透き通った蒼(あお)い瞳を意味ありげな視線に変えて此方へと向けた。

その彼女の視線の意味を何となく理解して、自分は首を左右に振った。

不死者(アンデッド)がヒルク教国の手駒であると自分達はサスケの最後の言葉から推察してはいるが、まだこれといって確たる証拠はないのが現状だ。

ヒルク教は人族の社会の中で、さらに言えばお膝元であるヒルク教国の隣国であるこの地ではかなりの権威を持っている事が容易に想像出来る。

そんな彼らへの疑惑など、異種族である自分やアリアン、ましてやチヨメのような獣人種族の言葉によって此方の単なる推察だけで指摘するのは危うい。

リィル王女ならば一定以上の芯のある内容であれば話自体は聞いてはくれるだろうが、その周囲の者が異種族から齎（もたら）された、それも教国を中傷するような話を聞けばどういった行動に出るか。

宗教というのは何処に狂信者が紛れ込んでいるか分からない事が厄介だ。

そう考えるとこの地で迂闊（うかつ）に異種族である事を明かしたのは少し軽率だっただろうか。

しかし、今更そんな事を考えても何の意味もない。

現状、近衛兵らや騎馬隊の兵らからは特に何か明確な敵意を向けられてはいないが、それは此方が全員化け物相手に完封するような実力を持っている為、とも考えられる。

このままではリィル王女に提示した条件が履行される可能性がますます低くなっていくように感じるのは果たして気のせいなのだろうか。

——今出来る事をするだけ、か。

そんな事を思考しながら、前を見据える。

この先に待ち受けるのは十万からなる不死者（アンデッド）の大軍と、それに必死に抗（あらが）っているだろう王都の民衆、果たして彼らは窮地を救った者が異種族であった場合、どういった反応を示すだろうか？

「……采の目は振ってみるまでは分からぬか」

「なんじゃ？」

一人呟く言葉に、リィル王女が怪訝な様子で此方を見上げてくるそれに、何でもないという風に頭(かぶり)を振って応えた。

やがて何度かの休憩を挟んでひたすら北へと進む一行の頭上には、既に日が傾いて茜色(あかねいろ)に染まりつつある空が覆いかぶさるようにして広がっていく。

そうして一行の進む先の景色にようやく変化が起こった。

目の前に広がるのは広大な森だ。

カナダ大森林のような大樹のひしめき合う太古の森——という訳ではなく、極々普通の森林が目の前に広がっている。

今まで目にしていたのはなだらかな丘陵地に、草葉が靡く平原ばかりで、所々に集落を中心とした耕作地が大半だったのが、ここにきて最近はすっかり見慣れた森の姿に何故かホッとする。

これは自分の本来の姿がエルフ族を模した事に起因しているのか、それとも単に最近森で暮らすようになって森に郷愁を感じるようになったのだろうか。

先行する騎馬隊は森を避けるでもなく、まっすぐに森の中へと入って行く。

「森を抜けるのかしら？」

そんな彼らの行動を後ろから覗き込んでいたアリアンが首を傾げる。

やがて一行は森に少し入った所で馬から降りて、馬を近くの木に繋ぎ止めてから野営の準備に入り出した。

どうやら今日はこの森で一夜を過ごすようだ。

この森はイルドバの森と呼ばれ、現在のノーザン王国とサルマ王国のブラニエ領の境界線に跨って広がる森らしく、そこそこの広さがあるらしい。

明日はこの森の外周を沿うように走れば、すぐにノーザン王国へと入れるそうだ。

護衛騎士のザハルからそんな話を聞きながら、自分も紫電から降りてアリアンやチヨメ達と一緒に野営の準備を始める。

野営と言っても、極力ブラニエ領の巡回兵などに見咎められないように隠れる為、煮炊きは出来ないし、基本は荷物として持ち込んだ大きな帆布を屋根代わりに交代で仮眠をとる程度だ。

皆黙々と持って来た数少ない荷物の中から、乾燥した豆や保存食を出して齧り、横になった。

翌日、まだ夜の森と変わらぬイルドバの森を抜けて、騎馬隊は黒々とした影のような森の外周を縫うように走って行く。

そんな彼らの後続にリィル王女とその近衛兵らが続き、今日も最後尾からそれを追い掛ける。

リィル王女が王都を発ってから今日で実に六日目だそうだ。

ディモ伯爵の騎馬隊連中や自らの近衛兵らに労いの言葉を掛けて回っていた少女だが、その横顔には時折焦燥の色が浮かび上がっていた。

無理もない――。

まだ十一程の歳（とし）にしかならない少女にとって、現在進行形で故国が失われるかどうかの瀬戸際を見せられているのだ。

しかも彼女の父はその国の王だ。

彼女が必死で父を救おうとする姿を見ていれば、その人となりは分からなくても恐らく、窮地にある民衆を捨てて逃げ延びるというような方法をとるような人物ではないと思える。

ならば国が無くなるというのは、彼女の前から父が居なくなるという事と同義なのだ。


紫電の手綱を握りながら、その先にあるという王都ソウリアを幻視する。

この世界の街や城は魔獣の侵入に備えて、何処も堅固な防御壁を築いている事が当たり前だ。

たとえ十万を超える不死者（アンデッド）の大軍であろうと、それを突破するのは容易ではない。

そうなればやはり一番の問題は食糧などの備蓄だ。

王都の獣人種族の奴隷らの扱いがどんなものか知らないが、食事の供給が絶たれた場合どれぐらいの期間持ち堪えられるだろうか。

リィル王女を連れて転移魔法で飛んでいけばある程度進行速度は上げられるかも知れないが、早朝や夜半に差し掛かると暗闇が邪魔で転移魔法で飛べる距離が極端に短くなる問題がある。

今のリィル王女がのんびり日が昇るのを待って出発するなど出来はしないだろうし、そもそも人族の前で転移魔法を使うという事に抵抗があるのも事実だ。

前後に騎乗するアリアンとチヨメに視線を向けながら、彼女達の前では特に抵抗なく転移魔法を使っていた事実に首を捻る。

本来の種族からくる同種族への親近感——そのようなものが存在するのだろうか。

そんな事に考えを巡らせながら、やがて日の高さはじりじりとその高度を上げていく。

中天に差し掛かった頃だろうか、騎馬隊はそれまでのような道の無い草地ではなく、明らかに人の手によって作り出された道の上を走り始めた。

やがて土煙を上げる騎馬隊の進行方向に中規模の街が見えると、騎馬隊の一人がノーザン王国旗と伯爵旗を掲げて一路その街を目指して一行の速度が上がる。

この少人数で街を攻める訳ではないだろうから、既にここはノーザン王国へと入っていたようだ。

街門の方角からラッパのような音が響き、騎馬隊はそのまま街門近くの牧草地の広がる厩舎(きゅうしゃ)の方へと誘導されていく。

最後尾を走る疾駆騎竜(ドリフトプス)の威容が街を出入りする人々の興味を引くようで、それに配慮してか紫電に並走するように二騎の近衛兵らが両脇に付いて、自分達も厩舎の方へと入る。

するとそこでは馬から降りた騎馬兵や近衛兵らが、馬に積んであった最小限の荷物を下ろして慌ただしい様子を見せていた。

「ここで馬を交換する！　各自出発前までに新しい馬の調子を見ておけ！」

慌ただしい中で一人、中心に立って指揮しているのは護衛騎士のザハルだ。

どうやらこの街で馬を交換していくらしい。

乗ってきた馬はかなり走りづめで、いくらこちらの馬が体力に優れているからと言ってよくここまで持ったものだと感心する程だ。

「アーク殿、そちらの〝馬〟はまだいけるか？　何なら馬の都合をつけるが？」

そんな中でザハルは此方の姿を認めると、歩み寄って来て紫電を一瞥してから声を掛けてきた。

紫電の首筋を撫でてやると、「ギュリィイィン」と小さく吠えて前脚で地面を掻く。

どうやらまだまだいけるという主張らしい。

「大丈夫だそうだ」

「そうか、こちらの準備が整い次第出発する」

此方の答えを聞いて満足したのか、ザハルはそう言って踵を返すと他の者達の様子を見に行った。

騎馬隊の兵士らが、乗って来た馬から馬具などを外して新たな馬へと付け替える作業を、厩舎の隅で見学する事約三十分。

準備が整ったところで慌ただしく街を離れる事になった。

しかし出発してから気付いたのだが、騎馬隊の数が若干増えており、見慣れない紋章旗を掲げている騎馬隊があった。

聞くところによると、どうやら先程の街の領主の騎馬隊らしい。増えた数は然程多くはないが、疲労の無い騎馬隊の編入に全体の士気が上がったように感じられた。

そうして日が暮れる頃まで一行はひたすらに北を目指して馬を駆けさせて行く。

その日は途中の小さな街の傍で野営する事になったが、流石に自国の領地だけあって、その街の領主であろう人物から煮炊きされた温かい食事が配給された。

いよいよ明日は王都ソウリアへと入れる距離まで来たとニーナが言っていた。

ディモ伯爵の騎馬隊の兵士らは直に目的地だという事でその表情は明るいが、対してリィル王女付きの近衛兵らの顔はあまり芳しくない。

護衛騎士のニーナに付き添われて温かいスープの器を渡されているリィル王女も何処か浮かない顔して心ここに在らずといった表情をしている。

そんな彼らの姿から視線を足元に移すと、ポンタが綿毛の尻尾を大いに振って、柔らかく煮込まれた野菜の盛られた皿に顔を突っ込んでもりもりと口を動かして喜んでいた。

「きゅん☆　きゅん☆」

「お前はいつもマイペースだな……」

すっかり皿を綺麗に舐めとった後に、食後の毛繕いを始めているポンタの顎下を撫でてやる。

満腹になってご機嫌なのか、ポンタは目を細めて大きな欠伸を漏らす。

「王都が陥落してなければいいですが……」

そんなポンタの様子をじっと眺めていたチヨメが小さく呟く声に、アリアンの耳が微かに揺れる。

こればっかりはまさに神のみぞ知る――だ。


翌日、まだ夜が明けきらない早朝。

また少し数を増やした騎馬隊を先頭に、街道沿いの朝露で湿った草葉を蹴散らしながら一行はさらに北へと向かっていく。

騎馬隊の数は既に百五十騎ほどだ。

それだけの数が揃えば、馬蹄が踏み鳴らす地鳴りも大きくなる。

街道には擦れ違う旅人も行商人の影すら見えず、ただ馬が響かせる音以外はいたって静かな世界がそこには広がっていた。

それを妙に感じたのか、アリアンが後ろから身を乗り出し、灰色の外套の奥から尖った耳を外へと露出させると何やら集中するように瞳を閉じた。

「何か聞こえるのか、アリアン殿？」

「しっ！」

そんな彼女の様子を不思議に思って肩越しに尋ねると、アリアンは人差し指で此方の口を閉じるようにする仕草で注意を促してきた。

街道の周囲は見晴らしのいい雑木林になっており、特筆すべきものは何も見つからない。

「……何かいる！」

しかし、一瞬の間を置いてアリアンが目を見開いて口を開いた瞬間、先頭の騎馬隊近くの落ち葉の下や灌木(かんぼく)の茂みの中から、得体の知れない物が飛び出してきていた。

「うあぁあぁぁあぁぁあ!!」

「な、何だコイツらは!!!」

騎馬隊の何騎かが悲鳴を上げて、その飛び出してきた存在に襲い掛かられて転倒すると、その後続を走っていた騎馬も次々と転倒していく。

それを待っていたかのように、さらに雑木林の死角となる陰からそれらが姿を現した。

形態で言えば人の形をしていると言えるが、その異様な形状は決して〝人〟とは呼べない得体の知れない何かだ。

全身がくすんだ灰色の肌、奇形なのか関節の数が多い手が三本であったり、一本であったり、個体によって様々だ。

そして特筆すべき形状は首から上の造形だろう。

まるで首から臓物が飛び出したような、それでいて意思を持って脈動するそれは何と言い表せばよいのか、長く伸びたそれはミミズのようにも見えるが、首のように太い動く腸のようにも見える。

そしてその先はまるでイソギンチャクのような艶めかしい口が開いており、転倒して馬の下敷きになった兵士や、骨を折って動けなくなった馬に圧し掛かるようにして、喰らい付き始めた。

「ぎゃぁぁああぁああああぁああぁぁぁ!!!」

兵士の断末魔の叫びと共に、右半身を齧り取られた兵士の軀が雑木林の中に転がる。

転倒を避けて街道からはみ出して雑木林に足を踏み入れた騎馬隊の一部は、突如藪の中から現れたその蚯蚓人間に馬の横腹を食い破られて林の中に放り出された。

「くそっ！　なんだアレは!?」

護衛騎士のザハルはその光景に思わず顔を顰めて、吐き捨てるように声を荒らげた。

先頭の騎馬隊が襲い掛かられた事によって、後方を走っていたリィル王女らの近衛隊は難を逃れたようだが、彼らは一様に目の前で起こっている光景に馬の脚を止めて絶句していた。

騎馬隊を率いていた隊長らしき男が必死に態勢を立て直そうとして声を張っているが、辺りに次々と現れる蚯蚓（ミミズ）人間に対処するだけで精一杯になっている。

「アリアン殿、あれが何か知っておるか？」

自分はその光景について背後のアリアンに問い掛けたが、彼女は静かに首を横に振った。

「見た事もないわ……でも、あれは不死者（アンデッド）よ」

「嫌な死臭がこちらにまで漂ってきますね……」

アリアンが形のいい眉を顰め、まるでゾンビのように湧いて現れたそれを不快げに睨む。

その彼女に同調するようにチヨメも自らの鼻を摘まんで顔を顰めている。

どうやらまた新たな不死者（アンデッド）が現れたらしい。

これらの不死者（アンデッド）もあの蜘蛛人と同じ出処（でどころ）だとすると、王都に向かおうとする者を排除する為に配置されていたのかも知れない。

そんな事を考えている内に事態はどんどんと進行していく。

「皆、友軍を助けるぞ!!　化け物の射程は長い、槍を構えよ!!」

そんな混乱の中でザハルが声を上げて、背後の近衛兵らに指示を飛ばすと、それぞれ持っていた荷物の中から二本の棒を取り出して繋げて、先に刃物を取り付け始めた。

どうやら組み立て式の槍のようだ。

ものの一分も掛からず槍を組み立て終えた近衛隊に、ザハルは突撃の合図を送る。

それを合図に近衛隊が気合いの声とともに槍を前に押し出して突っ込んでいく。

自分も何かしようと紫電の手綱を取ったが、ザハルはそれを見て此方に向かって「リィル王女様を頼む、アーク殿！」と、それだけを言うと自らも槍を構えて目の前の阿鼻叫喚の地獄絵図の中へと駆けこんで行った。

ニーナの馬に同乗しているリィル王女の様子を見ようと紫電を進ませると、彼女は目の前で起こっている光景に青褪めた顔して震えていた。

それは仕方のない事だ。

目の前で起こっているのは完全にリアルなホラーだ。

蚯蚓人間の先端がにちゃりと口を広げ、人の肉に喰らい付く様を目の当たりにすると、背筋がぶるりと冷えるような気分がしてくる。

「アリアン殿、チヨメ殿」

そんなリィル王女を見て自分が二人の名を呼ぶと、彼女達は何を言うでもなく紫電から飛び降りて自らの武器を抜き放った。

「王都周辺の敵はアークが担当してよね」

そう言ってアリアンは軽口を叩くと、獅子の意匠が施された細身の剣を構える。

『――業炎よ、全てを飲み込み、全てを焼き屠れ――』

静かに響く、そして歌うようにも聞こえる彼女の言の葉に、火の精霊が力を貸して彼女の銀色に輝く剣身がまるで炎が噴き上がるように燃え上がった。

それと同時にアリアンが一足飛びに加速する。

灰色の外套のフードが後ろへと外れ、まるで糸を引くように彼女の髪が一筋の軌跡となって一番手前にいた蚯蚓人間に襲い掛かった。

剣身に纏わりついた炎がまるで意思を持ったかのようにのたうち、走る剣閃を追い掛けるように炎の蛇が蚯蚓人間の身体を容赦なく飲み込んでいく。

『水遁、水手裏剣!!』

チヨメが印を結び発動させた術は、彼女の周囲に幾つもの水塊を出現させ、それを回転する手裏剣の形へと変質させて打ち出す術だった。

空を切り裂く鈍い音を響かせて、チヨメはアリアンの剣の間合いの外にいる蚯蚓人間に向かって次々とそれを射出していく。

それはまるで高密度の水圧レーザーの如く標的を貫通し、さらに奥の敵へと突き刺さる。

「きゅん！」

そんな彼女らの奮戦に興奮したのか、やる気を漲らせて大きな綿毛の尻尾をさらに大きく膨らませたポンタが自らの周囲に風を生み出し、それを被膜で受けて浮き上がろうとしたが——。

「今回は危ないから駄目だ」

そう言って自分はポンタの首根っこを摑まえて大人しくするように注意する。

今回の相手は首から上の蚯蚓部分が意外に素早い動きをするので、空中に浮かんだポンタなどあっという間に丸呑みにされてしまう。

「きゅ～ん……」

後ろ足をぶらぶらとさせながら此方を恨めしそうに見上げてくるポンタを無視して、傍に寄って来た蚯蚓(ミミズ)人間を無造作に発動させた【審判の剣(ジャッジメント)】で貫く。

蚯蚓(ミミズ)人間の足元に展開した魔法陣から聳立(しょうりつ)した光の剣は、動きの鈍い胴体部をあっさりと貫いて蚯蚓(ミミズ)人間の活動を止めた。

蚯蚓(ミミズ)人間もまた蜘蛛人と同様に、活動を停止した肉体は腐臭を発しながらその場で形が崩れるようにして溶けていく。

首から上のイソギンチャクミミズは動きが素早いが、胴体の方は然程でもないようだ。

間合いの外から攻撃出来ればそれ程の脅威ではない。

現に近衛兵らは間合いの外から槍で胴体を刺し貫き、地面に縫い付けられたそれらを他の兵士らが剣で止めを刺すという連携で、先程までの劣勢を覆していた。

勿論(もちろん)、彼らが態勢を立て直せたのはアリアンとチヨメの強力な援護があってこそだが。

そんな戦闘の様子を紫電に乗って観察していると、背後から忍び寄っていた蚯蚓(ミミズ)人間が紫電に齧り付いた——しかし、頑強な鱗の鎧に守られた疾駆騎竜(ドリフトプス)には歯が立たなかったのか、吸盤で吸い付いたヒルのように身体をジタバタとさせるだけだ。

それを紫電は鬱陶しそうに自らの尻尾を振って、張り付いていた蚯蚓(ミミズ)人間を弾き飛ばした。

まるで巨人の鞭のようにしなる尻尾が、蚯蚓(ミミズ)人間を容赦なく叩き潰す。

「うっ、強烈だな……」

辺りに盛大に飛び散る肉片と、原形を止めない程に形を変えた肉塊がその場に転がる。

そんな紫電を隣で見ていたニーナとリィル王女が目を丸くしていた。

疾駆騎竜(ドリフトプス)は完全に生体装甲車のような存在だな。

虎人族の戦士達を恐れて長大な壁を築いていたタジエントの人族らの気持ちが分かろうものだ。

そんな感慨に耽(ふけ)りながらも、しばらく後には辺り一帯から這い出してきていた蚯蚓(ミミズ)人間の掃討が終わったようだった。

「数ばっかりで気持ちの悪い見た目以外は特筆すべきものはないわね……」

アリアンは剣身に纏わりついていた炎蛇を振り払うと、周囲を見回して肩を竦めた。

「体表が人のそれと同じで、柔らかかったですね。これならタジエントで相手をした不死者(アンデッド)兵士の方が鎧を着ていた分だけ面倒でした」

そう言ってチヨメもアリアンの言に同意を示しながら、ずれた帽子を被り直す。

そんな彼女らの姿を騎馬隊の面々らは驚愕(きょうがく)の目で見ていた。

「さて、我は怪我人の治療にでもあたるとするか」

リィル王女の周囲の危険が無くなったと確認してから、自分は先程の襲撃で怪我を負った兵士らの治療に乗り出した。

売れる恩は売っておくべきだ。

そんな打算に彩られた治療行為でも、重症の傷がみるみるうちに回復していく様子を見せられれば皆驚きと感謝の念を向けてきてくれる。

一応今回の遠征の野営時に兜（かぶと）を脱いで、龍冠樹（ロードクラウン）の霊泉を飲んだ状態であるダークエルフの顔を表に晒しているので、此方がエルフ種族である事は認識されている筈だ。

異種族に助けられた命と、ヒルク教国の教義——彼らはどちらを選ぶだろうか？

——ふふふ、我ながらなかなかの策士だな。

自画自賛しながらも視線を周囲の雑木林に向けると、そこには先程まで兵士として王都を目指していた者達の亡骸（なきがら）が転がっていた。

彼らは自分の持つ治癒魔法では対処出来なかった者達だ。

腕を喰われたような兵士ならば、腕の再生は無理でも治癒魔法の効力で出血を止めて、喰い千切られた断面を皮膚で覆うように再生させる事は出来る。

腕は失うが、死ぬよりかはマシだろう。

しかし、中には治療不可能な者達もいる。

蚯蚓（ミミズ）人間に身体の半分を喰われた者や、頭を喰われた者など、肉体の欠損部分が大きい場合は自分の持つ蘇生魔法で以てしても復活させるのは不可能。

そして流石にこんな人前で蘇生魔法を披露するのは避けた方がいいというのは自明だ……。

今回の襲撃で死者は十名弱、負傷者は十数名といったところか。

「すまぬのじゃ、アーク殿。……もしや、あの得体の知れない化け物共も王都を襲った不死者（アンデッド）の仲間なのじゃろうか？」

ようやく落ち着きを取り戻したのか、兵士らの治療から戻った自分に対してリィル王女から労いの言葉を掛けられた。

しかし、後の口から呟くように漏れた言葉は自問のようだ。

そして彼女が口にした懸念はどうやら当たりだろう。

「アーク殿、これを」

少し離れた藪の中から出て来たチヨメが、その手に持っていた物を此方に示す。

それは血の付いた背負子(しょいこ)だ。

背負子にはぎっしりと薪(まき)となるような枝木が括りつけられていたが、背負う為の肩紐(かたひも)が半ばで喰い千切られていた。

恐らくこの雑木林に枝木を取りに来た者の荷物だろう。

「王都へと近づく者はここで伏せていた連中に悉(ことごと)く喰われていたようだな……」

チヨメが見つけてきたような物が、他の兵士らの探索によっても見つかった。

「……早う、急ぐのじゃ！」

それを見たリィル王女は、さっと顔色を変えて背後で手綱を握るニーナを振り返った。

彼女はそれに黙って頷くと、傍らのザハルへと視線を向ける。

ザハルはそれに応じるように頷き返して、散らばっていた者達へと指示を下した。

「負傷して戦えない者はここまでだ！　騎馬隊から五、六名を選出して彼らを今朝の街にまで送り届けろ！　他の者は装備を整え次第、出発する！」

「ハッ!!」

皆それぞれ与えられた役目を全うしようと動き始め、負傷者とその付き添いの者らを置いて、一行はさらに王都へと、急ぎ駆け始めた。

先行する騎馬隊からは余裕の笑みが消え、周囲の流れる風景にも注意を向けている。

馬蹄が辺りに響き、先を急ぐ騎馬隊には無言の緊張感が漂っていた。

やがて雑木林を抜けて、街道は緩やかな上りとなると騎馬隊の速度が下がった。

見通しの利かない坂の頂上付近を警戒しての事だろうか、やがて先頭の騎馬隊が頂上付近に差し掛かると、その騎馬の脚が急激に速度を落とした。

それに倣うように後続の騎馬達も頂上付近まで来て、その速度を大幅に緩める。

兵士らの反応に、リィル王女がはっと何かに気付いたように顔を上げた。

「ニーナ！　わらわ達も急ぐのじゃ！　あの坂の上からなら王都が見える筈じゃ！」

兵士らの顔に浮かぶ表情、それに胸騒ぎを覚えたリィル王女が自らの護衛騎士であるニーナを振り返って先を急かした。

その彼女の言葉に従って、ザハルを先頭に近衛隊が頂上で足を止めた騎馬隊を押しのけて坂を越えると、その誰もが同じように息を呑んで前方に広がる景色に目を釘付けにされていた。

「紫電」

そんな彼らの様子に誘われて、リィル王女を追い掛けるように紫電を坂の上へと導く。

「……なんと」

そうして彼らと同じ風景を目の当たりにして、自分から漏れた声はそんな言葉だった。


緩やかに下る街道、その先へと続く道の先には遠目に大きな街の姿が目に入る。

そして同時に、その街の周囲に群がるようにして蠢（うごめ）く無数のそれも目に飛び込んできた。

それはまるで大きな餌に群がる蟻（あり）の姿のようだ。

ここからではそれが無数の豆粒の蠢動（しゅんどう）にも映るが、その一粒一粒が鎧に身を固めた不死者（アンデッド）兵士であると考えると、こちらの今や百五十名弱の勢力など誤差のような数だ。

大地の上を蠢くそれら不死者（アンデッド）兵士らの鎧が、既に天高く上った日の光を受けてチラチラと輝き、王都ソウリアの壁の外周を覆いつくしている。

時折、王都の街壁上に人の動きのようなものが見えるのは、まだ彼らがそんな無数とも思える不死者（アンデッド）に抗い、奮戦しているという事なのだろう。

「……本当に、これだけの数を兄様達の率いて来る援軍だけ倒せるのじゃろうか」

リィル王女がその光景に目を釘付けにされながら、小さく擦（かす）れた声を漏らす。

「姫様、あれらは数だけの烏合（うごう）の衆と同様です。攻城兵器も持たない数だけの不死者（アンデッド）などに我らが王国兵が後れをとる事はありません」

王女を後ろから支えるようにして力強く言い放つニーナに、彼女も力を込めて頷き返した。

「そうじゃ、何としてでも！——兄様達が援軍を率いてお戻りになるまで、わらわ達は王都が陥落せぬように出来る事をせねばならんのじゃ！」

力強く宣言するリィル王女の言葉に、周囲で呆然と王都の様子を見ていた騎馬隊の兵士らが振り返り、動揺したように揺れていた瞳に意思が戻った。

それを見てリィル王女は満足そうに頷くと、傍らに控えていたザハルに目をやった。

「ザハル！　わらわ達はこれからどうすれば良いのじゃ？」

王女の問いに、ザハルは馬上で一礼してからしばしの沈黙を保つ。

「……先程の奇怪な化け物、あれも今回の敵の駒であるなら、ここと同様に主要な街道付近に敵を伏せさせている可能性があります。援軍の出鼻を挫かれぬ為にも探索と排除は急務かと」

そのザハルの進言に、リィル王女は大きく頷いた。

「では先行の騎馬隊は、王都へと入る主要街道沿いの敵を掃討するのじゃ！　近衛隊から幾人か案内役を付ける故、王都を迂回して街道を廻って貰うのじゃ」

そう言うと、ザハルが二人の近衛兵を指名して最初に向かう街道を選出するべく、騎馬隊を率いる隊長らを交えて王都周辺の地図を広げる。

部隊に覇気が戻り、戦闘前の高揚が此方にも伝わってくるようだ。

しかしそんな時、紫電に乗って王都を見つめていたチヨメが、帽子の下の耳を動かしたのか、僅かに帽子が浮いたと思った瞬間、緊張したような声が漏れ出した。

「っ!?　空気が変わりました」

その彼女の言葉の意味を測りかねて、思わず何がと尋ねようとして、王都の方面から悲鳴ともとれるような喧騒が響いて、遠くに位置するここまで伝わってきた。

それに周囲の兵らも気付いて皆の視線が一様に王都へと向かう。

そこでは先程まで固く閉ざされていた街門の一部に大穴が開いており、そこに無数の不死者（アンデッド）の軍勢が群がっているところだった。

「南門が突破されたぞっ!!?」

誰かの悲鳴のような声に、全員に緊張と焦燥が走る。

「不味（まず）いな……」

小さく呟くザハルの声がいやによく通り、リィル王女の小さな肩を震わせた。

「そんな……まだ兄様達が来るまで、どれだけ……」

声が嗄（か）れ、その灰色の瞳が大きく見開かれる。そんなリィル王女を落ちつかせようと、背後のニーナが彼女の肩を抱きとめた。

「これは至急何か手を打たなければ、タジエントの惨状を上回りますね」

蒼い瞳を細めたチヨメが、冷静な声で呟く。

城門に穿たれた大穴は、周囲に群がる不死者（アンデッド）の軍団を飲み込むには小さ過ぎるようで、未だに多くの不死者（アンデッド）兵士らが殺到して他の不死者（アンデッド）兵士らに進路を妨害されて弾き出されている。

だがそれも時間の問題だ。

さらには王都の他の場所に散らばっていた不死者（アンデッド）達も、まるで誘蛾灯（ゆうがとう）に誘われるが如く、大穴の開いた街門へと引き寄せられていく。

王都の構造を把握していない自分では先の展開が読めないが、街中にあれらの侵攻を食い止める構造があるならばまだ問題はないが、それが無ければ王城に立て籠もるか、備蓄などの事を考慮するならば追撃戦を覚悟で突破された反対側から王都の脱出が次の手だろうか。

そんな事を考えていると、動揺したような兵らを落ち着かせようとザハルが声を張った。

「狼狽えるな、まだ第二街壁が越えられたに過ぎん！　第一街壁が健在な内は王都は落ちん！」

どうやら王都にはまだ内側に街壁が存在するようだ。

これならばもう少しは持ち堪える事が出来るだろう。

兵士らを安心させるように語るザハルだったが、王都に向けられる彼の目にはそれ程余裕があるようには見えない。

「ふむ、ここらで一肌脱ぐとするかな」

「きゅん？」

此方の呟きに反応して、ポンタが振り返って小首を傾げる。

「本気でやる気なの？」

そんな此方を肩越しから問い掛けてくるアリアンに向き直って、頷き返した。

「ここまで来て、このまま王都が陥落していくのを黙って見ていては何も得られんからな。多少派手にはなるが、まぁ何とかなるであろう」

「ギュリイイィィン」

そう言うと紫電は大きく武者震いするように、その巨体を揺らして吠えた。

その頑強な威容とは裏腹に、高い音で吠える紫電の声に皆の注目が此方に集まる。

「アリアン殿、チヨメ殿はここでリィル王女の事を頼む、我は少し先行して王都を目指す。何、アリアン殿らの手を煩わせる程のものでもなかろう、先に行って少々露払いをしてこよう」

此方のそんな言葉に、アリアンは無言で紫電から飛び降り、チヨメもそれに倣う。

「アーク殿、其方一人であれに突っ込み気なのか!?」

そんな此方の様子に呆気(あっけ)にとられていたリィル王女が、慌てて声を掛けてきた。

自分はそんな彼女の問いの意味を理解しつつ、わざと別の答えを口にした。

「心配召されるな、リィル殿。其方にいるアリアン殿やチヨメ殿は我よりも手練れ、リィル殿の護衛に支障はないと断言しますぞ」

そう言って返す自分に、アリアンは軽い溜め息を吐いて肩を竦めた。

チヨメは黙って此方を見上げると、小さく頷く。その彼女に紫電の頭の上に張り付いていたポンタの首根っこを持って、渡す。

「きゅん?」

そんな此方の意図を摑めず、ポンタが此方に目を向けて小首を傾げる。

「今回は少し派手に動くのでな、チヨメ殿の所で留守番をしていてくれ」

「きゅん！」

此方の事情説明を理解してか、ポンタは行儀良く鳴いてそのままチヨメの腕の中に収まる。

それを後ろから見ていたアリアンが何やら複雑そうな視線で見て、此方に抗議の目を向けてきた。

――そこはポンタとチヨメに相談して貰いたい。

「では、ちと行って来る！」

そう言って紫電の手綱を引いて、進路を王都ソウリア――その街門に群がる不死者（アンデッド）の群れへと向けて走り出した。

「ギュリィィィイイイィィィィン!!」

紫電が勇ましい咆哮を上げて、力強い六脚の足が大地を踏み鳴らし、その速度をぐんぐんと上げて一直線に王都へと疾駆していく。

風を押しのけるようなゴォゴォという音が耳に鳴り、背中で『夜天の外套』が風に煽（あお）られてはためく音が風の音に混じる。

紫電の速度は驚く程速く、みるみる内に視界一杯に王都の壮観な景色が広がってきた。

自分は手綱を放し、後ろの荷物から自らの武具、『聖雷の剣（カラドボルグ）』を抜き、『テウタテスの天盾』を構えた。

紫電の鞍の上に跨り、鐙（あぶみ）に乗せた足でしっかりと挟み、正面を見据える。

すぐ目の前には地鳴りを響かせて駆る紫電の存在に気付き、此方を振り返る幾万もの不死者（アンデッド）の群れが迫ってきていた。

「フハハハハハハハハハハハハハハハァァ!!!」

戦闘前の気分の高揚だろうか、何やら意味の分からない笑いが口から漏れ出し、風に溶けて後ろへ後ろへと流されていく。

次の瞬間——紫電が固まっていた不死者（アンデッド）兵士らの一団に頭から突撃し、その悉くを頑強な二本の角で弾き飛ばし、その巨軀からなる体重と六脚もの足で全てを蹂躙していく。

不死者（アンデッド）兵士らとの衝突の度に、鈍い金属音を響かせて次々と撥ね飛ばしているが、さすがに相手の物量が多すぎる。

よく見れば大量の不死者（アンデッド）兵士らの中に交じって、あの蜘蛛人の姿も確認出来た。

自分も鞍の上から周辺に向かって剣を振り抜いて、不死者（アンデッド）兵士らを砕いてはいるが、その終わりが全く見えない。

そろそろ紫電の足が相手の物量の壁に阻まれて止まりそうだと思い、紫電の背中を叩く。

「転進だ、紫電！」

その言葉に紫電が一嘶（な）きして、真っ直ぐに街門へと向かっていた進路をゆっくり弧を描くようにして街壁から離れていく。

さて、そろそろ頃合いか——。

街門へと殺到していた後方半数程、不死者（アンデッド）兵士らの注意が突如として現れた此方に向いたのか、追い掛けて来る様子を見せた。

「紫電、先にアリアン殿らの所に戻っておれ！」

一度背中を大きく叩き、自分は紫電の背を蹴って地面へと降り立った。

「ギュリイイィィイン!!」

紫電はそんな此方を一瞥すると、そのまま地響きを響かせて走り去って行く。

「ふむ、では我もそろそろ本気を出すとするかな……ククク」

走る生体装甲車である紫電から降りた所に、絶好の機会だとばかりに周囲の不死者（アンデッド）兵士らが武器を振り上げて押し寄せて来る。

そんな圧倒的な光景を目の当たりにしながらも、妙な笑いが兜の奥から漏れていた。

『聖雷の剣（カラドボルグ）』を構え、そんな押し寄せる亡者の群れに向かって戦技スキルを発動させる。

「【飛竜斬（ワイバーンスラッシュ）】！」

一薙（な）ぎで振り抜かれる剣閃が衝撃波を伴って前方に撃ち出される。

それが前方に群がり押し寄せてきていた不死者（アンデッド）兵士らに衝突し、悉くを蹴散らしていく。

だが、その後ろからは無数の不死者（アンデッド）兵士らが湧いて出てきて、砕け散った仲間である不死者（アンデッド）を踏み荒らしながら迫って来る。

「【飛竜斬（ワイバーンスラッシュ）】!!」

そんな不死者（アンデッド）らを再び吹き飛ばすように、切り返した剣を振り抜く。

衝撃波を纏った剣閃が再び不死者（アンデッド）兵士らに襲い掛かり、それに追従させるように駄目押しのもう一撃を放つ。

「【飛竜斬（ワイバーンスラッシュ）】ウゥゥ!!!」

前方一帯を巻き込んだ衝撃波の衝突で、周囲の不死者（アンデッド）兵士らが木端微塵となって周囲に吹き飛んでいく。

土煙がもうもうと舞い上がり周囲の様子が見えなくなった一瞬を突いて、その中から一体の大きな影が飛び出してきた。

二本の曲刀を握り、二枚の盾を携えた異形の存在。

蜘蛛人が異様な嗤(わら)い声を上げてその曲刀を振り下ろしてくる——一撃を左の盾で弾き、もう一撃を剣で受け流して払う。

単純な力押しだけの剣技、グレニスやアリアンらのそれに比べるべくもない。

「【強打盾(シールドバッシュ)】！」

僅かに燐光(りんこう)を纏ったような盾を、目の前の蜘蛛人の胴体部分——人型と蜘蛛の接合部に力の限りを込めて打ち込むと、蜘蛛人は苦悶の表情を浮かべて後ろへと吹き飛んだ。

「貴様と悠長に遊んでおれる程、此方も暇ではないのでな……」

地面に散らばっていた不死者(アンデッド)兵士の上半身が動き出したので、それを無造作に剣を突き立てて粉々に砕く。

「【炎蛇招来(フレイムヴァイパー)】」

呟くようにして魔法を発動させると、足元から突如として炎が円を描くようにして噴き上がり、その炎がまるで柱のように成長して蛇の形を成すと、自分の周囲をまるで回転しながら炎の大蛇が全て焼き屠っていく。

そして最後には起き上がった蜘蛛人に向かって突撃すると、その全身を炎の大蛇に絡めとられて、そのまま立ち尽くした格好で炎の柱へと変わった。

燃え落ちる炭の塊が吹き付ける風に煽られて崩れていく。

周囲に目を向けると、先程までの攻撃で自分の周囲には大きく円状に穴が開いたようになって敵の姿が消えていた。

かなりの数の不死者(アンデッド)を倒したが、それはほんの氷山の一角だ。


——さて、発動までの準備時間はこれで稼げる筈だ。


一度大きく深呼吸をして前方を睨む。

恐れを知らない不死者(アンデッド)兵士らは、先程の攻撃にも怯(ひる)む事無く、開いた此方との距離を詰めるように押し寄せてくる。

「今まで使う機会などやってくるとは思わなかったが、ここでなら存分に力を振るえるな」

独りごちて持っていた剣を大地に突き立てる。

「来い！　天上の戦士！　天騎士の本領を見せてやろうぞ!!」

その言葉と共に魔法を発動させる。

今までの魔法発動などとは比べものにならないくらい、自身の身体から魔力が抜けていく感触がしっかりと伝わってくる。

自分の足元に巨大な、今までにない程巨大な光の魔法陣が展開される。

「天の扉を開き、来たれ！　【執行者焔源の熾天使】！」

光の魔法陣から朱金色の炎が噴き上がり、地面に巨大な紋様を描き出す。

そうしてその描かれた魔法陣から天へと向かって光が立ち昇った。

巨大な光の柱が王都ソウリアの傍の平原に聳え立つ。

光が収まると、そこには頭上高くに巨大な魔法陣が転写されており、そこから再び朱金色の炎が吹き出ると、転写された魔法陣――その奥から讃美歌のような声が周辺一帯に降り注ぎ始める。

天空の魔法陣から一際大きく炎が吹き出ると、その中心から一体の人型が音も無く姿を現す。

空に浮かぶように現出している為に、その大きさは正確には摑めないが召喚獣の【嵐神王】とほぼ同じくらい、五メートル程もある。

全身は朱金色に彩られ細かい紋様が浮き出た鎧を身に纏い、左手には羽を模した盾を持ち、右手には深紅の刃を持った豪奢な意匠の剣を携えている。

兜は頭の上半分を覆うような形状をしており、下からは艶めかしい女性の唇が覗く。

そして兜の裾から流れるように風に靡く深紅の長髪は、その髪の先が炎となって燃えており、周囲の空気を焼き焦がすかのように陽炎が立ち昇っている。

何よりも現れたその者の背中には、圧倒的な存在感を放つ三対六枚の大きな翼が美しく広げられており、その翼が羽ばたくと同時に舞う羽根は大地へと落ちて触れた不死者を一瞬にして光の粒子へと変えていく。

天騎士の四つのスキルの内、その一つ【執行者焔源の熾天使】。

「……!?」

その姿に自分は息を呑んだ。

肌を焼くような圧倒的なまでの神聖――そして存在感もそうだが、自分の中で一番戦慄が走ったのはその天使の姿そのものだった。

ゲームでプレイしていた時の天使はあのような物々しい鎧装備ではなかったし、兜によって顔が隠れてもいなかった。

もう少しひらひらとした天女のような出で立ちをしていた。

しかし今目の前に存在するのは、明らかに自分の知っていたものとは違う、別の存在だ。

（……これはいったいどういう??）

そう思った瞬間、現出した天使に動きがあった。

『～～～～～～～～～～～～～～!!!』

まるで歌うような、それでいて言葉のような何か――圧倒的な情報量を持つその〝何か〟が怒濤（どとう）のように地上に降り注ぎ、それが波紋のように辺り一帯に広がる。

たったそれだけの行為が、自分の周辺にいた不死者（アンデッド）を消し飛ばし、光の粒子に変える。

今や自分の周囲三百メートル程に立つ存在はいなくなっていた。

呆気にとられていると、天使の姿が蠢動する。

徐々にその姿を小さくしていき、それと同時に此方に向かって降りてきた。

姿形は違えども、その挙動はゲームと同じらしく、次の行程に入った事を窺わせる。

しかし、次の瞬間、全身に衝撃が走った。

「あぁあああぁああっぐあぁぁぁぁあぁあああぁ!!!」

まるで自分という存在の内側に巨大な何かが潜り込んでくるような、存在そのものを内側から強制的に書き換えようとしてくるような不快感——それが全身を襲い、何かがガリガリと音を立てて削れるような錯覚を覚える。

この天騎士特有のスキルは全部で四つ。

四つ全て同じようなスキルで、各属性に由来した天使を自身に降臨させ、融合した状態で天の権能を操る——という補足説明が為された戦技召喚スキルだ。

レベルを最大にした自分でも魔力の三分の一を消費し、その行使時間は五分、そして再び使えるまでの待機時間は半日という、効率の対極に位置するスキルだったのだが——。

この圧倒的なまでの存在を自身の中に降ろすという件、それがまさかこれ程の禁忌を犯したような仕打ちを受けるようなモノだったとは思いもよらなかった。

確実に今なら言える。

たった五分しか持たない非効率な技ではない——これは五分以上は身体や精神が持たない。

そして、半日経ったからと言ってもう一度使う気など全く起きない。

最終的に焔源の熾天使の大きさは身長二メートル程で止まり、そのまま自分の背中に背後霊のようにひっついた形に収まった。

「ぐはぁあぁあぁぁっ!!」

自分は地面に突き立てた剣を杖のようにして、ようやく立っているという状態だ。

しかしここで息を切らしていては、せっかく苦労して顕現させた力が無駄に終わる——そう思って未だに内側で膨れ上がるような存在と闘いつつ、前方を睨み据えた。

天騎士が降臨モードになった際に使えるのは、それぞれ降臨させた天使の権能だけだ。

そしてそのいずれもが大量破壊兵器の如く、ゲームでは全てを薙ぎ払っていた。

だが先程の薙ぎ払われた空間に目を向けると、既に此方を敵として認識した不死者達が群がり始めていた。

『【滅炎焔円舞】』

焔源の熾天使の使える権能の内の一つ——それを発動させると、自分の身体が勝手に動き始めて、それに連動するように背後に浮かぶ焔源の熾天使も同じ動きをする。

まるで舞いを舞うように、軽やかな足取りで回転しながら移動する——すると踊った軌跡に沿って炎の道が生まれ、さらには身体の周囲から朱色の炎が噴き出してくる。

そうして回転して舞いを続けながら、大きくなった炎が辺り一帯の全てを飲み込んでいく。

まるで炎の小波が地面を埋め尽くすようにして、迫り来る不死者の悉くを焼き屠り、一瞬で塵へと変えていく。

その様は炎の草原を優雅に舞う乙女だ——そう、自分の背後に浮かぶ焔源の熾天使だけを見ているなら、確かに美しいだろう。

しかし彼女と連動して同じ動きをしているのは、ごつい鎧に覆われた騎士の姿をした自分だ。

それは傍目(はため)から見てどう映るのだろうか。

あまりその事実に目を向けると、さらに内側から自身の存在を削られそうになる。

くるくると回転しながら辺り一帯の敵を一掃すると、ようやく一つ目の権能が終了した。

周囲に目を向けると、明らかに敵の数が減っている。

ざっとした目算でしかないが、先程の攻撃で一万近い不死者(アンデッド)が消し飛んだようだ。

しかしその成果に満足している暇も、精神的余裕もない。

まだ平原には多くの不死者(アンデッド)が溢(あふ)れ、王都の周辺を埋め尽くしている。

だがだいぶ大穴の開いた街門へは近づいてきていた。

――この勢いで不死者(アンデッド)共を出来るだけ排除してやろう。

自身の声と天上から降り注ぐような女性の声が唱和し、再び新たな権能を発動させる。

『【天焔朱雀鳴滅(ケイルムポイニクス・ピエレアット)】』

恐らく声の主は背後に浮かぶ焔源の熾天使(ミカエル)なのだろう――威厳と神聖を同時に兼ね備えた厳粛な声と共に、自分の身体がふわりと空中に浮かぶ。

身体が再び勝手に動き、両手が一杯に広げられて、まるで天を仰ぎ賛美するような格好になると、背後でバサリと炎の翼が膨れ上がり、それが羽ばたくと同時に炎の羽が空中に舞い散っていく。

そうして羽ばたきながら天を仰いだ姿で空中を滑るように移動して、周囲一帯に炎の羽を撒き散らしていくと、その羽に接触した全てが一瞬で燃え上がり、灰へと変わって再び炎の翼の羽ばたきで炎の羽根と一緒に空に舞い上がっていく。

その対象はまさに文字通り全てを灰に変えていき、不死者(アンデッド)に踏み荒らされた畑の作物も燃え上がり、先程まで不死者(アンデッド)だった灰と共に辺りに降り積もっていた。

今回の権能は発動時間が長かったのか、王都周辺にいた不死者(アンデッド)の半数が消し飛び、周囲一帯を埋め尽くすような灰の雨に変わっていた。

そろそろこの天騎士のスキル活動限界時間も半分程過ぎた筈だ。

早めに残りの敵も掃討しておきたいが、身体や精神も限界に近い。

むしろ早く活動限界にまで達してくれと祈りつつ、歯を食いしばる。

ようやく地上へと足を下ろした後に発動させた権能の効果により、今度は握っていた剣を前へと突き出すと、そこに巨大なそれでいて深紅の炎が剣に纏わりつくようにして現れた。

『【紅焔執行剣(ルブルムフラーマ)】』

一見するとアリアンが使う精霊魔法に似ているが、その威力たるや全く次元が違っていた。

深紅の炎を纏った剣を振ると、その纏わりついていた炎が膨れ上がり、さらにはまるで鞭のようにしなって何処までも伸びていき、遥(はる)か先にいた不死者(アンデッド)達を巻き込んで吹き飛ばしていく。

さらにはその威力のせいで、長大に伸びた鞭のようにしなる深紅の炎が通り過ぎた周辺一帯の地面を全て捲(まく)り上げて、その一切合切を消し飛ばしてしまっていたのだ。

剣を少し振るたび、不死者(アンデッド)が一瞬で消し飛んでいき、同時に周辺の地形も書き換えて行く様は、完全に厄災でしかない。

そして制御を誤った深紅の炎が街壁の一部を削り取り、さらには街門の半分を消し飛ばしてしまっていた。

だが同時にそこに群がっていた不死者（アンデッド）も消し飛ばせたのは僥倖だろうか。

ようやく権能の発動が終了し、一息吐いた時には王都周辺にいた不死者（アンデッド）の数はもう数える程度にしかその姿を確認出来ないまでになっていた。

最後に少し失敗してしまったが、後は残敵を掃討するだけでいい筈だ。

街門を抜けて王都へと侵入した不死者（アンデッド）がどれだけいるのかは分からないが、この権能を振るって王都へと入れば、まず間違いなく地図からこの街が消えてなくなる。

後ろを振り返って、自分が通った跡を見て思わず溜め息が出た。

そうしてようやく天騎士のスキルの活動限界時間がきたのか、背後の天使がゆっくりと浮上していき、最後には空中に描き出されていた魔法陣の中へと吸い込まれるようにして姿を消し、その魔法陣もまるで幻だったかのように薄くなって消えてしまった。

自分はそのまま地面に膝を突くような形で座り込み、持っていた剣を地面に突き立てた。

「……これは、流石にキツいな。もう一度使う気にはなれんぞ」

誰に聞かせるでもない愚痴を零しながら、自分は大きく開いてしまった王都ソウリアの街門を見上げて大きな溜め息を吐いた。

ノーザン王国の王都ソウリアには国王直下の騎士団が常駐しており、その主な役割は他勢力からの王都の守護、そして国王の在所である王城の警備などがある。

その中で実際に直接の形で王都を守護するのが王都守備隊だ。

第二街壁頂上部に設けられた連絡路に歩哨として立ち、壁の内外を目視にて監視、時には現場へと隊を率いて行き問題を解決するなどの役割が与えられている。

そしてその日は訪れた――。

それはまだ日も地平の陰から姿を現す前の、やや空が薄明かりに包まれた朝霧の漂う早朝の事だった――歩哨に立っていた守備隊の者の一人が街壁外にその姿を見つけたのは。

それは鎧を纏った兵士の群れだった。

続々と暗がりから這い出るようにして現れたその鎧兵士は、その数を爆発的に増やして街壁へと押し寄せてきたのだ。

すぐさま守備隊の者に緊急連絡が走り、守備隊の詰所から各街壁の要所に設けられた櫓塔へと伝わり警鐘が激しく打ち鳴らされるに至った。

当初、その早朝の奇襲はサルマ王国からの攻撃だと思われていた。

しかし、鎧兵士の中に交じって街壁に取り付いた集団の中に、明らかに人ではない異形の存在、化け物がいたのだ。

上半身は確かに人のそれだったが、まるで枝分かれしたかのような二体の人型が巨大な蜘蛛の下半身と繋がって、さらに四本の腕にはそれぞれ武器などを所持していた。

初めの内、街壁に取り付いた一部集団の鎧兵士らを打倒、捕獲する為、二分隊程の守備隊が壁外へと下りてそれを遂行しようとしたのだが、鎧兵士を打ち倒し、兜を剥いで発覚したのは、その鎧兵士もまた中身が人ではない——かつて人であったと思しき人骨だったのだ。

そんな大量の不死者（アンデッド）の存在に衝撃を受けていた守備隊分隊の者達を、更なる衝撃として襲ったのが先述した蜘蛛と人との異形の化け物だった。

異形の化け物はあっという間に一分隊を壊滅させ、さらに逃走したもう一分隊を半壊にさせた。

追い縋った異形の化け物は、街壁上部に備わった敵兵撃退の為の機構を駆使しての守備隊の猛攻により何とか撃破出来たが、守備隊の動揺は大きかったと言わざるを得ない。

すぐに王城へと伝令が走るが、壁外の不死者（アンデッド）の大軍は絶望的な数にまで膨れ上がって、王都ソウリアはものの数時間の内に周囲を包囲され籠城戦を余儀なくされる。

それからの六日間、王都守備隊の隊長である男は昼夜を問わずの街壁を挟んでの攻防の指示、対処にあたり憔悴（しょうすい）しきっていた。

交代の要員はいれど情報の共有は必須の為、幾度となく部下や他の隊長、応援に駆け付けた騎士団の面々などと協議し、その都度出された対抗策などを実施するなどしていた。

街壁を突破しようと押し寄せ、壁に攻撃を加える不死者（アンデッド）兵士らを壁上から槍の投擲や石などによる落下物などによって撃破する。

しかし、倒れた不死者（アンデッド）兵士らの骸（むくろ）を土台に、後続の不死者（アンデッド）兵士らが壁を乗り越えようとしてくるのを見過ごす事は出来ず、大量の油などを使ってその骸の山を巨大な篝火に変えて、後続の不死者（アンデッド）

兵士らの侵攻を食い止めたりしていた。

だが全ての不死者兵士らの侵攻を止めるには、圧倒的に人手が足りず、群がる不死者兵士らを足台にして壁内へと侵攻する不死者兵士などもいた。

守備隊などがその防衛にあたるのだが、じりじりと負傷者を増やし、死亡者もそれに比例して増えていく。

そんな中で、志願という形で獣人種族の奴隷の男達が幾人か守備隊へと回されてきた時は、その出自などに関係なく有り難かった。

しかも彼ら獣人種族はその持ち前の身体能力の高さから、一人で守備隊数人分の働きをするのだからこれ程有り難い援軍はなかった。

だが、それでも——壁外に溢れる不死者の数に対して、それらは絶望的なまでに数が足りておらず、守備隊や王都の中にも重苦しい雰囲気が漂っていた。

そして七日目——。

第二街壁の南門、そこに攻め寄せていた異形の化け物の圧倒的な攻撃力により、それまで防戦を強固に支えてきた門の一部が破壊され、そこから濁流のように街内に不死者が流入し始めた。

その時の光景は、ノーザン王国の最期になる——と、隊長である男に覚悟をさせた。

しかし、そこに常識を覆す存在が現れたのだ。

最初、それは南から土煙を上げながら猛然と不死者の大軍へと突っ込んで来た。

見た事もない勇壮な魔獣、それに跨っているのは全身を覆う白銀の鎧、遠目からでもその存在感が伝わるような剣と盾を持った騎士は、まるで目の前の不死者(アンデッド)の大軍など物の数に入らないかのような奮戦を始めた。

白銀の騎士が一薙ぎする度、不死者(アンデッド)が吹き飛び木端微塵になる。

そしてあの尋常でない力を有する異形の化け物が、白銀の騎士の前に立ち塞がったが、それすらもまるで赤子の手を捻るかのように打ち倒していた。

その活躍は、街壁上で戦っていた守備隊の者達にとって、まさに英雄が現れた瞬間だった。

しかし、その白銀の騎士は英雄などの枠には収まるような存在ではなかったのだ――。

まだ圧倒的な数を誇る不死者(アンデッド)に対し、その白銀の騎士は思いもよらぬ一手に出た。

恐らく魔法なのだろう巨大な魔法陣が白銀の騎士を起点にして描き出され、そこから目も眩むような光の柱が天へと向かって伸びた後、いつの間にか白銀の騎士の後ろに見慣れない者が存在していた。

全身を見た事もないような神々しい装備で固め、美しい六枚の大翼、燃え盛る炎の中に佇(たたず)むその姿に話で聞かされたある存在の事を思い出す。

神の使徒――天使。

窮状を神に訴える人に、神の言葉と加護を齎す超常の存在――それが目の前の白銀の騎士の傍に現出していたのだ。

そして白銀の騎士は、恐らく神の御業(みわざ)である奇跡をその身に降ろした。

先程までの白銀の騎士自身の攻撃も常軌を逸した域にあったが、それはまさに神の御業が地上に顕現したかのような光景だった。

天使が御力を発揮する度に、不浄の存在である不死者がまるで塵のように消し飛んでいく――天舞を舞う姿は神々しく、神の奇跡が降り注げばさらに不死者は姿を消していった。

それはまるで、先程までの悪夢が覚めるかのような光景だった。

最後には神の戦士としての力を遺憾無く発揮し、天使の剣撃により壁外に存在した全ての不死者は浄化されていた。

流石に神の御業を顕現させたとあって、その尋常ならざる御力によって街壁の一部や街門の半分が吹き飛んだ事は些細な事でしかない。

――奇跡を目の当たりにしたのだ。

街壁上部で戦っていた守備隊はその光景に茫然自失となっていたが、やがて壁内で起こる騒動の声に我に返った。

まだ終わってはいないのだ――南の街門を突破し入り込んだ不死者はまだ街中に存在する。

この奇跡を夢に終わらせない為にも、ここから先は守備隊が意地を見せなくてはならない。

高調した士気の下、残敵の掃討を開始する為に、隊長は最後の力を振り絞って配下に指示を下す。

勝利は目前だ――。

王都ソウリアの近隣にて、リィル王女を始めとした王都解放を目的とした一行は、目の前で起こる光景にただの一言も発する事無く、ただ目を大きく見開いてそれを眺めていた。

目の前で起こるその光景とは、アークただ一人が万を超す不死者（アンデッド）の大軍を相手に蹂躙戦を仕掛けるという、目を疑うようなものだ。

当初、巨大な光の柱が天へと聳え立った時、アリアンは予め（あらかじ）予想はしていた。

それは、これまでにもアークが行使してきた〝召喚〟という強大な存在を呼び出して、その力を借りるという技と似た感触を肌で感じていたからだ。

神聖レブラン帝国のライブニッツァでのヒュドラ戦の【炎獄魔人（イフリート）】や、龍王（ドラゴンロード）と対峙（たいじ）した時に呼び出した【嵐神王（セテカー）】にも共通していた。

大量の精霊力が溢れ出て行使されるそれは、アリアンにとっても馴染（なじみ）のある感覚だ。

アークの用いる〝召喚魔法〟という技はエルフ族が使う精霊魔法と共通したものがある。

それは、力のある存在に力を振るって貰うという類のもので、精霊魔法も単純に言えば精霊に願いを叶（かな）えて貰う技なのだ。

しかしアークが呼び出す存在は、その辺りの精霊などとは比べ物にならないような存在ばかりだ。

高密度に圧縮された精霊の力の塊、それは時に〝精霊王〟や〝精霊神〟などと呼ばれるが、その実在を見たという者は稀（まれ）で、殆どが御伽噺の域にあるような話なのだ。

しかし、今目の前でアークが降ろした存在は、今までのどの存在よりも、強力で濃密な精霊の力を凝縮した存在だった。

まるでその存在の周囲の空間が圧縮された精霊の力によって歪んで視える程。

朱金色の鎧に身を包み、三対六枚の翼に燃え盛る紅蓮の髪——その存在はアリアンも昔、何かの書物で読んだ覚えのある特徴を備えていた。

数ある精霊神の中の一柱に、彼女と同じような存在の記述があったのだ。

精霊神が齎す本来の力は、他の精霊などとは比較にならないものであり、それを行使するというのは、はっきり言って人たる存在で扱うには手に余るような代物だ。

強大で濃密な精霊の力を宿した存在を、自身に憑りつかせて制御する技なのだろうが、それがどれ程肉体や精神に負担を掛けるのか——アリアンにも想像が出来ない。

しかし、アークは上手く精霊神の力を制御出来ているようだった。

本来の精霊神が持つあの濃密な力の事を思えば、アークが今行っている圧倒的な技もそれ程の威力ではない事ぐらいは分かる。

あれが持つ本来の力は解放されれば、この辺一帯——王都を含めた全てを文字通り一瞬にして消し飛ばせてしまう程なのだから。

傍でその光景を見守っているチヨメも、遠目に見るその存在を肌で感じているのか、ポンタを抱いた肩が少し震えているように見えた。

恐らく、彼女の中に在る精霊の力が敏感に反応しているのだろう。

精霊獣のポンタは全身の毛が逆立ってまるで草色の綿毛のようになってしまっている。

アリアンは再びその視線を王都——不死者（アンデッド）を葬る姿に移した。

アークは人族にエルフ種族の存在感を知らしめる為に、あえて力を見せるとは言っていたが、こんな強大な人外の力を見せつけられて、人族は却（かえ）ってエルフ種族に警戒心を高める結果にならないかと——彼女はそちらの方が心配になっていた。

「アリアン殿、アリアン殿はあのアーク殿より腕が立つと申しておったが……本当じゃろうか？」

今の今まで、固唾を呑んで見守っていたノーザン王国のリィル第一王女が恐る恐るといった顔でアリアンの顔を覗き込む。

その表情には恐怖というよりも、どちらかと言えば畏怖の類の感情が込められている。

アリアンは一瞬、その質問にどう答えればいいかを迷って口を噤んだが、ややあって頭（かぶり）を振って口元に笑みを浮かべて返した。

「私は彼より剣の腕が立つ、そういう話よ。彼のあれはエルフ族の中でも特殊なのよ……」

リィル王女のような人族の国家を運営する立場の者に、アリアンは間違ってあれがエルフ種族の基本だなどと勘違いされても困ると判断したのだ。

人族に侮られるのは業腹であるし、それを覆す力を証明するのは策の一つだろうが、だからと言って人族全体にエルフ種族を恐怖の対象にされても問題だ。

人族の代替わりはエルフ種族のそれより早く、経験した教訓も理念も代を重ねる内にすぐに霧散して消えるという話をアリアンは父から聞いた事があった。

現にローデン王国は僅か六百年前にエルフ族の暮らすカナダへと侵攻して、自らを亡国寸前まで追い詰めた強大な力を持つ龍王（ドラゴンロード）の恐怖や、エルフ族の戦士の精強さを忘れて再び現代でエルフ種族を攫（さら）って愛玩奴隷などにしていたのだ。

それを思えばこの一時のアークへ向けられた畏怖も、時が経てば忘れ去られる程度の事かも知れないと思うと、どこかほっとする気持ちと同時に複雑な気持ちが生まれてくる。

とりあえず不死者（アンデッド）の相手をアークに任せた時点で、王都の解放は時間の問題だったのだ——後はこの戦いが終わってからの交渉などで、どう話の決着を付けるか。

この先の事も考えると、アリアンから力無い溜め息が吐いて出るのだった。

終章

サルマ王国東部辺境ブラニエ領。

その地を治める領主の居城でもある屋敷の執務室――その部屋の奥に置かれた大きな執務机の席に一人の初老の男が腰掛けていた。

やや後退した白髪頭に鋭い眼光、鼻下に髭(ひげ)を蓄え、逞(たくま)しい大柄の身体(からだ)を拵(こしら)えのいい椅子に押し込めて書類などに目を通している。

ウェンドリ・ドゥ・ブラニエ辺境伯。

サルマ王国内でも有数の大貴族でありながら、中央の貴族からは煙たがられ、彼自身もそういった煩わしい事を嫌って滅多に王都へと顔を出す事はない。

如何(いか)にも叩(たた)き上げの軍人といった風貌の彼の領地では、日常的に起こる小競り合いや魔獣の討伐などを解決する為(ため)に、精強な常設の領軍を保有している。

そんな領軍が定期的に領地内を巡察する事によって、ブラニエ領は他領と比べても比較的豊かで安全な土地となり、それが常設という税金を食う領軍の財源的維持にも繋(つな)がるという好循環を生み出していた。

だがそれは問題が起こってそれを速やかに解決出来ない場合、被害が拡大して領地内の収益が下がると、たちどころに財源の幅を多く取る領軍の維持が立ち行かなくなる事を意味していた。

だからこそブラニエ辺境伯は、そういった諸問題が領内にないかを、上がってくる報告から読み解いて逸早く解決の糸口を摑まなければならないのだ。

そして先頃、彼にとって懸念すべき案件が舞い込み、その成果である報告を待っている状況なのだが、彼にとって「待つ」という行為はなかなかに慣れない、辛い時間でもあった。

そんな彼の下へ、いつも彼の補佐をしている若い女性が入室の許可を求めて入ってきた。

彼女がブラニエ辺境伯の手前へと進み出て一礼するのを、彼はそれを余計な挨拶だとばかりに手で払う仕草をして先に口を開いた。

「で、例の行方知れずの要人は見つかったのか？」

そんなブラニエ辺境伯の唐突の問い掛けにも、その女性は動じる事無く頷いて見せた。

「はい、恐らくですが。しかし、今日はそちらより以前話に上がった異形体の報告です。先日探索の為に送り出した六小隊ですが、既に二番小隊被害甚大、一番三番小隊被害軽微、五番小隊被害半壊と、ここまでの犠牲が出ました。こちらが犠牲者名簿です」

「何だとっ!?」

そう言って淡々と報告する女性に対して、ブラニエ辺境伯は顔を紅潮させて彼女が差し出してきた名簿をひったくり、そこに書かれている名前に目を通し始めた。

「被害を受けた小隊の報告によれば、例の異形体は合計で四匹。いずれも発見した異形体は撃破したようですが、前情報の無い遭遇戦となり今回のような被害が出たものと」

「四匹!?　あんな得体の知れない化け物が、我が領内に四匹もいたというのかっ!?」

女性の報告に思わず名簿から顔を上げたブラニエ辺境伯は、その眉を吊(つ)り上げる。

迫力のある顔がますます厳しくなるが、応対する女性は慣れているのか静かに頷いてから、さらに手元の書類に目を落とした。

「それに関連したお話ですが、五番小隊が二匹の異形体と接触した際、その場に所属不明の武装集団が現れたようです。武装の規模と概要はこちらに……」

そう言って手元の書類を一枚引き抜いて、それをブラニエ辺境伯に渡す。

それを再びひったくるように取ると、険しい顔つきのまま書類を睨(にら)みつける。

「騎馬ばかりが百騎程――それに加えて謎の魔獣を駆る騎士と女二人……？」

そこに書かれてあった報告の内容に、ブラニエ辺境伯は首を傾(かし)げて再び同じ箇所に目を通す。

「この謎の騎士と女二人組が五番小隊の加勢に加わったというのか……騎馬隊の方の参戦は報告には書かれていないいな」

一人呟(つぶや)くようにして唸(うな)る辺境伯に、女性が相槌(あいづち)を返した。

「そのようです、五番小隊が半壊で済みましたのはその謎の騎士による所であれば、その騎士は小隊を半壊させる敵に対してただの一騎で挑み、勝利した事になりますね」

次いで出た彼女の推測に、辺境伯も同じ事を考えていたのか、ただ黙って静かに頷く。

「向かった方角は真っ直(す)ぐ北……か。その連中は恐らくディモ伯爵の所の騎馬隊だろう。謎の騎士に関しては傭兵(ようへい)か、何かは分からぬが……」

そう言いながらブラニエ辺境伯は部屋の壁に掲げられた領内の地図の前に足を運ぶと、その地図を睨みながら自らの髭を手持ち無沙汰な手で弄る。

「最初に見失った武装集団を見つけたのはここ、そして最初の報告より数の増した規模で再び目撃された場所が……この辺りだろう。そうすると――」

地図を睨みながら、ぼそぼそと独り言を並べる辺境伯の後ろで、女性の方も地図を見上げる。

そうして一通り考えが纏まったのか、辺境伯は振り返って女性の方へと視線を向けた。

「恐らくだが、ノーザン王国で何かあった……何かは分からんが、何かだ。そして連中は最初、異形体に追われていたが、伯爵領で味方を得て再び王国へと戻ったのだろう。その際に遭遇した小隊を放置せずに援護に入ったという事は……」

そこまでを口にした後、辺境伯は一旦言葉を切って顎を撫でた。

「ふむ、ノーザン王国の王都に使者を出せ！　護衛は相手を刺激しない数、且つ速度を重視！　それから王都ラリサの方面にも探りを入れるぞ」

矢継ぎ早に上げられる方針に、女性の方は手慣れた手つきでメモに指示の内容を走り書きする。

「無性に嫌な予感がする……出来るだけ急がせろ！」

その辺境伯の言葉に女性は素早く一礼すると、すぐに執務室を後にした。

ブラニエ辺境伯は扉の閉まる音を背中で聞きながら、自らの執務机の上――そこに積まれた書類の山をひっくり返して目を通していき、記憶の隅に引っ掛かっていた一枚を引き抜く。

そこに書かれていた報告書の内容――ウィール川を越えてルアンの森へと入った謎の魔獣の記述。

夕暮れ近くで遠目の目撃談だけとあって、情報は不確かな部類でしかなかったが、四つの腕を持つ魔獣という記述がなされていた。

「最初の覚書でなんで思い出さなかった、クソッ！　中央のボンクラ共が画策しているような山じゃない……王都の方面はどうなってやがる」

苦虫を噛み潰したような顔となった辺境伯は、その報告書を握りつぶして怒りをぶつけるように、部屋に掲げられた地図に向かって放り投げた。

北大陸南西部、四つの国に分かれるその地に、全ての国と国境を接する国が二つ。

一つはノーザン王国、そしてもう一つがヒルク教国だ。

北大陸に築かれた人族の国家に対し、多大な影響を与えるヒルク教——そのヒルク教の信仰の中心は、レブラン大帝国とのもう一つの境界であるルーティオス山脈の中にあるアルサス山と呼ばれるミスリル鉱床を有する山の裾野に置かれていた。

山の中腹には人の手によって均された広大な広場が造られ、その周囲を巨大な回廊のような建物が取り囲む形で築かれ、そしてその広場の正面に聳える白く荘厳かつ巨大な聖堂。

それがアルサス中央大聖堂。

ヒルク教の全てを握る教皇タナトス・シルビウェス・ヒルクが居を構える場所でもあった。

まるで鏡のように磨き上げられた白い石床に、見上げるような高さの天井、そしてその天井には精緻な彩りの宗教画が隙間なく描かれており、その様は建物全てが美術品のようでもある。

そんな豪華絢爛な大聖堂の奥——信者ですらあまり足を踏み入れぬ大聖堂の最奥のその小さな一室は、教皇に次ぐ権力を持つ枢機卿達でさえ足を踏み入れる事は滅多にない。

内装自体は凝ったもので彩られてはいるが、大聖堂のような華美さは見られず、どこか落ち着いた高級な宿のような雰囲気だ。

部屋の扉の両脇には鎧を着込んだ兵士が二人、まるで置物のように微動だにせず立っており、それだけが目を引くだけで他は至って普通の室内だ。

そんな落ち着いた雰囲気の室内の奥に一人の男がゆったりとした椅子に腰を掛けて、目の前の大きな机の上に重ねられた報告書の束に目を通していた。

この室内で一番に目を引くのは、その椅子に腰掛ける人物だ。

一際豪奢な法衣を身に着け、頭の上にはヒルク教の聖印が記された大きな帽子を被っている。

しかし、その下にある教皇の顔は顔全体を覆った面布によって遮られ、その奥の素顔を覗く事は出来なくなっていた。

教皇タナトス・シルビウェス・ヒルク。

豪奢な法衣の袖から覗く白い手——絹織りの滑らかな手触りの手袋を嵌めた手が、机の上に積まれた書類の一枚を抜き出して、面布の奥からその内容に目を通す。

そこには枢機卿の一人が死霊軍を率いて攻めたデルフレント王国の王都での攻防が記されており、タナトス教皇はそれを面白そうに何度も頷きながら読んでいた。

「成程、デルフレント王国の王都は陥落か……。しかし、攻城戦での死霊兵士と死霊騎士の編制だけでは何かと攻め手に欠くか……。死霊騎士がいれば大抵の事には片が付くと思っていたが、なかなかどうして、上手くはいかないものだな。くははは」

そう言ってタナトス教皇は肩を震わせて嗤笑する。

静かな部屋の中に教皇の嗤い声だけが響くが、やがてそれも収まると室内に静寂が戻った。

「……さて、では現有は致し方なしとして、せめて帝国攻めの時には何か新しい〝モノ〟を用意するべきだろうかね、ふむ。となると帝国の西に忍ばせたあちらはもう少し寝かせておくか」

独りごちるように言葉を漏らすタナトス教皇は、やや首を傾げて面布の奥に隠れた顎を撫でる。

「分厚い壁を突き崩す、重量級の死霊兵か。それとも城門を吹き飛ばす、爆発系の死霊兵。いや、爆発系は作るには材料が無いのだったな。となると、壁を登る形態などいいかも知れんな」

何やら構想を練るようにして一人で喋り、一人で納得して頷き、時に自身の失念に頭を振って嗤う──そんな事を一人で繰り返す。

そして、ふと他の報告書とは厚みの違う書類の束に目を留めて、それを拾い上げる。

何気なしにパラパラと中の頁を捲って報告書の一部の記述を見つけ、その手を止めた。

面布の奥から、タナトス教皇が笑みを浮かべる気配が漏れてくる。

「そう言えば、枢機卿のチャロスを倒した白銀の騎士が南の大陸にいたのだったか……。楽しそうだから、今一度南の大陸に誰かをやって足掛かりを作るか……いや、海を隔てているなら焦る事もない。まずは足元からだな。くははは」

それだけを言い終えるとタナトス教皇は椅子から立ち上がり、傍に立てかけてあった教皇の威を示す飾り立てられた聖杖を無造作に摑むと、意気揚々とした足取りで部屋を後にする。

閉まった扉の奥から再び思い出したように嗤う教皇の声——それだけが部屋の中に響いていた。

番外編　ラキの行商記5

ローデン王国西部最大の港街ランドバルト。

ブルゴー湾へと入る海峡に位置する街で、対岸のノーザン王国との交易で栄える海運商業都市でもあり、その交易品は陸路を通ってローデン王国の王都、オーラヴへも運び込まれている。

海岸部に広がるように発展したランドバルトは、街全体が海と繋(つな)がった大きな二重の水路で取り囲まれており、幅の広いその水路は日常的に荷運びに活用されているのか、幾つもの小型の手漕(てこ)ぎ船が荷物を載せて水路を行き交う姿も見られる。

街の周囲には街壁も築かれてはいるが、高さは五メートル程で、他の街の街壁に比べるとそれ程高くはない。

海岸沿いには大きな港が築かれており、幾つもの桟橋には大小様々な船が停泊して、そんな船上では船乗り達(たち)が荷物の上げ下ろしに精を出している。

荷揚げされた荷物が所狭しと並ぶ港、そんな港を出て古くから建ち並ぶ旧市街を越えて、大きな第一水路を越えた先、街路の幅が狭くなり建物の密度が増すのは新市街だ。

行き交う人も多く、活気に満ちた新市街の南地区には大きな市場がある。

領民が日々の生活の為(ため)に必要な品が数多く並ぶその場所の程近くには、様々な商品を取り扱う商会が軒を連ねる通りがあった。

そんな通りの一角に最近入ったばかりの小さな商会があった。

その屋号はラキ商会。

両脇に間口の広い大店（おおだな）の商会が占めているその間を縫うようにして店を構えるそこは、ここ最近では商いをする者の間ではちょっと名の知られた店でもあった。

屋号にもなっている店主のラキは、つい最近まで自ら馬を牽（ひ）き、各地を回って商いをする行商上がりの商人で、茶髪の癖っ毛に小奇麗な身形（みなり）をした二十代ぐらいの青年は、その顔に浮かべる笑みからも人の好（よ）さげな雰囲気が漂っている。

商売ともなれば、他者を出し抜き、どんな手を使っても成り上がろうとする、まさに生き馬の目を抜くような世界を渡り歩く者達でひしめいており、それを思えば彼の人となりはおおよそ商人には向かないようにも見えた。

しかし、そんな彼が始めた商会が何故（なぜ）商人界隈（かいわい）で話題になっているかと言えば、主な理由として彼が取り扱う品物にあった。

商会を立ち上げる商人にとって扱う品物というのは、その商人が今迄（いままで）に築き上げてきた人脈、それに付随する伝手（つて）を活（い）かして持ち寄られる事が殆（ほとん）どだ。

その為、商人が取り扱う商品を見れば、どんな人脈や伝手があるかおおよそ見当がつくし、それらを見て商品だけでなく、商人の向こう側にいる者と伝手を持とうとわざわざ商談を設ける事もある程だ。

そして話題のラキ商会が取り扱う一番の品物は、魔獣の素材だった。

彼が商会を立ち上げるきっかけとなった、グランドドラゴンの素材——素材自体の珍しさも勿論あるが、もっとも注目されたのは彼が売りに出した素材の量だった。

そもそもグランドドラゴンとは、その体長が十メートル以上もあり、その表皮は硬く、さらに岩状の甲殻に覆われた巨大なカエルのような姿をした魔獣の事だ。

しかしそんな見た目だが名前の通り立派な竜種であり、魔獣の中では疑いようも無く上位に位置するのは間違いない存在である。

生息域は人里から遠く、その姿が目撃される近場と言えば、多くはローデン王国北東部に聳える火龍山脈か、風龍山脈の麓という人の道など通っていない、かなり辺鄙な場所だ。

そんなグランドドラゴンの生息域にまで向かうにも、多くの魔獣が跋扈する地を越える必要があり、容易に辿り着く事は出来ない。

よしんばそのような地域を越えてグランドドラゴンの生息域に到達、討伐する事が出来たとしても、その巨体からなる素材を持ち帰る手段と労力を考えれば困難度はさらに増す。

以上の事からも、グランドドラゴンの素材は貴重である事が容易に想像出来る。

そんなグランドドラゴンの素材を、行商人であったラキが大量に他商会に持ち込んだのだ。

話題にならない訳がない。

グランドドラゴンの素材の中でも有名な物と言えば、その巨体を覆う岩状の甲殻などに代表される物で、部位によってその形状が様々なそれらは、彫刻の素材としては一級品の代物だ。

石柱状の物は特に高値が付く一品で、持ち運ぶにも苦労するその巨大な代物などは、王侯貴族などの彫像などが彫られ、宮殿や屋敷に飾られたりする。

そして硬くともしなやかな弾力を持つ皮革は、それを用いて作られた革鎧（よろい）など下手な金属製鎧よりも頑丈とあって、騎士や貴族からも引き合いの多い品だ。

そんな上級素材を荷車一杯程の量を売りに来たラキは、その売り上げ代金を元に大量の穀物などを買い付けるなどして、その当時は色々と話題に上がっていた。

一攫千金（いっかくせんきん）の奇跡が起こり一時の売り上げが跳ね上がるというのは、商売の中では割とよくある話で、ラキのそれも大多数の商会からそういった類のものだと当初、認識されていた。

しかしそれからも、商会を立ち上げたラキは定期的に珍しい魔獣や、見た事もない魔獣の素材を仕入れてきては、市場に売りに出していた。

そうしていつの間にか、ラキ商会はランドバルトの中でも有数の魔獣素材の卸しという認識を得て、時折珍しい物が入荷してないか、足を運ぶ者も現れていた。


そんな今や知る人ぞ知るラキ商会の店舗の二階、質の良い調度品が置かれ、店舗内で少し広めにとられた応接室に一人の客が訪れていた。

きちんとした身形に白髪頭と白い髭（ひげ）を生やした五十代ぐらいの年嵩（としかさ）の男。

背はそれ程高くはないが引き締まった身体（からだ）をしており、その様子から年齢の割にあまり衰えを感じさせない雰囲気を纏（まと）っていた。

「どうだい？　お前さんところの商売もそろそろ軌道に乗ったって感じかい？」

軽い調子で挨拶代わりの言葉を掛けて来るその男――ドクトルは、このランドバルト新市街の穀物を取り扱う商会の中でもかなりの大店であるドクトル商会の商会長だ。

そんな大店の商会長である男の問いに、向かいに座っていた青年――この部屋の主でもあるラキが困ったような笑顔を浮かべて頭を掻いた。

「まさか、今まであまり扱ってこなかった品物を捌くのに四苦八苦してますよ……ドクトルさんには色々と口を利いて貰えて助かっています。ありがとうございます」

そう言ってラキは折り目正しく頭を下げた。

しかし、ドクトルはそんなラキを見て快活な笑みを浮かべて手をひらひらと振る。

「はっ、馬鹿言っちゃいけねぇよ。前にも言ったろ？　お前さんと仲良くしておけばこっちにも利があると思ってやってんだ。そん時は宜しく頼むんだから、しっかり商売してて貰わねぇとな」

口元にニンマリと笑みを浮かべるドクトルだが、その笑みは嫌味なものを感じさせない。

そんな彼を見てラキは、つくづく彼と隣人になれた事を心から喜んでいると、ドクトルはそのまま笑みを浮かべたまま話を継いだ。

「で、お前さんの所に品物卸しに来る騎士様とは、どうなんだ？」

そんな彼の質問にラキは思わず苦笑を浮かべる。

「あ、やっぱり気付いていらっしゃいましたか？」

そう言いながらラキは、目の前のテーブルに置かれたポットを手に取って、二つのカップにお茶を注ぐと、片方をドクトルの前に差し出した。

「はっ、うちとお前さんは隣同士だぜ？　気付かないような間抜けは商人じゃねぇさ。それに、あんな目立つ騎士様の動向が噂にならない方がどうかしてるだろ？」

　お茶の入ったカップを受け取ったドクトルは、そう言って笑ってカップのお茶を冷ますべく、ふーふーと息を吹きかけ、舌先を濡らすようにお茶に口を付けた。

「まぁ、そうですよね。アーク様は何故か他の商会には一切足を向けずに、今も時々うちに来ては色々とお話を持って来て下さいます。アーク様とは以前ディエントで御縁があって、その後に偶然このランドバルトでお見掛けして声を掛けさせ貰っただけなんですが。正直なところ、何故こんなに目を掛けて貰えているのか不思議で、こう、素直に納得出来ない――と言いますか……」

　ラキはそこで一旦肩の力を抜いて溜め息を吐くと、お茶のカップに口を付ける。

　そんな彼の話に耳を傾けていたドクトルは、何度も納得したように頷いていた。

「それはまぁ、オレにもその騎士様とやらの気持ちが何となく分かる気がするがな……」

「え？　そうなんですか？」

　同意を得られるものと思っていたラキは、ドクトルのその返しに思わず首を傾げて聞き返した。

「なんとなく、だよ。それに前にも言ったろ？　何もその騎士様は善意だけでお前さんを贔屓にしてる訳じゃないってな。あちらさんも考えがあって、そうしてんだろうから、有り難く恩義は感じつつも、どーんと商売すればいいのさ」

　そう言ってドクトルはカラカラと笑って持っていたカップのお茶の香りを嗅いで、再びちびちびと口を付けて舌の先を湿らせた。

「……にしてもこの茶の香り、嗅いだ事のない香りだな」

カップのお茶の香りを嗅ぎながら首を捻るドクトルは、その答えを尋ねるように視線を向かいに座るラキへと向けた。

それに気付いたラキは、笑みを浮かべてお茶の入ったカップを掲げて見せた。

「あぁ、実はこのお茶もそのアーク様に頂いた物でして。いい香りですよね、これ」

暢気な顔でお茶に口を付けるラキに、ドクトルは少し呆れた顔を浮かべるが、すぐに真面目な顔に戻して左右に目を配ると、少し前屈みに身を乗り出した。

「ところで、ここだけの話、あの騎士様がエルフ族って噂は本当なのか？」

声の調子を落とし、いきなり問い掛けられた質問の内容に、ラキは思わず飲んでいたお茶で咽そうになってカップを置いた。

「げほっ、いや……それは」

視線を左右に揺らし、ドクトルから尋ねられた質問にどう返すべきかを思案していると、不意に目の前でドクトルが笑い声を上げた。

「ハハハッ、いや、すまねぇ。今のは忘れてくれ」

ラキの姿に色々と察して目を細めたドクトルは、そう言って頭を振ってカップのお茶をぐいっと一気に飲み干してから席を立った。

「長居して悪いな、そろそろ帰るよ。また小麦の入り用があれば声をかけてくれや」

「あ、はい！　またお声を掛けさせて頂きます」

口元に笑みを浮かべたドクトルは、ラキの返事を待たずに背中越しに手を振り階段を下りて行く。

そんな彼の背中を見送りながら、ラキは先程の自分の動揺した姿を思い出し、思わず目の前のテーブルに頭を突っ伏した。

この街でアーク達の事はそれなりに有名なようで、色々な噂があるのはラキも知っていたが、事実を知っている自分がそれを肯定する事はあってはならないと考えていた。

しかし、いきなりドクトルから不意打ち気味に投げ掛けられた質問に思わず動揺してしまった。

あのような態度では、言葉にはしてなくとも喋ったのと同様だ。

自身の不甲斐無さに打ちひしがれていると、階下から階段を上って来る足音が耳に入った。

「ラキ～、お客さんが来てるよ」

ふとその声に視線を上げると、ラキの視線の先に見慣れた女性の姿が目に入った。

セミロングの栗色の毛を後ろで束ね、少し小奇麗な男物っぽい服装、少々胸の自己主張が控えめな彼女のそんな格好は、何処か中性的にも見える。

幼馴染の一人であるレアは、魔法師の傭兵としてこの街では多少名の通った存在で、かつてラキが行商に回っていた時には、その旅路の護衛として力を貸してくれ、今も商会の用心棒兼受付などを引き受けてくれていた。

そのレアが机に突っ伏して顔だけ上げたラキを見て不思議そうに首を傾げる。

「なにやってるの?」

彼女の当然な質問に、ラキは力無く頭を振って応えるだけに止めた。

「それより、お客様よ！　アーク様！」

「えっ!?」

その彼女の言葉に驚いたラキは、突っ伏していたテーブルから跳ね起きると、ばたばたと慌ただしく階段を駆け下りた。

ラキが一階へと下りると、そこには二頭の馬に牽かれた一台の大型の荷馬車が止まっていた。

この商会の店舗の間口は両隣の大店の店舗に比べて狭いが、荷物の搬入、搬出などの為に普通に馬車なども入れるようになっており、奥行きはかなりある。

荷馬車の荷台には荷物が積まれているのだろうが、帆布がきっちりと掛けられており、その内容を知る事は出来ない。

そんな荷馬車の御者席から一人の人物が降り立った。

絢爛な意匠が施された白と蒼を基調とした白銀の鎧——そんな鎧が全身を包み、彼が動く度に漆黒の外套の裾が靡く。

王国最高の騎士である近衛騎士であっても、彼が纏う鎧には及ばない——そう思わせる程に美しいその鎧の主は、階段を下りてきたラキの姿を認めると、気軽に手を挙げて挨拶をしてきた。

「すまぬな、ラキ殿。忙しいところをわざわざ」

嫌味なくそう言った鎧騎士は下りてきたラキに大股で寄って、握手を求めてきた。

「いえ、そんな！　こちらこそお待たせしてしまい、すみませんアーク様」

ラキはそのアークの手を握り返して、慌てて頭を下げた。

「きゅん！」

すると顔を上げた先、アークの首元に巻き付けられていた草色の毛玉がその小さな身体を起こし、警戒するように鳴いてアークの肩に飛び乗った。

それ見てラキは慌てて握っていた手を引っ込める。

「すまんな、ポンタはどうやら人にはあまり馴れないようでな」

そんなラキとポンタのやりとりを見ていたアークは、兜の奥から微かな笑いを漏らす。

それにラキは頭を振って、改めてアークに今日の用向きを尋ねた。

「いえ、ところで今日はどういった御用でしょうか？　また魔獣の素材の買取りですか？」

そのラキの問いに、アークは一度視線を店舗内に巡らせた後、顎を撫でる仕草をしてから頷く。

「確かに、それもあるのだが……今日は先にラキ殿に聞いておきたい事があってな……」

そう言って一度言葉を切ったアークに対し、ラキは首を傾げた。

「ラキ殿は船を持ってみるつもりはないか？」

「……はい？　舟、ですか？」

アークが唐突に投げ掛けてきた質問に、ラキはどういった意図の質問か分からずに、首を捻るようにして聞き返していた。

そんなラキの困惑を知ってか知らずか、アークは鷹揚に頷いて見せる。

「まぁ、舟があれば便利かな、とは思いますが」

ラキはこのランドバルトに巡らされた大小様々な水路を行き交う舟の姿を思い出して、アークの問いに肯定するように頷いた。

「そうか、あれば便利であるか。いや実はな、人族の海賊を撃退した時に、海賊が船を置いて逃げたのだがな、一応船内の検分など済ませた後は特に使い途が無い為に廃棄処分すると言うのでな。向こうの長老に頼んで保留して貰っているのだ」

「海賊!?　え!?」

アークが嬉しそうに事情を語り出すその段になって、ラキの耳に不穏な言葉が届き思わず驚きの声を上げた。そうして話の内容にズレがあると感じたラキは、恐る恐るといった様子で質問をする。

「その海賊が使っていた、というのは手漕ぎ舟くらいのもの……ですか？」

半ば答えを予想はしていながらも、ラキは確認の為の問いを発する事しか出来なかった。

そしてラキの予想通りの答えがアークの口から語られた。

「いや、人族の船としてはなかなかの大きさの帆船だな」

そのアークの答えにラキは思わず天を仰いで自らの額を手の平で打つと、大きく肩を落とした。

「さすがに帆船一隻を、うちのような小さな商会が保有するのは難しいですよ……。それに、今のうちには帆船の使い途もありませんしね」

肩を竦めて苦笑を浮かべるラキに、アークは何やら考えるような仕草をしてから、何かを思いついたように人差し指を立ててラキに迫った。

「では、こういうのはどうだろうか？　ラキ殿が船の所有権を握り、その船を他に貸し出すというのは？　元手が殆どタダ同然故、賃貸分の料金が商会に入ると思うが」

豪奢な鎧に身を包んだ騎士が乗り出すように迫る、その迫力にラキは思わず後ろに引いて頷き返したが、それを慌てて首を振って否定した。

「え？　あ、それなら確かに……って、そうではなくてですね！　どうしてアーク様は、僕などをそこまで贔屓して頂けているのでしょうか？　正直に言ってしまえば、自分でも分かってはいるんです。僕があまり商人には向いていないいって事……」

ラキはやや困ったような笑顔を力無く浮かべる。

しかしそんなラキを見てアークは兜の奥から微かな笑いを漏らすと、乗り出していた上半身をゆっくりと戻して腕を組んだ。

「我も我の事情がある。我はラキ殿であれば、今後とも取引を続ける上で支障なく付き合えると思っているからこそ、ラキ殿が商人として確かな地位を築く為の投資をしているに過ぎんよ」

そう言ってアークは担いでいた荷物袋の中から無造作な手つきで一枚の羊皮紙を取り出すと、それをラキの方へと投げて寄越した。

ラキはそれを受け取り、素早く中に書かれた内容に目を通す。

「領主様直々の裁可の大型船舶所有許可証……ですか？」

小型の荷舟程度ならともかく、大型の船を所有するとなれば領主側の許可証が必要であるし、その他にも桟橋に係留する際の税金など、船を所有するには色々と資金が掛かる。

その為、船を維持するにはそれなりの商売の種がなければ採算の取り辛い商いでもあった。

アークの先回りしたような手回しの良さに舌を巻くラキだったが、現状の彼の商会では船を使った商いを行えるだけの体力が無い上に、船を使った商売の伝手など持ち合わせてはいなかった。

船を貸し付けるにしても、今までそういった商人との伝手を持っていないラキにとって、誰が船を借りてくれるのかも判断が付かなかった。

「アーク様、船を使っての商売は確かに商人にとっては魅力のある話かも知れませんが、現状では僕の商会では扱いきれないと思います。この手の商売の販路もありませんし……」

ラキは色々と手を尽くしてくれるアークに対し、失礼がないように丁寧に断る上での商会の現状を含めて説明をしていると、肝心のアークはそれを遮るかのようにラキの肩に力強く手を置いた。

そしてやおら右手を胸の高さにまで上げると、親指を立てる仕草をする。正確な意味は理解出来なくとも、雰囲気から問題ないという風に言っているようだった。

「心配せずとも良い。実は先頃ローデン王国は我が所属するカナダとの交易を開始するという話を聞いてな。交易品は主に『豊穣の魔結石』を取り扱うそうなのだが、その交易地となるリンブルトまでの航路に使う船をここの領主が準備する運びになったのだが、まぁ大型の船をすぐに用意する事は出来ん……という訳で、ラキ殿が所有する船の出番である」

そこまで言ってラキの顔を覗き込むアークに、ラキは目を見開いてそれを見返していた。

「ま、待ってください！　王国がエルフ種族との交易を取り付けたのですかっ!?」

ラキは思わずアークに摑みかかる勢いで身を乗り出し、先程の話の真偽を興奮気味に問い質す。

それもその筈で、今日までエルフ種族の一大集落であるカナダと取引のあった人族の国家と言えば、リンブルト大公国だけであったのは、商人の間では有名な話だ。

そしてカナダの優れた魔道具を一手に取り扱うリンブルト大公国は、国家規模としては小規模ながら交易で得た莫大な財力のおかげで他国に少なくない影響力を有していた。

その優れた魔道具を生み出すカナダとの交易品の中でも一番関心が高いと言える物の一つに『豊穣の魔結石』が上げられる。

これは痩せた土地などに細かく砕いた『豊穣の魔結石』を撒く事で、豊かな実りを齎すという代物で、魔獣との鬩ぎ合いで狭い耕作地に甘んじている現状の人族にとって、面積当たりの収量を増やす事が出来るという夢のような品だ。

そして土地の収穫量が増えるという事は、その土地から得られる税収が上がるという事――つまりは端的に言えば、それは財貨を生む品なのだ。

長年リンブルト大公国のみの取引しか持たなかったカナダが、ここへきてローデン王国ともその関係を持つというのは、商人としても衝撃的な話だった。

そんな謂わば歴史的な事件とも呼べるその内容を、目の前の騎士は何でもないように語る。

「この話は領主であるペトロス殿もまだ把握してなかった話だからな、驚くのも無理はないか」

その彼の一言で、ラキは今回の船の所有の話がほぼ決まっている事を悟った。

事前に領主に対して交易の情報を逸早く齎し、その上で今回の船の用意としてラキの船の所有を先回りする形で大型船舶所有許可証が発行されたのだ。

領主までいった話を一介の商人の立場で断りに出向くのは中々に難しい。

ラキは既に退路がない事を飲み込み、何とか頭を切り替えて少し気になっていた点を持ち出した。

「ところで、アーク様。その船は海賊が使っていた船とお聞きしましたが、海賊を撃退した際に船が破損したりはしていないのでしょうか？　いえ、船の修理となるとそれなりに専門の船大工を呼んでの修繕になるので、どうしてもお金の方が……」

そのラキの質問に、アークは何かを思い出したように手を打った。

「おぉ、そう言えば撃退の際に帆柱が一本折れたのだったか。後はその衝撃で少し片側の舷側に被害が出ていたな……」

アークは船の状況を思い出すように、視線を中空に固定して顎を撫でた。

そんな彼の告げた話の内容にラキは眩暈（めまい）がした。

しかしその帆船の修理の受け持ちは誰がするのか、それをはっきりさせなければと、宙に視線を向けたままのアークに恐る恐る尋ねた。

「ま、待って下さい。帆柱が一本折れた帆船なんですか？　その修繕とかはカナダの方でして貰えたりはするのでしょうか？」

何処か祈るような気持ちで尋ねるラキに、アークは視線を再び戻して笑って頷いた。

「心配はいらん、ラキ殿。修繕費となるだろう品を持って来ているのでな。それを売却するなり、伝手を紹介して貰うなりの手筈は整えられる筈だ」

そう言ってアークは、先程大型船舶所有許可証を取り出した荷物袋を広げ、中から麻布に包まれた品を取り出して、それをラキへと手渡した。

毎回ラキの心臓を縮こまらせる品物が飛び出てくる荷物袋に恨めしげな視線を向けているラキ

だったが、意を決してその麻布包みを解いて中を確かめる。

中から現れたのは複数枚の薄い菱形(ひしがた)状の金属片のような代物だった。

一枚の大きさが手の平ほどで、全体が淡い水色に発光しているように見える。見た目には金属製に見えたが、手に持った感触は少し弾性がある。二枚を持って少し打ち合わせてみると、澄んだ金属音が辺りに響いて反響した。

「綺麗(きれい)ね」

いつの間にか傍(そば)にいて興味を示したレアが、隣から覗き込んでそんな感想を漏らす。

それに同意を示したラキだったが、その正体に首を捻った。

今までに一度も目にした事がないような品だ。

持ち込んだアークが、これを売却したお金で船の帆柱を修理すればいいと言っていた事を考えると、掛かる修理費の概算からしてかなり貴重な品でない限り現実的ではない。

「あの、これはなんでしょうか?」

遂(つい)に見当がつかずにラキはアークに答えを尋ねた。

するとアークはラキの手に持っていた一枚を手に取って指で弾(はじ)いて見せた。

「龍王(ドラゴンロード)の鱗(うろこ)、しめて五枚だ」

その答えを聞いたラキは自身の顔面が凍り付くのを感じた。

対してアークの方はといえばラキからの反応が無く、無表情になっていた為にその首を捻って、龍王(ドラゴンロード)の鱗を摘まみあげて後ろ頭を掻いた。

「う〜む、貴重な品だと思ったのだが、この程度ではやはり帆船の修理費には届かぬか……」

アークのその言葉を聞いて、ラキはようやく彼が自分の態度で誤解をしている事を悟り、慌てて無言のまま勢いよく頭を左右に振った。

「ち、違います！　アーク様!!　これが龍王の鱗というのは本当ですか!?　いえ、決してアーク様を疑っている訳ではないのですが——!!」

捲し立てるようなラキの説明にアークと隣で聞いていたレアも目を丸くして後ろに一歩下がる。

そんな彼らの態度に、ようやく自身の可笑しな調子に気付いたラキは、一度大きく深呼吸してから、焦らないようにゆっくりとした口調で再びアークに尋ねた。

「すみません、あのこの龍王の鱗はどちらで手に入れた物でしょうか？」

その彼の質問に、今度はアークが顎に手をやって唸った。

「うむ、手に入れたのは龍王の住まう山頂付近の泉なのだが……、そうか鱗だけではそれが龍王の物か、大きいトカゲの物か分からぬか……」

アークは自分が持ち込んだ品が龍王の鱗であるという証明の仕方を思いつかず、途方に暮れたように天を仰ぐようにしていた。

しかしそんな彼の態度を見れば、今ラキ自身が手に持っている物が本物の龍王の鱗であると確信出来た。

「いえ、アーク様。人族の間でも本物の龍王の鱗などを所有している事実はありますので、然るべき機関などに鑑定に出せばその真偽の見分けはすぐに付きます……しかしこのような貴重な物を譲って頂く訳には……」

そう言い淀(よど)み、手に持った淡く美しく発光する鱗に目を落とす。

龍王(ドラゴンロード)は全ての生物の頂点に君臨する種であると人族では考えられている。

それは吟遊詩人が謡う古い物語にもその力の一端が語られていた。

かつて龍王(ドラゴンロード)を討伐し、その鱗を用いて鎧を拵(こしら)えて自らの力を誇示せんとした一人の王がいたという。しかし、差し向けられた騎士団は瞬く間に壊滅させられ、龍王(ドラゴンロード)の怒りを買った王の暮らす都は一夜にして地図から消えたとされる。

しかし、だからこそ畏怖の対象でもある龍王(ドラゴンロード)の鱗は、今でも力の象徴であった。

そんな龍王(ドラゴンロード)の鱗が五枚だ。

帆船の帆柱一本程度の修繕費など問題にならない、売却した代金から修繕費を引いたお釣りだけで小さい船一隻は買えてしまうような代物だ。

ラキのそんな態度に、アークは首を捻った。

「そうか、風呂掃除をしている時に偶然拾っただけなのだがな……」

「ふ、風呂？」

アークと同じく首を傾げるラキに、彼は何でもないという風に首を振って答えた。

「何、我には特に持っていても不要な物なのだ。それが貴重な物であるというならば、それを使って商人の人脈を広げるなり、ラキ殿の役に立たせてくれれば良い。ラキ殿の商会が大きくなれば、我としても色々と融通して貰いやすくなるのでな」

そう言うとアークは持っていた鱗の一枚をラキの手元へと戻して腕を組んだ。

「そして早速で悪いのだが、今回都合をつけて貰いたい物があるのだ、良いかな？」

ラキは龍王の鱗を大事に抱えて持ち、深々とその場で頭を下げた。

「あ、ありがとうございます、アーク様の御期待に添えるようこれからも努力致します。それで、今回の御入り用な物とはいったい何でしょうか？」

頭を上げてアークへと向き直ったラキは、今回の御用向きを尋ねる。

するとアークは、懐から一枚の紙を取り出して、そこに描かれた絵をラキに見せた。

「今度、このような煉瓦の窯を作ろうと思ってな。そこで必要となる物資を見繕って貰いたいのだが、頼めるだろうか？」

示された紙に描かれた絵に視線を落としていたラキは、アークの言葉に頷きつつも不思議そうな顔をして口を開いた。

「ええ、それは大丈夫なのですが……。アーク様がご自身で窯を作られるのですか？　職人を派遣する事も可能ですよ？」

そう言って尋ねるラキに、アークは腕を組んで首を横に振る。

「いや、確かにそれが出来れば良いのだろうが、かなり辺鄙な所でな。それに、迂闊に人を呼べるような場所でもないのでな……」

そのアークの答えに、ラキは余計な詮索だったと慌てて頭を下げた。

「すみません、余計な事をお尋ねして！」

そんなラキにアークは手を軽くひらひらとさせて笑う。

「何、構わぬよ。馬車は置いていく故、窯の材料など積み込んでおいてくれ。また後日寄らせて貰った時に引き取るので、宜しく頼む」

「分かりました。では荷台に積まれている品物などは査定して、その時に支払わせて頂きますね」

ラキのその答えに満足したのか、アークは一度大きく頷くと、そのまま行きとは違って歩いて商会の店舗を出て行く。

それを見送るラキの隣でレアは不思議そうな顔でアークの背中を視線で追い掛ける。

「あの人って、馬車を置いて行ってどうやって戻るのかしら？　宿でもとってるのかしら？」

その幼馴染の疑問に、ラキは首を振った。

「そういう事はあまり詮索しない方がいいよ。さ、素材の選り分けを手伝って！」

腕を捲り上げるラキの背中に、レアは生返事で返す。

ラキ商会——それはランドバルトの街の片隅に誕生したばかりの、まだ小さな商会の一つである。

あとがき

この度は「骸骨騎士様、只今異世界へお出掛け中 Ⅵ」をお手に取って頂き、誠にありがとうございます。秤猿鬼と申します。

この骸骨騎士様の物語も六巻までやってきました。いつもこの物語を応援して下さる読者の皆様に改めてお礼申し上げます。ありがとうございます。

そしてついに、この骸骨騎士様ことアークさんの物語が漫画となって動き出し始めました。

オーバーラップさんが刊行するＷＥＢコミック誌「コミックガルド」にて、作画・サワノアキラ様の手によって只今好評連載中です。この六巻が発売した時点で三話まで公開されている筈ですので、お友達などお誘いあわせの上、ご一読頂ければと思います。

そして今回、担当編集様やイラスト担当のＫｅＧ様、校正者様など、大変色々とご迷惑をお掛け致しましたが、皆様から沢山のお力添えを頂きまして、こうして無事に骸骨騎士様の六巻を発売する事が出来ました。誠にありがとうございます。

これからも「骸骨騎士様、只今異世界へお出掛け中」の応援、宜しくお願い致します。

それでは次巻もまた皆様に再会出来る事を祈りまして、今回は締めさせて頂きます。

平成二十九年三月　秤　猿鬼

Skeleton Knight, going out to the parallel universe

Character profile

その任、必ずや全うし、国の危機を脱する一助となってみせるのじゃ！

リィル・ノーザン・ソウリア（人族）

ノーザン王国第一王女。亡き祖父から王の矜持を教えられて育ち、まだ幼いながらも王族である自負とその義務を果たそうとする強い意志を持つ。
　護衛騎士のザハルとニーナを従えており、特にリィルを妹のように想うニーナのことを一番慕っている。

作品のご感想、
ファンレターを
お待ちしています

あて先

〒150-0013　東京都渋谷区恵比寿 1-23-13 アルカイビル4階
オーバーラップ編集部
「秤 猿鬼」先生係／「KeG」先生係

スマホ、PCからWEBアンケートにご協力ください

アンケートにご協力いただいた方には、下記スペシャルコンテンツをプレゼントします。
★書き下ろしショートストーリー等を収録した限定コンテンツ「あとがきのアトガキ」
★本書イラストの「無料壁紙」　★毎月10名様に抽選で「図書カード（1000円分）」

公式HPもしくは左記の二次元バーコードまたはURLよりアクセスしてください。
▶ **http://over-lap.co.jp/865542097**
※スマートフォンとPCからのアクセスにのみ対応しております。
※サイトへのアクセスや登録時に発生する通信費等はご負担ください。

オーバーラップノベルス公式HP ▶ **http://over-lap.co.jp/novels/**

骸骨騎士様、只今異世界へお出掛け中 Ⅵ

発　　行　2017年4月25日　初版第一刷発行
　　　　　2017年10月12日　第二刷発行

著　　者　秤 猿鬼

イラスト　KeG

発 行 者　永田勝治

発 行 所　株式会社オーバーラップ
　　　　　〒150-0013
　　　　　東京都渋谷区恵比寿1-23-13

校正・DTP　株式会社鷗来堂

印刷・製本　大日本印刷株式会社

©2017 Ennki Hakari
Printed in Japan
ISBN 978-4-86554-209-7 C0093

※本書の内容を無断で複製・複写・放送・データ配信などをすることは、固くお断り致します。
※乱丁本・落丁本はお取り替え致します。左記カスタマーサポートセンターまでご連絡ください。
※定価はカバーに表示してあります。

【オーバーラップ　カスタマーサポート】
電　話　03-6219-0850
受付時間　10時～18時（土日祝日をのぞく）